DEXTER DANS DE BEAUX DRAPS

Du même auteur

Ce cher Dexter, Le Seuil
Le Passager noir, éditions du Panama
Les Démons de Dexter, éditions Michel Lafon

Jeff Lindsay

DEXTER DANS DE BEAUX DRAPS

Traduit de l'anglais (États-Unis)
par Pascal Loubet

Michel LAFON

Titre original : *Dexter by Design*

7-13, boulevard Paul-Émile-Victor – Ile de la Jatte
92521 Neuilly-sur-Seine Cedex

www.michel-lafon.com

1

*Pardonnez-moi, monsieur. Où est la lune ? Alors, mon vieux, la lune est ici, over la Seine, énorme et rousse. Merci, mon ami**, je la vois, à présent. Et, *actualment, name of a dog*, c'est une nuit pour la lune, une nuit rêvée pour les plaisirs acérés du clair de lune, la danse macabre entre Dexter de la Nuit et quelque ami intime.

Mais *merde alors* !* La lune est au-dessus de la Seine ? Dexter est à Paris ! *Quelle tragédie* !* La Danse ne peut pas avoir lieu, pas à Paris ! Ici, pas moyen de trouver l'ami intime, la nuit n'est pas complice comme à Miami et il n'y a pas d'océan pour accueillir gentiment les restes. Ici, il n'y a que les taxis, les touristes et cette énorme lune solitaire.

Et Rita, évidemment. Rita, partout, qui se débat avec son manuel de conversation et des dizaines de cartes, de guides et de brochures, qui promettent le bonheur parfait et parviennent à le fournir miraculeusement – à elle seule. Car cette félicité parisienne de jeune mariée, elle est seule à la jouer, et moi, son mari tout frais, ancien grand prêtre de la désinvolture lunaire, Dexter le Divinement Distrait, je ne peux que m'extasier devant la lune et retenir l'impatient Passager noir en espérant que cette douce folie va bien finir et que je vais retourner à cette vie

---

* Les expressions suivies d'un astérisque sont en français dans le texte.

normale et bien rangée où je découpe avec méthode d'autres monstres que moi.

Car j'ai l'habitude de le faire en toute liberté, de la main précise et enjouée qui pour l'heure se contente de tenir celle de Rita, tout en s'émerveillant durant une lune de miel – quelle ironie ! – où tout ce qui est délicieux et lunaire est interdit.

Or donc, Paris. Je suis péniblement Rita, je contemple et j'acquiesce où et quand il faut, formule de temps en temps une observation fine et spirituelle – genre « Ooh ! » et « Mmm, mmm... ». Et Rita gambade dans son fantasme parisien qu'elle nourrit depuis des années et qui vient juste d'être exaucé.

Mais enfin, puis-je rester insensible aux charmes légendaires de la Ville lumière ? Même moi, je dois pouvoir en contempler la beauté et éprouver un petit tressaillement artificiel, quelque part dans les tréfonds obscurs et vides de mon âme ! Je suis à Paris : puis-je vraiment ne rien ressentir du tout ?

Bien sûr que non ! J'éprouve des tas de choses. De la fatigue. De l'ennui. Et l'impatience de trouver quelqu'un avec qui m'amuser d'ici peu. Le plus tôt sera le mieux, à dire vrai, car pour une raison inconnue le mariage semble aiguiser quelque peu mes appétits.

Mais tout cela fait partie du deal, c'est ce que je dois faire afin de le suivre. À Paris, comme chez moi, il faut *maintenez le disguisement*. Même les Français, ces hommes du monde, pourraient sourciller à la pensée que déambule parmi eux un monstre, une créature inhumaine qui ne vit que pour faire basculer d'autres monstres vers une mort bien méritée. Et Rita, dans son nouveau rôle de jeune mariée rougissante, est le *disguisement* parfait. Personne n'irait imaginer qu'un froid assassin trottine gentiment derrière cette parfaite incarnation du touriste américain. Sûrement pas, *mon frère. C'est impossible**.

Pour l'heure, hélas, *très impossible**. Il n'y a pas le moindre espoir de s'éclipser quelques heures pour une récréation bien méritée. Pas ici, où je suis un inconnu qui ignore les méthodes de la police. Jamais dans un lieu étranger, où les règles strictes du code de Harry ne s'appliquent pas. Harry était un flic de Miami, et là-bas tout ce qu'il disait avait force de loi. Mais

Harry ne parlait pas français, et mon Passager noir a beau trépigner sur la banquette arrière, ici, le risque est bien trop élevé.

C'est dommage, vraiment, parce que les rues de Paris sont le lieu rêvé pour caresser les plus sinistres intentions. Elles sont étroites, sombres et, aux yeux de la raison, dépourvues de toute organisation logique. Imaginez-moi, drapé dans une cape, une lame luisante au poing, glissant dans ces ruelles obscures vers quelque rendez-vous dans l'un de ces vieux bâtiments qui se penchent vers vous pour vous exhorter à bien vous tenir.

Ces rues sont une invitation à l'émeute : à Miami, leurs gros pavés auraient depuis longtemps été balancés sur les pare-brise des voitures ou revendus à une entreprise pour la construction de nouvelles voies.

Aussi, j'attends mon heure, je consolide cette nouvelle phase vitale du déguisement de Dexter, espérant tenir ne serait-ce qu'encore une semaine de cette lune de miel féerique pour Rita. Je bois du café français – de la lavasse, comparé à celui de Miami – et du *vin de table** – d'un rouge troublant qui rappelle le sang –, tout en m'extasiant devant ma nouvelle épouse qui absorbe tout ce qui est si français. Elle a appris à rosir coquettement quand elle demande *une table pour deux, s'il vous plaît**, et les serveurs comprennent immédiatement que ce deux est tout récent et, sautant les étapes, comme s'ils soutenaient les délires romantiques de Rita, nous conduisent avec des courbettes attendries à notre table, et c'est tout juste s'ils ne serinent pas le refrain de *La Vie en rose*.

Ah, Paris ! *Ah, l'amour* !*

Nous passons nos journées à crapahuter dans les rues et à nous arrêter devant la moindre attraction indiquée sur le plan. Nous passons nos soirées dans de minuscules et charmants restaurants où bien souvent nous avons droit à de la musique française. Nous assistons même à une représentation du *Malade imaginaire* à la Comédie-Française. C'est joué en français, Dieu sait pourquoi, mais Rita a l'air d'apprécier.

Deux soirs plus tard, elle semble apprécier tout autant le spectacle au Moulin-Rouge. En fait, elle adore presque tout à Paris, même un aller-retour en bateau sur la Seine. Je ne lui fais pas remarquer qu'à Miami on propose des croisières autrement plus agréables pour lesquelles elle n'a jamais manifesté le moindre intérêt, mais je commence vraiment à me demander ce qu'elle a dans la tête, si tant est qu'il y a quelque chose.

Elle se jette à l'assaut du moindre monument, avec Dexter en commando d'appui malgré lui, et rien ne lui résiste. La tour Eiffel, l'Arc de triomphe, Versailles, Notre-Dame : tous succombent devant son entêtement farouche de blonde et son impitoyable guide touristique.

Cela commence à paraître un peu cher payé du *disguisement*, mais Dexter est un bon petit soldat. Il continue sa marche forcée chargé du barda du devoir et des bouteilles d'eau minérale. Il ne se plaint pas de la chaleur, de ses pieds endoloris, des foules déplaisantes revêtues de shorts trop petits, de tee-shirts souvenirs et de tongs.

Cependant, il tente, une seule fois, de s'intéresser. Pendant la visite en bus avec l'Open Tour, tandis que ronronne le commentaire enregistré qui égrène en huit langues les noms de fascinants endroits d'un intérêt historique crucial, une pensée impromptue surgit dans son cerveau en proie à une lente asphyxie. La cité de l'Accordéon éternel recèle bien quelque petit lieu de pèlerinage culturel convenable pour un monstre qui a beaucoup souffert – et je sais lequel. À l'arrêt suivant, je m'attarde à la porte du bus et pose au chauffeur une question aussi simple qu'innocente.

– Excusez-moi, est-ce que nous passons dans les environs de la rue Morgue ?

Le chauffeur a son iPod sur les oreilles. Il ôte un écouteur avec un agacement visible, me toise et hausse les sourcils.

– La rue Morgue. Vous y passez ?

Je m'aperçois que je braille comme un Américain bon teint ; je bafouille ; je me tais. Le chauffeur me fusille du regard. J'entends du rap grésiller faiblement dans l'écouteur qui pendouille. Puis il hausse les épaules et me débite en français une explication brève mais passionnée, remet son écouteur et ouvre la porte du bus.

Un peu déçu, je descends humblement à la suite de Rita. Cela paraissait si simple de faire un arrêt solennel dans la rue Morgue pour rendre hommage à un monument culturel important du monde des Monstres, mais cela ne se fera pas. Je réitère ma question plus tard à un chauffeur de taxi et j'ai droit à la même réponse, que Rita traduit avec un sourire un peu gêné.

– Dexter, dit-elle. Ta prononciation est épouvantable.

– Je me débrouillerais sûrement mieux en espagnol.

– Ça ne changerait rien. Il n'y a pas de rue Morgue.

– Quoi ?

– Elle n'existe pas. Edgar Allan Poe l'a imaginée. Il n'y a pas de vraie rue Morgue.

C'est comme si on venait de me dire que le Père Noël n'existait pas. Pas de rue Morgue ? Pas de joyeux entassement de cadavres parisiens ? Mais c'est certainement vrai. Nul ne peut remettre en question les connaissances de Rita sur Paris.

Et c'est ainsi que je me replie dans mon obéissante stupeur et que s'éteint l'infime étincelle d'intérêt, aussi morte que ma conscience.

Trois jours seulement avant notre retour vers un Miami paradisiaque où règnent le mal et le chaos, arrive la Grande Journée au Louvre. Quelque chose qui suscite un léger intérêt, même en moi ; après tout, ce n'est pas parce que je n'ai pas d'âme que je n'apprécie pas l'art. C'est d'ailleurs tout le contraire. L'art consiste somme toute à créer des motifs afin de produire un impact sur les sens. N'est-ce pas précisément ce que je fais ? Bien sûr, dans mon cas, « impact » a un sens un tantinet plus littéral, mais, malgré tout, je suis capable d'apprécier d'autres formes d'expression.

C'est donc avec un soupçon d'entrain que je suis Rita dans l'immense cour du Louvre et descends l'escalier qui plonge sous la pyramide de verre. Elle a décidé que nous irions seuls et non avec un groupe – pas parce que ces hordes de moutons crasseuses et ignorantes qui bêlent et s'extasient autour de leur guide lui déplaisent, mais parce que Rita est déterminée à prouver qu'elle est de taille à affronter n'importe quel musée, même français.

Elle rejoint à grands pas la queue de la billetterie puis, après de longues minutes d'attente, nous partons découvrir les merveilles du Louvre.

La première apparaît comme une évidence : nous arrivons dans l'une des galeries où une foule immense de peut-être cinq cars de touristes s'agglutine autour d'un périmètre délimité par un cordon rouge. Rita émet un grognement réprobateur et m'entraîne par la main. J'ai juste le temps de me retourner pour jeter un coup d'œil. C'était *La Joconde*.

– Ce qu'elle est petite, bafouillé-je.

– Et très surfaite, répond Rita d'un ton pincé.

Je sais qu'une lune de miel est censée vous permettre de mieux connaître la personne avec qui vous allez partager votre vie, mais là je découvrais une Rita que je n'avais encore jamais vue. Celle que je crois connaître, pour autant que je sache, n'exprime jamais d'avis tranchés, surtout s'ils sont contraires à l'opinion générale. Et, pourtant, elle vient de déclarer que le portrait le plus célèbre du monde est « surfait ». C'est à n'y rien comprendre. Pour moi, en tout cas.

– C'est *La Joconde*, dis-je. Comment peut-elle être surfaite ?

Elle grommelle de plus belle et continue de me tirer.

– Viens voir les Titien, dit-elle. C'est beaucoup plus beau.

Les Titien sont très jolis. Tout comme Rubens, que mes compatriotes ont honoré en donnant son nom à un sandwich. Mais cela me fait penser que j'ai faim et je parviens à faire passer Rita par trois longues salles, remplies de très jolies peintures, menant à un café à l'étage.

Après un en-cas encore plus coûteux que dans un aéroport et à peine moins insipide, nous passons le reste de la journée à errer de salle en salle devant sculptures et peintures. Il y en a vraiment une quantité faramineuse et, le temps que nous ressortions dans la cour au crépuscule, mon cerveau, un instant révolté, est de nouveau soumis.

– Eh bien, dis-je alors que nous trottinons sur les pavés, c'est ce qui s'appelle une journée bien remplie.

– Oooh, s'extasie-t-elle, les yeux encore brillants, c'était absolument incroyable !

Et elle m'enlace étroitement, comme si c'était moi qui avais édifié tout ce musée. Cela rend notre progression un peu plus difficile, mais, après tout, puisque c'est le genre de chose qui se fait lors d'une lune de miel à Paris, je la laisse se cramponner et nous gagnons tant bien que mal la grille qui mène à la rue.

Nous tournons au coin quand une jeune femme qui a donné un nouveau sens au mot « piercing » se plante devant nous et colle un tract dans les mains de Rita.

– Là, vous allez pouvoir voir de l'art, du vrai. Demain soir, d'accord ?

– *Merci**, répond Rita, interdite, pendant que la femme continue sa distribution.

– Je crois qu'elle aurait pu encore se rajouter quelques piercings du côté gauche, dis-je pendant que Rita observe le papier. Et il restait un peu de place sur son front.

– Oh ! c'est un spectacle, dit Rita.

– Quoi donc ?

– Oh ! c'est tellement génial. Et on n'a rien à faire demain soir. On y va !

– Où ça ?

– Ce sera parfait.

Et peut-être que Paris est réellement une ville magique. Rita ne s'imagine pas à quel point.

2

La perfection se trouve dans la pénombre d'une petite rue non loin de la Seine (rive gauche, m'informe Rita avec exaltation), sous la forme d'un espace culturel donnant sur la rue « Réalité ». Nous avons expédié le dîner – et sauté le dessert... mais enfin ! – pour y être à 19 h 30, comme indiqué sur le tract. Il y a là une vingtaine de personnes massées en petits groupes devant une série d'écrans plasma accrochés aux murs. Tout fait très galerie, jusqu'au moment où je m'empare d'une des brochures, imprimée en français, en anglais et en allemand. Je passe directement à l'anglais.

Quelques phrases suffisent pour que mes yeux s'écarquillent. C'est une espèce de manifeste, rédigé avec une maladresse passionnée impossible à traduire – sauf peut-être en allemand. Il y est question d'ouvrir les frontières de l'art vers de nouveaux champs de perception et d'anéantir la ligne arbitraire tracée entre l'art et la vie par une Académie archaïque et timorée. Et bien que certaines œuvres pionnières aient été accomplies par Chris Burden, Rudolf Schwarzkogler, David Nebreda et d'autres, il est temps d'abattre les murailles et d'entrer de plain-pied dans le XXIe siècle. Et ce soir, avec une nouvelle œuvre intitulée *La Jambe de Jennifer*, c'est exactement ce que nous allons faire.

Tout cela est exalté et idéaliste, mélange que j'ai toujours trouvé dangereux, et je l'aurais jugé moyennement drôle – sauf que Quelqu'un d'Autre pense que cela l'est ; quelque part dans les tréfonds des oubliettes de Château-Dexter, j'entends le petit ricanement chuintant du Passager noir, et ce rire, comme toujours, aiguise mes sens et me ramène sur terre. Non, mais vraiment : le Passager noir apprécie une exposition d'*art contemporain* ?

C'est un nouveau regard que je pose sur ce qui m'entoure. Les chuchotements des gens attroupés devant les écrans ne me paraissent plus être l'expression d'une admiration respectueuse de l'art. À présent, je perçois un rien d'incrédulité et même un côté choqué dans ce murmure.

Je regarde Rita, qui lit en secouant la tête, le front plissé.

– J'ai entendu parler de Chris Burden, dit-elle, mais l'autre, Schwarzkogler ? (Elle trébuche sur le nom – après tout, c'est le français qu'elle apprend depuis une éternité, pas l'allemand.) Oh ! fait-elle en rougissant. Il est écrit qu'il... il s'est coupé le... (Elle lève le nez vers les gens qui fixent sans un mot les écrans.) Oh, mon Dieu !

– Peut-être qu'on ferait mieux de rentrer, proposé-je, alors que l'amusement de mon ami intérieur ne fait que croître.

Mais Rita est déjà allée se planter devant le premier écran. Elle est bouche bée, les lèvres tremblantes, comme si elle essayait vainement de prononcer un mot très long et très difficile.

– C'est... c'est..., bégaie-t-elle.

Et un simple coup d'œil à l'écran me montre que Rita a encore vu juste.

Le film muet montre une jeune femme vêtue d'un costume de strip-teaseuse à l'ancienne, tout de plumes et de rubans. Mais, au lieu d'adopter la pose sexuellement provocante qu'exige un tel accoutrement, elle dirige sur sa jambe posée sur une table une scie circulaire tout en rejetant la tête en arrière, la bouche ouverte dans une grimace de douleur. Le film dure une quinzaine de secondes et tourne en boucle.

– Mon Dieu, fait Rita en secouant la tête. C'est... c'est forcément un trucage.

Je n'en suis pas si sûr ! Pour commencer, le Passager noir m'a mis la puce à l'oreille : il se passe ici quelque chose de très intéressant. Ensuite, l'expression de la femme me paraît tout à fait familière et me rappelle ce que j'ai constaté lors de mes propres entreprises artistiques. Je suis certain que cette douleur extrême n'est pas feinte, et pourtant, malgré des recherches exhaustives, je n'ai encore jamais trouvé personne qui soit prêt à s'infliger ce genre de chose. Pas étonnant que le Passager soit au bord du fou rire. Ce n'est pas que je trouve cela drôle : si jamais cela devient une mode, il va falloir que je me trouve un nouveau passe-temps.

Cependant, j'assiste à un retournement de situation intéressant, et dans des circonstances ordinaires je serais plus que pressé de jeter un coup d'œil aux autres films. Mais il me semble que j'ai une certaine responsabilité envers Rita et ce n'est d'évidence pas le genre de spectacle qu'elle peut regarder en continuant d'arborer son air radieux.

– Viens, dis-je, allons manger des pâtisseries.

Mais elle continue de secouer la tête en répétant que c'est forcément un trucage et passe à l'écran suivant.

Je la suis et je suis récompensé par un autre film, avec la même jeune femme dans le même costume. Là, elle a l'air d'enlever un morceau de chair de sa jambe. Elle affiche maintenant une expression de douleur sourde et infinie, comme si la douleur durait depuis si longtemps qu'elle s'y était habituée, mais elle la sent toujours à vif. Étrangement, cette expression me rappelle le visage de la femme à la fin d'un film que Vince Masuoka a passé à l'enterrement de ma vie de garçon – je crois qu'il s'intitulait *Abattage sur le campus*. Il perce à travers la douleur et la lassitude comme une satisfaction – « c'est moi qui l'ai fait » – alors qu'elle regarde la plaie, où la chair a été arrachée sur quinze centimètres au-dessous du genou pour révéler le tibia.

– Oh, mon Dieu, murmure Rita, qui passe malgré tout à l'écran suivant.

Je ne prétends pas comprendre les êtres humains. En général, j'essaie d'avoir un regard logique sur la vie, et c'est habituellement un handicap de tenter de comprendre ce que les gens croient être en train de faire. Par exemple, pour autant que je sache, Rita est réellement aussi charmante et optimiste que Heidi : elle est capable de fondre en larmes à la vue d'un chat mort sur le bas-côté de la route. Mais, là, elle passe méthodiquement en revue une exposition effrayante. Elle sait que le film suivant va être encore plus cru et horrible, et pourtant, au lieu de prendre ses jambes son cou, elle poursuit sans perdre son calme.

D'autres visiteurs entrent, et je les vois prendre la même expression interdite et choquée. Le Passager noir est manifestement ravi, mais à dire vrai, moi, je commence à trouver toute cette affaire un peu lassante. Je n'arrive pas à m'imprégner de l'esprit de cette soirée et à m'amuser de l'accablement du public. Après tout, à quoi ça rime ? O.K., Jennifer s'est coupé des bouts de jambe. Et alors ? Pourquoi prendre la peine de s'infliger une souffrance démesurée alors que, tôt ou tard, la vie va gentiment s'en charger pour vous ? Qu'est-ce que cela prouve ? À quoi ça rime ?

Pourtant, Rita a l'air bien décidée à se mettre le plus mal à l'aise possible et continue de regarder les vidéos les unes après les autres. Et je ne trouve rien de mieux que de la suivre en prenant noblement mon mal en patience tandis qu'elle répète : « Oh, mon Dieu ! Oh, mon Dieu ! » à chaque nouvelle atrocité.

Tout au bout de la salle, un groupe s'est agglutiné pour regarder un truc accroché de travers dont on ne voit que le cadre métallique. D'après leurs visages, il est clair que c'est le fin du fin, le clou de l'expo, et j'ai hâte d'y arriver pour en finir une bonne fois pour toutes, mais avant Rita tient à regarder chaque vidéo. Chacune montre la femme s'infliger des trucs encore plus affreux à la jambe, jusqu'à la dernière, un peu plus longue, où on la voit assise, immobile, fixer sa jambe qui n'est plus qu'un long os lisse et blanc du genou à la cheville, ce qui donne une allure bizarre au pied resté intact.

L'expression de Jennifer l'est encore plus : la douleur à la fois triomphale et épuisée indique qu'elle a manifestement prouvé quelque chose. Mais quoi ? Même en regardant une deuxième fois la vidéo, je ne comprends pas.

Rita n'est pas plus avancée que moi. Elle a sombré dans un morne silence et fixe cette dernière vidéo pour la troisième fois avant de secouer la tête et de rejoindre, comme hypnotisée, les gens attroupés devant le Quelque Chose dans son cadre métallique au fond de la salle.

Qui se révèle être la pièce la plus intéressante de l'expo, la seule qui vaille la peine, du moins pour moi, et j'entends le gloussement approbateur du Passager. Rita, pour la première fois, est incapable de nous resservir son « Oh, mon Dieu ! ».

Sur une plaque de contreplaqué bordée d'acier est exposé l'os de la jambe de Jennifer. Entier, cette fois, à partir du genou.

– Eh bien, dis-je, au moins, on saura que ce n'était pas un trucage.

– C'est un faux, répond Rita sans conviction.

Quelque part, dans les lumières éclatantes de la ville la plus romantique du monde, des cloches se mettent à sonner. Mais dans cette petite galerie, où le romantisme n'est plus de mise, leur résonance est telle qu'elle couvre presque tous les autres bruits. Y compris le chuintement familier d'une voix qui me souffle que la soirée va devenir encore plus intéressante – et, comme je sais désormais que cette voix ne se trompe presque jamais, je me retourne.

Gagné ! L'affaire se corse. Au même instant, la porte de la rue s'ouvre et, dans un froufrou de rubans, Jennifer en personne entre dans la galerie.

J'avais trouvé les lieux bien calmes, mais c'était un déchaînement de carnaval à côté du silence qui s'installe alors qu'elle gagne le fond de la salle sur ses béquilles. Elle est pâle et émaciée. Son costume de strip-teaseuse paraît trop grand et elle avance lentement, prudemment, comme si elle n'était pas encore accoutumée aux béquilles. Un pansement immaculé recouvre le moignon de sa jambe fraîchement amputée.

Pendant ce temps, je sens Rita se recroqueviller pour tenter d'éviter tout contact avec l'unijambiste. Je me retourne : elle est aussi blême que Jennifer et a apparemment renoncé à respirer.

Je lève le nez : tout comme Rita, les autres visiteurs, les yeux écarquillés posés sur Jennifer, reculent sur son passage. Elle finit par s'arrêter à quelques centimètres de sa jambe. Elle la contemple un long moment, sans se rendre compte que toute la salle est sur le point de manquer d'air. Puis elle lâche une des béquilles, se penche et touche le tibia.

– Sexy, dit-elle.

Je me retourne vers Rita, m'apprêtant à murmurer un sentencieux *ars longa...* ou quelque chose du genre, mais c'est inutile.

Rita s'est évanouie.

3

Nous rentrons à Miami un vendredi soir, deux jours plus tard, et à l'aéroport les ondes malsaines dégagées par une foule qui s'insulte et se bouscule autour des tapis à bagages m'arracheraient presque une larme. Quelqu'un essaie d'embarquer la valise de Rita et m'aboie dessus quand je la lui reprends : c'est l'accueil qu'il me fallait. C'est bon de rentrer chez soi !

Et au cas où je voudrais faire dans le sentimental, j'y ai droit dès la première heure, le lundi matin, quand j'arrive au bureau. En sortant de l'ascenseur, je tombe sur Vince Masuoka.

– Dexter, fait-il d'un ton qui me paraît ému, tu as apporté des beignets ?

Cela fait chaud au cœur de se rendre compte qu'on manque aux gens. Enfin, si j'avais un cœur, je suis sûr que cela lui ferait chaud.

– Je n'en prends plus, réponds-je. Je mange seulement des *croissants**.

– Comment ça se fait ? demande Vince, interloqué.

– *Je suis parisien**.

– Oui, enfin, tu aurais dû apporter des beignets. On est appelés à South Beach pour une drôle d'affaire, et là-bas impossible d'en acheter.

– *Quel tragique** !

– Tu comptes rester comme ça toute la journée ? Parce qu'elle risque d'être longue.

Et c'est en effet le cas. Ce que n'arrangent ni les bousculades des journalistes ni celles des badauds qui se massent devant le ruban jaune tendu autour d'un bout de plage tout proche de l'extrémité sud de South Beach. Je suis déjà en nage le temps de me frayer un passage au milieu de tout ce monde et de gagner le sable. Angel Batista, déjà à quatre pattes à cinq mètres des cadavres, est en train d'examiner quelque chose qu'il est seul à avoir repéré.

– Qu'est-ce qui t'intrigue ? demandé-je.

– Des nichons sur une grenouille, répond-il sans lever le nez.

– J'imagine, mais Vince dit qu'il y a un truc louche du côté des cadavres.

Il fronce les sourcils et se baisse encore un peu.

– Tu n'as pas peur des puces de sable ?

– Ils ont été tués ailleurs, répond-il. Mais l'un d'eux a un peu dégouliné. Sauf que c'est pas du sang.

– J'en ai, de la chance !

– Et puis, ajoute-t-il en glissant avec des pincettes un machin invisible dans un sachet en plastique, ils ont...

Il se tait. Cela n'a aucun rapport avec ce qu'il a trouvé dans le sable. Il cherche plutôt un mot destiné à me faire peur, et dans ce silence j'entends un froissement d'ailes sur la banquette arrière.

– Ils ont quoi ? demandé-je finalement.

Il secoue légèrement la tête.

– Ils ont été... arrangés.

Et, comme si le charme venait de se rompre, il reprend brusquement ses occupations, scelle le sachet et le pose précautionneusement à côté de lui avant de reprendre son examen.

Si c'est tout ce qu'il a à me dire sur le sujet, il faut manifestement que j'aille me rendre compte par moi-même. Je franchis donc les derniers mètres.

Deux cadavres, un homme et une femme, apparemment la trentaine, et pas choisis pour leur beauté. Tous les deux sont pâles, obèses et poilus. Ils ont été soigneusement disposés sur des serviettes de plage criardes, du genre qu'affectionnent les touristes originaires du Midwest. Sur la cuisse de la femme est posé un roman à la couverture rose vif comme les péquenots en trimballent avec eux en vacances. Il s'intitule *Saison touristique*. Un couple marié bien ordinaire passant une agréable journée à la plage.

Pour souligner le bonheur qu'ils sont censés connaître, ils portent l'un et l'autre un masque en plastique semi-transparent apparemment fixé avec de la colle. Un masque qui leur fait un grand sourire artificiel tout en laissant voir leur visage au-dessous. Miami, le paradis du sourire permanent !

Sauf que ces deux-là ont de drôles de raisons de sourire, et j'entends déjà le Passager noir réprimer à grand-peine ses gloussements. L'homme et la femme ont été fendus en deux, depuis le sternum jusqu'à la taille, et la chair écartée de part et d'autre révèle l'intérieur. Et même si mon obscur ami n'était pas hilare, je me rendrais compte tout seul que ce n'est pas commun.

Tous les organes internes ont été enlevés, ce qui me paraît bien pour un début. Pas d'épouvantable tas d'intestins gluants de sang et autres tripailles luisantes. Tout a été nettoyé. Avec autant de soin que de goût, le ventre de la femme est devenu une corbeille de fruits tropicaux comme on en trouve dans sa chambre dans les hôtels de luxe. Je vois des mangues, des papayes, des oranges et des pamplemousses, un ananas et, bien entendu, quelques bananes. Il y a même un ruban rouge noué sur la cage thoracique, et au milieu des fruits pointe une bouteille de mousseux.

L'homme a plutôt des airs de fourre-tout. Au lieu de l'attrayant arrangement de fruits colorés, son ventre accueille une énorme paire de lunettes de soleil criarde, un masque et un tuba, un flacon de lotion solaire, un autre d'insectifuge, et une petite assiette de *pasteles*, des pâtisseries cubaines. Vraiment dommage de gâcher ça dans un coin où on ne trouve pas le moindre beignet. Sur le rebord est posée une espèce de brochure. Je me penche : c'est le *Calendrier de maillots de bain de South Beach*. Sous le calendrier dépasse la tête d'un mérou dont la gueule ouverte est figée dans un sourire étrangement semblable à celui du masque collé sur le visage de l'homme.

Je me retourne en entendant un crissement de pas derrière moi.

– Un copain à toi ?

Ma sœur, Deborah. Je devrais peut-être dire « sergent Deborah », puisque ma fonction exige que je me montre poli avec quelqu'un qui a atteint ce rang envié. Et poli, je le suis généralement, au point même d'ignorer ses sarcasmes. Mais la vue de ce qu'elle tient à la main balaie tout sens du devoir. Je ne sais pas comment, mais elle a réussi à dégotter un beignet – fourré à la crème pâtissière, mon préféré – et en enfourne une énorme bouchée. C'est atrocement injuste !

– Qu'est-ce que tu en dis, frérot ? demande-t-elle, la bouche pleine.

– J'en dis que tu aurais pu m'apporter un beignet.

Elle me fait un sourire tout en dents, ce qui n'arrange rien : elle a les gencives couvertes de chocolat.

– J'en avais apporté un, mais j'avais faim, alors je l'ai mangé.

C'est agréable de voir ma sœur sourire, car cela ne lui arrive pas souvent depuis quelques années : ça ne va pas avec l'image qu'elle se fait d'elle-même en flic. Mais je ne me sens pas déborder d'affection fraternelle – principalement parce que je n'ai pas eu ma dose de beignet. Néanmoins, sachant que, même l'estomac vide, c'est le bonheur familial qui compte, je sauve la face.

– Je suis très content pour toi.

– Non, c'est pas vrai, tu fais la tête. Qu'est-ce que tu en penses ?

Et elle enfourne le dernier morceau de beignet en désignant les corps du menton.

Bien entendu, Deborah, plus que personne au monde, a le droit de bénéficier de mes conseils avertis sur les malades et les tordus qui commettent ce genre de crime, étant donné que c'est la seule famille qui me reste et que je suis moi-même malade et tordu. Mais, en dehors de l'amusement à présent faiblissant du Passager noir, je n'ai aucune idée de la raison pour laquelle ces deux-là ont été ainsi mis en scène. Quelqu'un semble avoir une idée très personnelle de l'industrie touristique. Je tends l'oreille un long moment en faisant semblant de réfléchir, mais je n'entends ni ne vois rien, à part un raclement de gorge vaguement agacé au fin fond du Château-Dexter. Seulement, Deborah attend mon avis.

– Ça me paraît affreusement surjoué, dis-je finalement.

– C'est joli comme mot. Et ça veut dire quoi ?

J'hésite. Généralement, en matière de crimes inhabituels, grâce à mon intuition, je n'ai pas de mal à me faire une idée des troubles psychiques qui aboutissent à ce genre de résultat. Mais, là, je suis dans une impasse. Même un expert de première main comme moi a ses limites, et je me demande bien quel traumatisme primal a suscité le besoin de transformer une grosse bonne femme en corbeille de fruits.

Deborah me fixe avec un regard interrogateur. Je ne veux pas lui sortir un baratin quelconque qu'elle pourrait prendre pour argent comptant avant de foncer dans la mauvaise direction. D'un autre côté, ma réputation exige que je me prononce en tant que spécialiste.

– Je n'ai pas d'avis définitif. C'est juste que...

Là, je marque une pause, me rendant compte que ce que je m'apprête à proférer est vraiment un point de vue d'expert, comme me le confirme le petit gloussement encourageant du Passager.

– Quoi, merde ? s'énerve Deborah.

Je suis soulagé de la voir redevenue elle-même.

– Ç'a été fait avec un genre de sang-froid qu'on ne voit pas normalement.

– Normalement, ricane Debs, ça veut dire quoi ? Normal comme toi ?

Je suis surpris du tour personnel de sa remarque, mais je laisse courir.

– Normal pour un individu capable d'un tel acte, dis-je. Il faut qu'il y ait une certaine passion, qu'on sente que celui qui a fait ça avait vraiment... euh... besoin de le faire. Pas dans le cas présent. Ça sent le type qui s'est demandé ce qu'il pourrait bien trouver de drôle à ajouter.

– Parce que tu trouves ça drôle ?

Je secoue la tête : elle fait exprès de ne pas comprendre.

– Non, ça ne l'est pas, c'est ce que je suis en train de te dire. C'est le meurtre qui est censé être une partie de plaisir, et cela devrait se voir sur les cadavres. Mais, en fait, le meurtre n'est pas l'objectif premier, c'est juste le moyen de parvenir à quelque chose... Pourquoi tu me regardes comme ça ?

– C'est ce que tu éprouves, toi ?

Je suis un peu pris de court, situation inhabituelle pour Dexter le Dextre, toujours prêt à riposter. Debs n'a pas encore digéré ce que je suis, ni ce que son père a fait de moi. Je me rends bien compte qu'elle doit avoir du mal à supporter ça au quotidien, surtout au boulot – qui consiste, n'oublions pas, à pincer des gens comme moi et à les envoyer à la chaise électrique.

D'un autre côté, ce n'est vraiment pas un sujet que je peux aborder avec détachement. Même avec Deborah, c'est un peu comme si je discutais fellation avec ma mère. Je décide donc de biaiser subtilement.

– Ce que je veux te faire comprendre, c'est que le but ne semble pas avoir été le meurtre. Ce qui comptait, c'était ce qu'il ferait des corps après les avoir tués.

Elle me dévisage un moment, puis elle secoue la tête.

– Merde, je serais ravie de savoir ce que tu en penses. Mais j'aimerais encore plus savoir ce que tu as dans le crâne, putain !

Je pousse un long soupir. C'est apaisant, comme les petits bruits du Passager noir.

– Écoute, Debs, ce que j'essaie de te faire comprendre, c'est qu'on n'a pas affaire à un tueur, mais à quelqu'un qui adore s'amuser avec des cadavres, pas avec des êtres vivants.

– Et ça change quelque chose ?

– Oui.

– Il tue quand même les gens ?

– Ça m'en a tout l'air.

– Et il va probablement recommencer ?

– Probablement.

Et je suis le seul à entendre le gloussement intérieur qui me le confirme.

– Alors, qu'est-ce que ça change ?

– Ça change qu'on n'aura pas le même mode opératoire. On ne saura pas quand il recommencera, quel est le profil de la prochaine victime ; on ne bénéficiera pas des indices habituels. La seule chose à faire, c'est d'attendre en espérant avoir de la veine.

– Merde, j'ai jamais été patiente.

Il y a un peu d'agitation du côté des voitures garées, et un inspecteur obèse nommé Coulter accourt vers nous.

– Morgan ?

– Oui ? répondons-nous en chœur.

– Pas toi, me dit-il. Toi, Debbie.

Elle fait la tête – elle a horreur qu'on l'appelle Debbie.

– Quoi ?

– On doit faire équipe sur cette affaire. Ordre du capitaine.

– Je suis déjà là, répond-elle. Pas besoin de coéquipier.

– Maintenant, si, réplique Coulter avant de prendre une longue goulée de sa bouteille de soda. On en a un autre du même genre. Aux Fairchild Gardens.

– Veinarde, dis-je à Deborah, qui me fusille du regard. Tu vois, tu n'auras pas besoin d'attendre.

4

L'un des grands avantages de Miami, c'est l'inexorable volonté de ses habitants à tout goudronner. Il n'a suffi que de quelques années de dur labeur pour que notre Belle Cité, naguère éden tropical peuplé d'une faune et d'une flore abondantes, n'abrite plus une seule plante ni une seule bestiole. Bien sûr, leur souvenir perdure dans les immeubles résidentiels qui les ont remplacées. Chaque nouveau grand ensemble porte le nom de l'espèce qu'il a fallu éradiquer pour l'édifier. Plus d'aigles ? Résidence du Nid-d'Aigle. Plus de panthères ? Lotissement des Panthères. Simple, élégant et généralement très lucratif.

Je ne sous-entends pas par là que Fairchild Gardens est un lieu dont on a arraché toutes les tulipes pour faire un parking. Loin de là ! C'est en quelque sorte la revanche des plantes. Bien sûr, avant d'y arriver, il faut passer par une ribambelle d'Orchid Bays et de Cypress Hollows, mais une fois sur place on découvre un vaste monde sauvage d'arbres et d'orchidées d'où est absent le moindre individu armé de cisailles. Cependant, il existe encore un ou deux endroits où l'on peut voir un vrai palmier sans qu'il y ait de néons derrière, et d'ordinaire je trouve cela rafraîchissant de pouvoir me promener parmi les arbres loin de la cohue.

Mais, ce matin, le parking déborde de monde quand nous arrivons, étant donné que le jardin botanique a été fermé après la découverte d'une Chose affreuse. Du coup, les groupes qui ont prévu une visite se sont repliés devant les portes, espérant entrer pour pouvoir cocher le site sur leur liste et, qui sait ? voir peut-être quelque chose de si horrible qu'ils pourront faire mine d'être bouleversés. Une destination touristique idéale à Miami : des orchidées et des cadavres.

Il y a même deux jeunes types avec des airs de lutins qui parcourent la foule et filment – on croit rêver – les gens qui attendent. Au passage, ils s'écrient « Meurtre au jardin botanique ! » et autres remarques encourageantes. Peut-être ont-ils une bonne place de parking qu'ils ne veulent pas lâcher, étant donné qu'il ne reste plus le moindre espace, sauf peut-être pour une trottinette.

Deborah est née à Miami et en plus elle est flic : elle fend la foule avec sa Ford, se gare juste devant l'entrée principale, à côté d'autres véhicules officiels, et bondit hors de la voiture. Le temps que je descende, elle est déjà en train de parler à un policier en tenue, un petit râblé nommé Meltzer, que je connais vaguement. Il a à peine désigné l'une des allées à l'opposé de l'entrée que Deborah fonce déjà.

Je la suis aussi vite que je peux. J'ai l'habitude de courir derrière elle, puisqu'elle se précipite immanquablement sur les lieux d'un crime. Je n'ai jamais jugé opportun de lui faire remarquer que cela ne sert à rien de se presser : après tout, la victime ne risque pas de filer. Mais Deborah court et elle s'attend à ce que je la rejoigne pour lui dire quelles conclusions elle doit tirer. Et c'est pourquoi je presse le pas avant qu'elle se perde dans cette jungle soigneusement entretenue.

Je finis par la rattraper alors qu'elle pile net dans une petite clairière en retrait de l'allée, dans un coin nommé Forêt pluviale. Un banc y permet à l'amoureux de la nature de faire une pause et de récupérer au milieu des fleurs. Hélas pour moi, encore haletant après cette course-poursuite, le banc est déjà occupé par quelqu'un qui a manifestement plus besoin que moi de s'asseoir.

Il est installé près d'un cours d'eau à l'ombre d'un palmier, vêtu d'un short en coton baggy, le genre léger qu'on tolère depuis peu en ville, et porte des tongs en caoutchouc dont on les assortit inévitablement. Il porte également un tee-shirt qui proclame JE SUIS AVEC UNE TÊTE DE CON, un appareil-photo en bandoulière et un bouquet qu'il étreint pensivement. Je dis « pensivement », je m'avance un peu, car sa tête a été tranchée proprement et remplacée par une gerbe de fleurs tropicales multicolores. Quant au bouquet, les fleurs sont un amas de tripes joyeusement colorées que couronne apparemment un cœur constellé d'une nuée de mouches pleines d'ardeur.

– L'enfoiré ! lâche Deborah, que je ne vais pas contredire. Putain d'enfoiré ! Trois en une journée.

– Rien n'indique qu'il y a un lien entre eux, précisé-je prudemment.

J'ai droit à un regard noir.

– Parce que tu vas me dire qu'on a deux salopards qui se font concurrence ?

– Peu probable, admets-je.

– Ça, tu peux le dire. Et je vais avoir le capitaine Matthews et tous les journalistes de l'*Eastern Seabord* au cul.

– Ça promet !

– Et qu'est-ce que je suis censée leur dire ?

– « Nous suivons un certain nombre de pistes et nous espérons pouvoir vous donner rapidement des informations plus précises. »

Deborah me fixe tel un énorme poisson très énervé, toutes dents et tout yeux dehors.

– J'ai pas besoin de toi pour me souffler les conneries d'usage. Même les journalistes les connaissent par cœur. Et c'est le capitaine Matthews qui les a inventées !

– Tu préférerais quel genre de conneries, alors ?

– Le genre qui me dit à quoi tout ça rime, ducon.

J'ignore le nom d'oiseau et je me retourne vers notre nouvel ami épris de botanique. Il y a dans sa position une nonchalance étudiée qui produit un contraste saisissant avec sa mort par décapitation. On l'a apparemment installé ainsi avec le plus grand soin et, une fois de plus, j'ai la nette impression que ce cadavorama final importe plus que le meurtre lui-même. C'est un peu troublant, malgré les gloussements moqueurs du Passager noir. C'est comme si on vous disait qu'on s'est épuisé à draguer et à coucher pour le simple plaisir de pouvoir fumer une cigarette à la fin.

Tout aussi troublant est le fait que, comme un peu plus tôt dans la journée, je ne perçois aucun indice du Passager, hormis un amusement connaisseur presque indifférent.

– J'aurais tendance à penser, dis-je avec hésitation, qu'il s'agit d'une sorte de manifeste.

– Un manifeste, répète Deborah. Et de quel genre ?

– Je ne sais pas.

Deborah me fusille du regard de plus belle et secoue la tête.

– Heureusement que tu es là pour m'aider !

Et, avant que j'aie le temps de trouver de quoi me défendre pour la piquer un peu, l'équipe de la police scientifique fait irruption dans notre paisible retraite et commence à photographier, à mesurer, à prélever et à scruter tout ce qui pourrait fournir une réponse. Deborah me plante là pour discuter avec Camilla Figg, l'une des geeks du labo, et j'en suis réduit à me morfondre devant mon incapacité à aider ma sœur.

Je suis sûr que je souffrirais atrocement si j'étais capable d'éprouver des remords ou toute autre émotion humaine accablante, mais, comme je ne suis pas fait comme ça, je n'éprouve rien du tout – à part une petite faim. Je retourne au parking et bavarde avec Meltzer jusqu'à ce que quelqu'un vienne me prendre pour me ramener au site de South Beach. J'y ai laissé mon matériel et je n'ai même pas encore commencé à récolter les échantillons de sang.

Je passe le reste de la matinée à faire l'aller-retour entre les deux lieux de crime. Je n'ai pas grand-chose à relever, à part quelques petites taches de sang séché dans le sable qui laissent penser que le couple de la plage a été tué ailleurs et transporté ici par la suite. Je suis presque certain que tout le monde en est conscient depuis longtemps, étant donné qu'il est très peu probable que quelqu'un ait procédé à tout ce charcutage et à cette mise en scène en public. Je ne m'en ouvre donc pas à Deborah, qui est déjà fort tendue, car je n'ai pas envie qu'elle se défoule sur moi.

Seul vrai bon moment de la journée, à presque 13 heures, Angel propose de me ramener à mon bureau et nous nous arrêtons en route pour déjeuner chez Habanita, son restaurant cubain préféré à Calle Ocho. Après avoir mangé un très bon steak que je découpe chirurgicalement et arrosé mon flan de deux *cafecitas*, je suis nettement ragaillardi quand j'entre dans le bâtiment, présente mon badge et monte dans l'ascenseur.

Alors que les portes coulissantes se referment, je perçois un petit frémissement dubitatif du Passager et je tends l'oreille, me demandant si c'est une réaction au grand guignol sanglant de la matinée, ou la conséquence d'un excès d'oignons avec mon steak. Mais je n'entrevois que d'invisibles ailes noires tendues, ce qui indique le plus souvent que je ne dois pas m'arrêter aux apparences. J'ignore pourquoi cela m'arrive dans l'ascenseur, et je me dis que le Passager est peut-être hésitant et déstabilisé. Évidemment, c'est embêtant qu'il ne dispose pas de tous ses moyens, et je me demande comment y remédier lorsque les portes se rouvrent et que toutes mes questions trouvent leurs réponses.

Comme s'il avait deviné que nous serions là, je me retrouve nez à nez avec le regard noir et imperturbable du sergent Doakes, et c'est un sacré choc. Il ne m'a jamais aimé, m'a toujours soupçonné d'être une espèce de monstre – ce que je suis, évidemment – et est bien décidé à le prouver d'une manière ou d'une autre. Mais un chirurgien amateur ayant capturé Doakes et lui ayant ôté les mains, les pieds et la langue, bien que je me sois donné un mal de chien pour essayer de le sauver – et, d'ailleurs, j'y suis parvenu pour le reste –, il a décidé que c'était ma faute s'il était un peu diminué et il m'aime encore moins.

Bien qu'il soit incapable, étant privé de sa langue, de dire quoi que ce soit d'à peu près cohérent, cela ne change pas grand-chose : il parle quand même et tout le monde est contraint de subir une espèce de novlangue à base de *g* et de *n*, débitée avec une impatience menaçante qui vous donne envie de courir vers l'issue de secours la plus proche tout en essayant quand même de comprendre.

Je m'apprête donc à supporter une diatribe aussi furieuse qu'incompréhensible. Il pose sur moi le regard qu'il réserve habituellement aux violeurs de mamies, et je commence à me demander si je ne pourrais pas par hasard juste filer en douce. Rien ne se passe, puis les portes de l'ascenseur se referment peu à peu. Mais, avant que j'aie pu redescendre, Doakes tend la main – plus exactement une rutilante pince en acier – et les bloque.

– Merci, dis-je en faisant un pas hésitant.

Il ne bouge ni ne cille, et, à moins de l'assommer, je ne pourrai pas passer.

Doakes continue de me fixer de son regard glacial et cruel et brandit un petit objet métallique de la taille d'un bouquin de poche. Il l'ouvre ; c'est un PDA. Il appuie sur un bouton avec sa pince.

– Posez-le sur mon bureau, dit une voix d'homme un peu saccadée sortant du haut-parleur de l'engin. (Doakes grommelle et appuie sur une autre touche.) Noir, deux sucres, continue la voix. Passez une bonne journée.

C'est un très agréable baryton qui aurait dû provenir des lèvres d'un Américain blanc, enjoué et un peu enrobé, et non pas de ce cyborg noir et furibard animé d'un désir de vengeance.

Finalement, il est obligé de baisser les yeux vers le clavier de son machin et, après avoir considéré un ensemble de phrases préenregistrées, il trouve celle qu'il cherche.

– Je t'ai à l'œil, annonce le baryton.

La phrase est dite sur un ton jovial et positif qui devrait me mettre de bonne humeur, mais le fait que Doakes la prononce par procuration gâche tout.

– C'est très rassurant, dis-je. Cela vous ennuierait-il de m'avoir à l'œil pendant que je sors de l'ascenseur ?

Un bref instant, ça a l'air de l'ennuyer, puis il s'apprête à appuyer sur une touche. Il baisse les yeux, appuie et relève le nez tandis que la voix déclame chaleureusement « Enculé de ta mère » sur le ton enjoué d'une ménagère annonçant triomphalement en brandissant un quatre-quarts : « C'est moi qui l'ai fait ». Malgré tout, il s'efface légèrement et je peux continuer mon chemin.

– Merci, réponds-je. (Comme il m'arrive de ne pas être très gentil, j'ajoute :) Je vais le poser sur votre bureau. Noir, deux sucres. Passez une bonne journée.

Je continue dans le couloir en sentant son regard fixé sur mon dos jusqu'à ce que je m'engouffre dans mon bureau.

5

L'épreuve de cette journée de travail a été suffisamment pénible, depuis une matinée perdue à l'autre bout de la ville et sans beignet jusqu'à la rencontre terrifiante avec les restes du sergent Doakes (version parlante). Et, quand bien même, rien de tout cela ne me prépare au choc qui m'attend en rentrant à la maison.

J'espérais bénéficier d'un bon dîner réconfortant et douillet et me délasser un peu avec Cody et Astor – une petite partie de jeu de massacre dans le jardin avant le repas, par exemple. Mais, en me garant dans l'allée de la maison de Rita – désormais Ma Maison à moi aussi, ce qui exige un certain délai d'accoutumance –, je suis surpris de voir deux petites têtes ébouriffées assises devant et qui ont l'air de m'attendre. Comme je sais très bien que *Bob l'éponge* passe à la télé à cette heure-ci, je ne vois pas pourquoi ils sont dehors et non pas rivés à l'écran. C'est donc avec une inquiétude croissante que je descends de voiture et viens vers eux.

– Bien le bonjour, citoyens, dis-je.

Ils posent sur moi un regard morne sans piper mot. C'est assez normal pour Cody, qui n'en sort pas plus de quatre à la fois. Mais pour Astor, c'est alarmant, car elle a hérité du don de sa mère pour la technique de respiration circulaire, ce qui leur permet à l'un comme à l'autre de parler sans jamais reprendre leur souffle. Et la voir assise sans rien dire est quasi inédit. Je change de langage et je retente le coup.

– Zyva, les potes.

– Caca fin, répond Cody.

En tout cas, c'est ce qu'il me semble entendre. Mais, comme rien dans ma formation ne m'a préparé à réagir à quoi que ce soit de ce genre, je me tourne vers Astor, espérant qu'elle me fournira un indice sur la conduite à tenir.

– Maman a dit qu'on aurait de la pizza, mais pour toi c'est du caca fin et comme on voulait pas que tu t'enfuies on est sortis te prévenir. Tu ne vas pas partir, hein, Dexter ?

Je suis un peu soulagé de voir que mes oreilles ne m'ont pas joué un tour, même si, du coup, il va falloir que je me débrouille avec cette histoire de « caca fin ». Rita a-t-elle vraiment dit ça ? Cela signifie-t-il que j'ai fait une bêtise sans le savoir ? Cela me paraît injuste : j'aime bien me rappeler et savourer ce que je fais de mal. Et puis, le lendemain de la lune de miel, n'est-ce pas un peu rapide ?

– En ce qui me concerne, je ne vais nulle part, dis-je. Vous êtes sûrs que c'est bien ce qu'a dit votre mère ?

– Mm-mm. Elle a dit que tu serais surpris, répond Astor en hochant la tête à l'unisson avec son frère.

– Elle ne s'est pas trompée. (Et je trouve ça vraiment injuste. Je suis dans une impasse.) Venez, on va lui dire que je ne pars pas.

Ils me prennent chacun une main et nous entrons. La maison est remplie d'un parfum délicieusement appétissant, étrangement familier et pourtant exotique, comme si on sentait une odeur de tarte au potiron en reniflant une rose. Et, comme ça vient de la cuisine, j'y emmène ma troupe.

– Rita ?

Un fracas de casseroles pour toute réponse.

– Ce n'est pas prêt, dit-elle. C'est une surprise.

Comme nous le savons tous, les surprises, c'est généralement de mauvais augure, sauf quand c'est votre anniversaire – et même là, rien n'est sûr. Mais je pousse quand même bravement jusqu'à la cuisine, où je trouve Rita, ceinte d'un tablier, en train de s'activer devant la cuisinière, une mèche de cheveux blonds rebelle collée sur le front.

– J'ai fait une bêtise ? demandé-je.

– Quoi ? Mais non, voyons. Pourquoi tu... oh, zut ! fait-elle en portant à sa bouche l'index qu'elle vient de se brûler, en se mettant à remuer frénétiquement le contenu de la casserole.

– Cody et Astor ont dit que tu me chassais.

Rita lâche sa cuiller et me regarde avec inquiétude.

– Te chasser ? C'est idiot. Je... Pourquoi aurais-je...

Elle se penche, récupère sa cuiller et recommence à remuer.

– Alors, qu'est-ce que c'est que cette histoire de caca fin ?

– Dexter, dit-elle d'un ton tendu, j'essaie de te préparer un plat exprès pour toi et je me donne du mal pour ne pas le rater. Est-ce que ça peut attendre ?

Elle se précipite sur le plan de travail, empoigne un gobelet doseur et retourne en trombe devant la cuisinière.

– Qu'est-ce que tu prépares ?

– Tu as tellement aimé la cuisine à Paris, dit-elle en se concentrant tout en versant le contenu de son gobelet.

– J'aime presque toujours ce qui se mange.

– Alors j'ai eu envie de te faire un délicieux plat français, dit-elle. Du coq au vin.

Elle prononce le mot avec son meilleur accent français raté : *caca fin*. La lumière se fait.

– Caca fin ? dis-je en me tournant vers Astor.

– C'est ça.

– Bon sang ! s'exclame Rita, qui essaie cette fois de se fourrer un coude brûlé dans la bouche.

– Venez, les enfants, dis-je d'un ton à la Mary Poppins. Je vais vous expliquer dehors.

Et je les ramène dans le jardin. Nous nous asseyons sur les marches, et tous deux lèvent vers moi un regard interrogateur.

– Très bien, expliqué-je. Caca fin, c'est juste une méprise.

Astor secoue la tête. Comme c'est une petite je-sais-tout, une méprise est absolument impossible.

– Ce n'était pas caca fin, c'était coq au vin, dis-je. C'est un plat français. Ta mère et moi en avons mangé en France.

Astor secoue la tête, sceptique.

– Personne ne parle français, dit-elle.

– Plusieurs personnes le parlent, en France. Et, même là-bas, certaines personnes comme ta mère pensent le parler aussi.

– Alors c'est quoi ?

– C'est comme du poulet.

Ils échangent un regard, puis se retournent vers moi. Bizarrement, c'est Cody qui rompt le silence.

– On aura quand même de la pizza ? demande-t-il.

– Je suis sûr que oui. Si on faisait une petite partie de jeu de massacre ?

Cody chuchote à l'oreille d'Astor, qui acquiesce.

– Tu peux aussi nous apprendre des trucs. Tu sais, les autres trucs ? demande-t-elle.

Les « autres trucs » dont elle parle, c'est, bien sûr, le Savoir noir qui accompagne la formation des futurs Disciples de Dexter. J'ai récemment découvert que tous les deux, à cause des traumatismes répétés de leur existence passée avec leur père biologique, qui les battait régulièrement avec tout ce qui lui tombait sous la main, sont devenus ce que je ne peux que décrire comme Mes Enfants. Les Descendants de Dexter. Ils sont en proie à une terreur constante, comme je l'étais, arrachés sans ménagement à une douillette réalité pour être précipités dans les contrées sans soleil des plaisirs malsains. Et, comme ils témoignent beaucoup trop d'enthousiasme pour commencer à se livrer à des jeux malsains, la seule manière de les sauver, c'est d'en passer par moi et par la Voie tracée par Harry.

Et, à dire vrai, ce serait tout à fait délectable de leur faire un petit cours ce soir ; un tout petit pas vers le retour à ma vie normale – si tant est que je puisse utiliser ces deux mots ensemble quand il s'agit de moi. La lune de miel a épuisé mes dernières ressources de courtoisie artificielle et je suis prêt à sombrer de nouveau dans l'obscurité et à aiguiser mes crocs. Pourquoi pas en compagnie des enfants ?

– D'accord, dis-je. Allez cherchez d'autres gosses pour notre partie et je vais vous montrer quelque chose d'utile.

– Pour jouer au jeu de massacre ? fait Astor avec une moue. On n'a pas envie d'apprendre ça.

– Pourquoi je gagne toujours quand on y joue ? demandé-je.

– Tu gagnes pas tout le temps.

– Parfois, je laisse l'un de vous gagner, déclaré-je pompeusement.

– Ah..., fait Cody.

– L'astuce, continué-je, c'est que je sais me déplacer sans bruit. En quoi ça peut être important ?

– Pour surprendre les gens, dit Cody.

Quatre mots d'une traite, c'est beaucoup pour lui. C'est merveilleux de le voir sortir de sa coquille.

– Oui, et le jeu de massacre est un excellent entraînement.

Ils échangent un regard.

– Montre-nous d'abord, et après on ira chercher les autres, dit Astor.

– D'accord.

Je me lève et les entraîne jusqu'à la haie qui sépare le jardin de celui des voisins.

Il ne fait pas encore nuit, mais les ombres s'allongent déjà. Je ferme les yeux un bref instant ; quelque chose s'ébroue dans la pénombre sur la banquette arrière ; je laisse le bruissement d'ailes noires me parcourir, je sens que je me fonds dans l'ombre et que je commence à en faire partie...

– Qu'est-ce que tu fais ? demande Astor.

J'ouvre les yeux et la regarde. Son frère et elle me fixent comme si je venais de me mettre à manger de la terre, et je me rends compte que je risque d'avoir du mal à expliquer un concept comme « ne faire qu'un avec l'obscurité ». Mais c'est moi qui en ai eu l'idée, et il va bien falloir que je me débrouille.

– D'abord, dis-je, comme si c'était très simple, il faut vous détendre et sentir que vous faites partie de la nuit qui vous entoure.

– Il ne fait pas nuit, observe Astor.

– Alors disons faire partie du crépuscule, O.K. ? (Elle a l'air dubitative, mais, comme elle ne répond rien, je continue.) Ensuite, il y a en vous quelque chose qui a envie de se réveiller et vous devez y prêter oreille. Est-ce que vous comprenez ?

– L'Ombre, dit Cody, tandis qu'Astor opine.

Je les contemple avec une sorte d'extase religieuse. Ils connaissent l'existence de l'Ombre – c'est le nom qu'ils donnent au Passager noir. Ils l'ont en eux aussi sûrement que moi et se sont assez bien familiarisés avec elle. Il n'y a aucune doute : ils sont déjà dans le monde ténébreux où j'habite. C'est un moment intense où se noue un lien, et je sais désormais que j'ai bien agi : ce sont mes enfants et ceux du Passager, et je suis bouleversé de prendre conscience de ce lien plus fort que ceux du sang.

Je ne suis pas seul. Et j'ai maintenant une énorme et merveilleuse responsabilité envers ces deux enfants. Je dois guider leurs pas sur la Voie de Harry afin qu'ils deviennent ce qu'ils sont déjà, mais dans l'ordre et en sûreté. C'est un moment délicieux, et je dirais presque que j'entends une petite musique dans les environs.

Et c'est ainsi que cette journée agitée et difficile aurait dû se terminer. En toute honnêteté, s'il y a la moindre justice en ce monde cruel, nous aurions dû gambader dans la chaleur de ce début de soirée, nous rapprocher et apprendre de merveilleux secrets, puis rentrer nonchalamment pour retrouver un délicieux plat français et une pizza américaine.

Sauf qu'évidemment la justice n'existe pas, et la plupart du temps je me surprends à penser qu'en effet la vie ne doit finalement pas beaucoup nous aimer. Et je ne devrais pas être surpris quand mon téléphone sonne alors que je m'apprête à les prendre par la main.

– Ramène ton cul tout de suite ! aboie Deborah sans même un bonjour.

– Bien sûr, lui dis-je. Du moment que le reste de ma personne peut rester ici pour dîner.

– Très drôle, grince-t-elle. Mais j'ai pas besoin qu'on me fasse rire en ce moment, parce que j'ai sous le nez un autre de ces cadavres à se tordre de rire.

J'entends un ronronnement intéressé du Passager noir, et les poils se hérissent sur ma nuque.

– Un autre ? Tu veux dire comme les trois qu'on a déjà vus ce matin ?

– Exactement.

Et elle raccroche.

– Ah, ah, fais-je en rempochant mon téléphone.

Cody et Astor lèvent vers moi des mines déçues.

– C'était le sergent Debbie, hein ? demande Astor. Elle veut que tu ailles travailler.

– C'est ça.

– Maman va être folle de rage.

Je me rends compte qu'elle ne se trompe probablement pas. J'entends toujours Rita se bagarrer avec ses casseroles dans la cuisine et pousser régulièrement des « Bon sang ! ». Je ne suis pas un expert en matière de relations humaines, mais je suis sûr qu'elle va être furieuse de me voir partir sans goûter à ce plat qu'elle s'est donné tant de mal à préparer rien que pour moi.

– Là, c'est vraiment caca fin, dis-je en rentrant, tout en me demandant ce que je vais bien pouvoir dire et en espérant que l'inspiration me viendra avant que Rita se fâche.

6

Je ne suis pas du tout certain d'aller au bon endroit tellement la destination est improbable – jusqu'au moment où je vois le ruban jaune, les gyrophares clignotant dans le crépuscule et la foule croissante des badauds qui espèrent voir quelque chose d'inoubliable. Il y a presque toujours la queue devant chez Joe's Stone Crab, mais pas en juillet. Le restaurant étant fermé jusqu'en octobre, cela ferait long à attendre, même chez Joe's.

Mais tous ces gens ne sont pas venus pour manger du crabe. Ils ont faim d'autre chose, ce soir, d'un mets que Joe éviterait probablement de faire figurer sur sa carte.

Une fois garé, je suis la file de policiers en tenue pour gagner l'arrière, où trône le plat du jour, appuyé contre le mur à côté de la porte de service. J'entends glousser mon Passager avant de découvrir les détails, mais, alors que je me rapproche, les projecteurs installés par l'équipe scientifique me montrent qu'il y a de quoi se réjouir pour un connaisseur.

Ses pieds sont engoncés dans une paire de chaussures en cuir noir et souple, de fabrication généralement italienne, que l'on porte plutôt pour danser. Il est revêtu d'un très joli short d'une nuance rouge foncé et d'une chemise en soie bleue portant un motif de palmiers argentés. Seulement, la chemise déboutonnée révèle la poitrine découpée et vidée de toutes les saletés qui s'y trouvent d'ordinaire. À la place, on l'a remplie de glace, de bouteilles de bière et d'un plat à cocktail de crevettes qui se vend tout prêt au supermarché. La main droite serre une poignée de billets de Monopoly et son visage est recouvert, lui aussi, d'un masque en plastique maintenu avec de la colle.

Je vais rejoindre Vince Masuoka, qui passe lentement et méthodiquement de la poudre à empreintes sur le mur, accroupi de l'autre côté de la porte.

– On va toucher le gros lot, ce soir ? demandé-je.

– Si on nous laisse prendre une ou deux bières, ricane-t-il. Elles sont bien fraîches.

– Comment tu le sais ?

– C'est une marque dont l'étiquette vire au bleu quand elle est froide, explique-t-il en passant le revers de sa main sur le front. Il fait au moins trente-deux, là. Une bonne bière serait bienvenue.

– Mais oui, dis-je en contemplant les chaussures improbables du mort. Et après, on pourrait aller danser.

– Hé, ça te dirait ? Après ?

– Non. Où est Deborah ?

– Là-bas. Elle parle à la femme qui a découvert le cadavre.

Je vais rejoindre Debs, qui interroge une Latina en pleurs, qui se cache le visage dans les mains en secouant la tête. Ce que je trouve assez acrobatique, un peu comme se frotter le ventre tout en se tapant le dessus du crâne. Mais elle s'en sort très bien, même si Deborah n'est pas du tout épatée par son excellente coordination.

– Arabelle ! Arabelle, écoutez-moi, s'il vous plaît !

Arabelle n'écoute pas, et, à mon avis, le ton furibard et autoritaire de ma sœur n'est pas fait pour gagner les faveurs de quiconque. Et surtout pas d'une fille qui a l'air envoyée par une agence de casting pour jouer le rôle d'une femme de ménage sans papiers. Deborah m'accueille d'un regard noir, comme si c'était ma faute si Arabelle est terrorisée. Je décide donc de lui venir en aide.

Ce n'est pas que je trouve Debs incompétente – elle est très bien dans son boulot et elle a ça dans le sang, après tout. Mais Arabelle est si bouleversée qu'il est clair qu'elle n'est pas du tout enchantée par sa découverte. Elle est même carrément au-delà de l'hystérie, et parler à des gens hystériques, comme dans beaucoup d'échanges humains, n'exige aucune empathie particulière, heureusement pour le Démoniaque et Débonnaire Dexter. C'est une question de technique et non de talent, et c'est donc à la portée de quiconque a étudié et copié le comportement humain. Sourire quand il faut, hocher la tête, faire mine de compatir : cela fait des années que je maîtrise tout cela.

– Arabelle, dis-je d'un ton apaisant en le prononçant à l'espagnole. (Elle arrête un instant d'agiter la tête.) *Arabelle, necesitamos descubrir este monstre*. (Je regarde Debs et lui demande :) C'est bien un monstre qui a fait ça, n'est-ce pas ? (Elle opine énergiquement.) *Digame, por favor*.

Arabelle a l'amabilité de décoller une de ses mains de son visage.

– *Sí ?* demande-t-elle timidement.

Je m'émerveille du pouvoir de mon charme préfabriqué. Et bilingue, s'il vous plaît.

– *En inglés ?* dis-je avec un sourire faux tout à fait réussi. *Por qué mi hermana no habla español*, expliqué-je en désignant Deborah. (Je suis certain que présenter Debs comme « ma sœur » et non pas comme « la représente de l'autorité armée qui veut te renvoyer au Salvador après t'avoir laissée te faire tabasser et violer » va l'aider à s'ouvrir un peu.) Vous parlez anglais ?

– Un peu.

– Très bien. Racontez à ma sœur ce que vous avez vu.

Je recule et je m'aperçois qu'Arabelle se cramponne à moi.

– Vous pas partir ? demande-t-elle timidement.

– Je vais rester.

Elle me scrute un moment. Je ne sais pas ce qu'elle cherche sur mon visage, mais apparemment ce qu'elle voit lui suffit. Elle me lâche, ses bras retombent et elle se retourne vers Deborah, quasiment au garde-à-vous.

Je regarde Deborah moi aussi et je m'aperçois qu'elle me dévisage d'un air incrédule.

– Bon sang, fait-elle. Elle te fait confiance à toi, et pas à moi ?

– Elle a senti que j'avais le cœur pur.

– Pur mon cul, oui. Merde, si seulement elle savait.

Je dois admettre qu'il y a une once de vérité dans la remarque de ma sœur. Ce n'est que récemment qu'elle a découvert ce que je suis, et c'est peu de dire qu'elle n'est pas très à l'aise avec cette question. Cependant, tout a été sanctionné et organisé par son père, saint Harry, et, même mort, Debs n'irait jamais remettre son autorité en question – ni moi, d'ailleurs. Mais je trouve son ton un peu mordant pour quelqu'un qui compte sur mon aide et je suis un peu vexé.

– Si tu préfères, je peux partir et te laisser te dépatouiller toute seule.

– Non ! s'écrie Arabelle en se raccrochant à moi. Vous avez dit vous pas partir, ajoute-t-elle d'un ton mi-accusateur, mi-paniqué.

J'interroge Deborah du regard.

– Ouais, reste.

Je tapote la main d'Arabelle pour me dégager.

– Je ne bouge pas de là. *Yo espero aquí*, dis-je avec un sourire toujours aussi artificiel qui la rassure Dieu sait pourquoi.

Elle me regarde dans les yeux, sourit à son tour, puis se retourne vers Debs avec un long soupir.

– Allez-y, lui dit Debs.

– Je viens ici, même heure comme toutes les fois.

– Et c'est à quelle heure ?

– 5 heures. Trois fois par semaine maintenant, parce que c'est fermé en *julio* mais ils voudraient le ménage. Pas cafards.

Elle me jette un regard et j'opine : cafards, pas bien.

– Et vous êtes passée par-derrière ? demande Deborah.

– Oui... *siempre* ? m'interroge-t-elle du regard.

– Toujours, traduis-je.

– Toujours porte derrière. Defront toujours fermé *hasta octubre*.

Deborah reste perplexe, puis elle comprend : la porte de devant est fermée jusqu'en octobre.

– O.K., dit-elle. Donc, vous arrivez, vous faites le tour par-derrière et vous voyez le corps ?

De nouveau, Arabelle se cache un instant le visage dans les mains. Puis elle se tourne vers moi. Je hoche la tête. Elle baisse les mains.

– Oui.

– Vous avez remarqué quelque chose d'autre d'inhabituel ? demande Deborah. (Puis, comme Arabelle la regarde sans comprendre :) Quelque chose qui n'aurait pas dû être là ?

– *El cuerpo*, s'indigne Arabelle en désignant le cadavre.

– Et vous n'avez vu personne d'autre ?

– Personne. Moi seulement.

– Et dans les environs ? (Arabelle ne comprend pas plus.) Là, sur le trottoir ? Quelqu'un, là-bas ?

– *Turistas*, avec caméras. (Elle baisse la voix et s'adresse à moi sur le ton de la confidence :) *Me pareció posible que estuvieran maricones.*

– Des touristes gays, dis-je à Deborah.

Elle la fusille du regard puis s'en prend à moi, comme si elle pouvait nous forcer par la terreur à trouver une question vraiment utile. Mais même mon astuce légendaire peine à la tâche et je hausse les épaules.

– Je n'en sais rien, dis-je. Elle dit ne pas pouvoir t'en dire plus.

– Demande-lui où elle habite.

Une expression inquiète passe fugitivement sur le visage d'Arabelle.

– Je ne crois pas qu'elle voudra le dire.

– Et pourquoi, bordel ?

– Elle a peur que tu la dénonces à la *Migra*. (Arabelle fait un bond en entendant le mot.) À l'Immigration.

– Je sais ce que ça veut dire, la *Migra*, putain ! aboie Deborah. J'habite ici, oublie pas.

– Oui, mais tu as toujours refusé d'apprendre l'espagnol.

– Alors demande-lui de te le dire à toi.

Je cède et me tourne vers Arabelle.

– *Necesito su dirección.*

– *Porqué ?* demande-t-elle, un peu affolée.

– *Para ir a bailar*, réponds-je. Pour aller danser.

– *Estoy casada*, glousse-t-elle. Je suis mariée.

– *Por favor ?* supplié-je avec mon plus beau sourire synthétique. *Nunca por la Migra, de verdad.*

Arabelle sourit, se penche et me chuchote son adresse. J'acquiesce. C'est un quartier d'immigrés d'Amérique centrale plus ou moins clandestins. Il est logique qu'elle habite là-bas et je suis sûr qu'elle ne ment pas.

– *Gracias.*

– *Nunca por la Migra ?* demande-t-elle, de nouveau inquiète.

– *Nunca*, assuré-je. *Solamente para hallar este asesino*. Seulement pour retrouver le tueur.

Elle acquiesce ; apparemment, pour elle, cela tient debout que j'aie besoin de son adresse pour trouver le tueur. Elle me sourit à nouveau.

– *Gracias*, dit-elle. *Te creo*. Je te crois.

Sa confiance en moi est vraiment très touchante, surtout qu'elle n'a aucune raison de me croire, en dehors de mon sourire cent pour cent toc. Du coup, je me demande si je ne devrais pas changer de métier – vendre des voitures ou même me présenter aux élections présidentielles.

– O.K., fait Deborah. Elle peut rentrer chez elle.

– *Va a su casa*, dis-je à Arabelle.

– *Gracias.*

Et, avec un immense sourire, elle tourne les talons et part presque en courant.

– Merde ! crache Deborah. Merde, merde et remerde !

Je lui jette un regard interrogateur et elle secoue la tête. Elle a l'air abattue, maintenant que colère et tension l'ont quittée.

– Je sais que c'est idiot, dit-elle, mais je pensais qu'elle aurait pu voir quelque chose. Et on ne risque pas de retrouver les touristes gays. À South Beach, il n'y a que ça.

– De toute façon, ils n'auront rien vu.

– En plein jour, personne n'aurait rien vu ?

– Les gens ne voient que ce qu'ils s'attendent à voir. Il a dû se servir d'une camionnette de livraison, et ça aura suffi à le rendre invisible.

– Merde, alors, répète-t-elle, et le moment paraît mal choisi pour critiquer un répertoire aussi limité. J'imagine que tu n'as rien observé d'utile avec celui-là non plus.

– Laisse-moi prendre des photos et y réfléchir.

– Ça veut dire quoi ?

– Ce n'est pas un non définitif. Juste un sous-entendu.

– Alors devine ce que ça implique, ça.

Et elle me fait un doigt d'honneur avant de tourner les talons pour examiner le corps une fois de plus.

7

C'est étonnant, mais vrai : le coq au vin froid n'a pas aussi bon goût qu'on pourrait le penser. Le vin libère un relent de bière aigre, la viande est légèrement visqueuse et le tout devient une sinistre épreuve d'endurance devant des attentes amèrement déçues. Cependant, je suis tout ce qu'il y a de plus endurant et, quand je rentre à la maison vers minuit, je m'administre une large portion de ce machin en faisant preuve de fortitude et de stoïcisme.

Rita ne se réveille pas lorsque je me glisse dans le lit, et je ne traînasse pas avant de m'endormir. J'ai l'impression d'avoir à peine eu le temps de fermer les yeux que le radio-réveil beugle sur la table de chevet pour annoncer le raz-de-marée d'épouvantables violences qui menace d'engloutir notre pauvre cité épuisée.

J'ouvre difficilement un œil : il est vraiment 6 heures et il faut se lever. J'ai un mal de chien à marcher jusqu'à la douche, et le temps que j'arrive à la cuisine Rita a déjà préparé le petit déjeuner.

– J'ai vu que tu avais mangé du coq au vin, dit-elle.

Je trouve le ton un peu lugubre et je me rends compte qu'un peu de pommade serait bienvenue.

– C'était délicieux, encore meilleur que celui qu'on a mangé à Paris.

Son visage s'éclaire un peu, mais elle secoue la tête.

– Menteur. Ce n'est pas bon froid.

– C'est que tu es une fée, alors : il était aussi bon que chaud.

Elle prend un air soucieux et balaie une mèche de son visage.

– Je sais que tu es obligé... enfin, ton boulot est... Mais j'aurais bien voulu que tu puisses le goûter quand... Mais je t'assure, je comprends. (J'aimerais pouvoir en dire autant. Rita dépose œufs au plat et saucisses devant moi, et désigne la petite télévision près de la machine à café.) Les infos du matin ne parlaient que de ça, de... C'est bien de ça qu'il s'agissait, hein ? Ils ont montré ta sœur qui disait... enfin, tu sais quoi. Elle n'avait pas l'air très contente.

– Elle n'est pas contente du tout. Ce que je ne trouve pas normal, étant donné qu'elle a un boulot vraiment passionnant et qu'elle passe à la télé. Qui pourrait en dire autant ?

Ma petite blague ne fait pas sourire Rita. Elle tire une chaise, s'assoit près de moi et, les mains jointes sur les genoux, prend un air encore plus soucieux.

– Dexter, il faut qu'on parle.

Mon étude approfondie de l'humain me permet de savoir que cette réplique a le don de glacer de terreur l'âme des hommes. Par bonheur, je n'ai pas d'âme, mais j'éprouve cependant un petit malaise face à ces paroles qui ne présagent rien de bon.

– Si vite après la lune de miel ? demandé-je, espérant détendre un tantinet l'atmosphère.

– Non, ce n'est pas... (Elle agite une main lasse et pousse un profond soupir.) C'est Cody, dit-elle enfin.

– Oh ! m'exclamé-je.

Je me demande bien ce que cela peut bien être. Cody me paraît aller très bien – mais il faut dire que, contrairement à Rita, je sais que Cody n'est pas du tout le petit garçon taciturne qu'il semble être, mais plutôt un futur Dexter.

– Il a l'air encore tellement... (Elle secoue la tête, baisse les yeux et la voix.) Je sais que son... père... a fait des choses qui... l'ont... blessé. Probablement changé pour toujours. Mais... (Elle lève vers moi des yeux embués de larmes.) Ce n'est pas normal qu'il soit encore comme ça. Tu ne trouves pas ? Il ne parle presque jamais et... J'ai simplement peur qu'il soit... tu sais...

(Une larme roule sur sa main et elle renifle.) Il pourrait rester... tu sais... pour toujours...

D'autres larmes rejoignent la première et, bien que je sois généralement impuissant face à toute émotion, je sais qu'il est de mon devoir de faire un quelconque geste rassurant.

– Cody s'en sortira très bien, dis-je, en remerciant le ciel de mon talent pour mentir de façon convaincante. Il a juste besoin de sortir un peu de sa coquille.

– Tu crois vraiment ? renifle Rita.

– Absolument, dis-je en prenant sa main comme je l'ai récemment vu faire dans un film. Cody est un enfant super. Il met juste un peu plus de temps que les autres à mûrir. À cause de ce qu'il a subi.

Elle secoue si énergiquement la tête qu'une larme m'assaille.

– Tu ne peux pas le savoir.

– Mais si, je peux. (Je ne mens pas.) Je sais très bien ce qu'il traverse, parce que j'ai vécu la même chose.

Elle lève vers moi ses yeux brillants de larmes.

– Ja... Jamais tu ne parles de ce qui t'est arrivé.

– Non, et je n'en parlerai jamais. Mais comme ce n'est pas loin de ce qu'a connu Cody, je sais de quoi je parle. Fais-moi confiance, Rita.

Et, tout en lui tapotant la main, je pense : *Oui, fais-moi confiance. Crois-moi, je ferai de Cody un monstre très compétent et équilibré, exactement comme moi.*

– Oh, Dexter, je te fais confiance. Mais il est tellement...

Elle secoue la tête de plus belle et j'ai droit à une nouvelle attaque de larmes.

– Tout ira bien pour lui, je t'assure. Il a juste besoin d'apprendre à côtoyer les autres gosses de son âge.

Et de faire semblant d'être comme eux, songé-je. Mais comme ce n'est sans doute pas une pensée très réconfortante, je préfère garder ça pour moi.

– Si tu en es sûr, renifle bruyamment Rita.

– Je le suis.

– Très bien, dit-elle en prenant un mouchoir en papier et en se tamponnant les yeux et le nez. Dans ce cas, on va (*snif. Pffrt*)... on va chercher comment l'amener à se sociabiliser.

– C'est la clé. Il va savoir tricher aux cartes en un rien de temps.

Rita se mouche une dernière fois, longuement.

– Des fois, je me demanderais presque si tu blagues. (Elle se lève et me dépose un baiser sur le front.) Si je ne te connaissais pas si bien.

Évidemment, si elle me connaissait aussi bien qu'elle se l'imagine, elle me planterait avec une fourchette et partirait en courant. Le petit déjeuner se poursuit dans sa merveilleuse et apaisante monotonie. C'est vraiment agréable d'être servi, surtout par une femme qui est dans son élément dans une cuisine, et c'est un bonheur d'écouter tous les babillages qui vont avec.

Cody et Astor nous rejoignent alors que je prends mon deuxième café et ils prennent place côte à côte avec le même air d'incompréhension hébétée. Comme ils n'ont pas droit au café, il leur faut plusieurs minutes pour se rendre compte qu'ils sont réveillés. C'est évidemment Astor qui brise le silence.

– Sergent Debbie est passée à la télé.

Astor idolâtre Deborah depuis qu'elle a découvert que ma sœur porte une arme et a le droit de houspiller des tas de flics costauds en uniforme.

– Ça fait partie de son travail, dis-je, tout en me rendant compte que je ne fais qu'alimenter son adoration.

– Pourquoi tu n'es jamais à la télé, toi ? m'accuse-t-elle.

– Je ne veux pas y passer. (Elle me regarde comme si j'abolissais le goûter.) C'est vrai. Imagine, si tout le monde savait à quoi je ressemble. Je ne pourrais plus me promener dans la rue sans qu'on me montre du doigt en chuchotant.

– Personne ne fait ça au sergent Debbie, observe-t-elle.

– C'est vrai. Qui oserait ? (Astor ayant l'air près de répliquer, je repose brusquement ma tasse et me lève.) Il faut que je parte accomplir mon devoir et défendre les bonnes gens de notre cité.

– On ne défend pas les gens avec un microscope, dit Astor.

– Ça suffit, Astor, coupe Rita avant de se précipiter pour me faire un autre baiser, sur la joue cette fois. J'espère que vous allez le pincer, celui-là, Dexter. Il a l'air épouvantable.

Je l'espère également. Quatre victimes en une seule journée, c'est un excès de zèle, même pour moi, et cela risque de provoquer dans toute la ville une atmosphère de paranoïa et de prudence susceptible de m'empêcher de m'amuser tranquillement de mon côté.

C'est donc bien déterminé à ce que justice soit faite que je me rends à mon travail. Bien sûr, pour cela, il faudrait commencer par la circulation, étant donné que les conducteurs de Miami ont transformé depuis belle lurette la corvée des déplacements en une sorte de jeu d'autotamponneuses roulant à tombeau ouvert. C'est d'autant plus intéressant que les règles changent d'un conducteur à l'autre. Par exemple, alors que je roule sur la voie express bondée, un type dans la file voisine se met brusquement à klaxonner. Je me tourne vers lui, il me fait un doigt d'honneur en braillant « *Maricón !* », me coupe la route et fonce sur la bande d'arrêt d'urgence où il continue à rouler.

Comme j'ignore les raisons de sa conduite, je me contente d'adresser un gentil petit signe à sa voiture, qui disparaît dans le concert lointain des Klaxons et des beuglements. La symphonie de l'Heure de pointe à Miami.

J'arrive au bureau un peu en avance, mais il règne déjà une activité fébrile. Je n'ai jamais vu autant de gens dans la salle de presse – enfin, je dis « gens », mais avec les journalistes on n'est jamais assuré qu'il s'agisse d'êtres humains. La gravité de la situation m'apparaît quand je vois les dizaines de caméras et de micros, et pas la moindre trace du capitaine Matthews.

Et ce n'est pas tout : un flic en tenue posté devant l'ascenseur me demande mon badge avant de me laisser entrer, alors que je suis sûr que nous nous connaissons au moins de vue. Quand j'arrive au labo, je m'aperçois que Vince a apporté un sachet de croissants.

– Seigneur ! dis-je en voyant les miettes sur sa chemise. Je plaisantais, Vince.

– Je sais, mais ça faisait tellement classe que... (Il hausse les épaules – cascade de miettes sur le sol.) Il y en a fourrés au chocolat. Et aussi au jambon et au fromage.

– Je ne pense pas que ce serait vu d'un bon œil à Paris.

– Où tu étais, bordel ? fulmine Deborah derrière moi avant de se jeter sur un croissant jambon-fromage.

– Au fond de mon lit.

– Certaines personnes n'ont pas ce plaisir, parce qu'elles essaient de travailler, assiégées par des équipes de télé qui rappliquent du Brésil et de Dieu sait où. (Elle mord à pleines dents dans son croissant et, la bouche pleine, fixe ce qu'il en reste entre ses doigts :) Putain, mais c'est quoi, ce truc ?

– C'est un beignet français, expliqué-je.

Elle balance le morceau vers la première corbeille venue, qu'elle manque d'un bon mètre.

– C'est dégueu !

– Tu préférerais goûter à mon rouleau de printemps ? demande Vince.

– Désolée, mais il y a pas assez à manger dessus et je resterais sur ma faim, répond-elle du tac au tac en m'empoignant le bras. Amène-toi.

Elle m'entraîne jusqu'à son bureau au bout du couloir et se laisse tomber dans son fauteuil. Je prends place sur la chaise pliante et j'attends le déferlement d'émotions qu'elle me réserve sans aucun doute.

Il arrive sous la forme d'une pile de magazines et de quotidiens qu'elle entreprend de me lancer un par un.

– *L.A. Times, Chicago Sun-Times*, ce putain de *New York Times*. Le *Spiegel*. Et le *Toronto Star*.

Juste avant de disparaître étouffé sous cette avalanche, je lui retiens le bras pour l'empêcher de me donner le coup de grâce avec le *Karachi Observer*.

– Debs, je pourrai mieux les lire si tu ne me les enfonçais pas dans les orbites.

– C'est de la merde, une pluie de merde comme tu n'en as jamais vue.

Il est exact que je n'ai jamais vu pleuvoir de merde, sauf une fois à l'école, quand Randy Schwartz avait jeté un pétard dans la cuvette des toilettes des garçons, obligeant M. O'Brien à rentrer chez lui se changer. Mais Debs n'est clairement pas d'humeur à se remémorer de si tendres moments, même si nous n'avons jamais aimé M. O'Brien.

– J'ai deviné, étant donné que Matthews est devenu soudainement invisible.

– Comme s'il n'avait jamais existé, ricane-t-elle.

– Je n'aurais jamais cru qu'on aurait une affaire énorme au point que le capitaine ne veuille pas passer à la télé.

– Quatre putains de cadavres en une seule putain de journée ! crache-t-elle. Personne n'a jamais vu ça et c'est sur mon dos que ça tombe.

– Rita t'a trouvée très bien à la télé.

J'ai pris un ton encourageant, mais elle donne un coup de poing sur la pile de journaux dont la moitié s'écroulent par terre.

– J'ai pas envie de passer à la télé ! Cet enfoiré de Matthews me jette dans la cage aux lions parce que cette affaire est la plus grosse putain de saloperie au monde en ce moment. On n'a pas laissé filtrer de photos des cadavres, mais, Dieu sait comment, tout le monde sait qu'il se passe un truc pas clair, le maire en chie toute une histoire, ce foutu gouverneur aussi, et si, moi, j'ai pas résolu tout ça avant le déjeuner, l'État de Floride tout entier va sombrer dans l'Océan et moi avec. (Elle s'en prend de nouveau à la pile de journaux et fait tomber le reste. Ça a l'air de la calmer : elle s'affaisse, l'air épuisée.) J'ai super besoin d'un coup de main, frérot, là. Ça me fait vraiment chier de te le demander, mais... si jamais tu peux m'en élucider un, c'est le moment.

Je ne sais pas trop comment réagir au fait que cela la fasse brusquement chier de me demander de l'aider – après tout, jusqu'ici, elle m'a toujours appelé au secours sans que ça la gêne. Elle a l'air un peu bizarre, et même susceptible, quand il est question de mes talents particuliers. Mais tant pis. S'il est exact que je n'éprouve aucune émotion, je peux me laisser manipuler par celles des autres, et ce n'est pas facile de me dérober quand elle est au bout du rouleau.

– Bien sûr que je vais t'aider, Debs. C'est juste que je ne sais pas trop jusqu'où je peux aller.

– Merde, enfin, il faut que tu te bouges, on est au fond du trou, là.

C'est agréable qu'elle dise ce « on » qui m'inclut, bien que je n'aie pas l'impression d'être au fond de quoi que ce soit. Mais cette gentillesse n'ébranle pas plus que ça mon énorme cerveau. Pour tout dire, l'immense complexe qu'est le département cérébral Dexter est en ce moment anormalement silencieux, tout comme lorsque nous étions sur les scènes de crimes. Cependant, comme il est d'évidence indispensable de faire montre d'un peu d'esprit d'équipe, je ferme les yeux et fais mine de réfléchir.

Or donc : s'il y a le moindre indice matériel, les infatigables et opiniâtres héros de la police scientifique vont les trouver. Il me faut donc me renseigner auprès d'une source que mes collègues ne peuvent solliciter : le Passager noir. Cependant, et cela ne lui ressemble pas, le Passager s'obstine à rester coi, à part ces gloussements vaguement féroces dont le sens m'échappe.

Peut-être le Passager souffre-t-il encore du décalage horaire. Ou bien il a du mal à se remettre de son traumatisme – mais cela ne paraît guère probable, si j'en juge par l'Envie qui croît en moi.

Alors pourquoi cette timidité ?

En attendant, je suis apparemment seul sur ce coup-là – et, pendant ce temps, Deborah pose sur moi un regard interrogateur et pas du tout commode. Rectifions donc le tir. Ô grand et sinistre génie. Il y a quelque chose de différent dans ces meurtres, au-delà de la mise en scène spectaculaire des cadavres. Spectaculaire est d'ailleurs le mot approprié : ils sont exposés de manière à produire le maximum d'effet. Mais sur qui ? Selon la règle admise dans la communauté des assassins psychopathes, plus on se donne du mal pour la mise en scène, plus on espère conquérir un large auditoire. Mais il est également de notoriété publique que la police dissimule soigneusement de tels étalages spectaculaires – et, même si elle ne prenait pas cette précaution, aucun média ne s'aventurerait à publier des images aussi atroces. Vous pouvez me croire, j'ai vérifié.

À qui sont donc destinées ces mises en scènes ? À la police ? Aux gars des labos ? À moi ? Aucune de ces pistes ne paraît envisageable, et, en dehors de nous et des trois ou quatre personnes qui ont découvert les cadavres, nul n'a rien vu. Il n'y a que les cris d'orfraie de tout l'État de Floride, qui tient à sauver l'industrie touristique.

J'ouvre brusquement les yeux sur Deborah, qui me fixe toujours comme un setter à l'arrêt.

– Quoi, merde ? demande-t-elle.

– Et si c'était leur intention ?

Elle me regarde un moment avec le même air que Cody et Astor quand ils viennent de se réveiller.

– Ça veut dire quoi ? demande-t-elle finalement.

– La première pensée qui m'est venue en voyant les corps, c'est que le but n'avait pas été de les tuer, mais de les exposer.

– Oui, je me souviens, ricane-t-elle. Et j'ai toujours pas compris.

– Mais si, ça tient debout. Si quelqu'un essaie de produire un effet, une sorte d'impact.

– À part attirer l'attention de tous les médias du monde...

– Non, pas à part. C'est précisément de ça que je te parle.

– Quoi ?

– Quel est le problème, si tous les médias ont les yeux rivés sur la Floride, sœurette ? Sur Miami, haut lieu touristique de la planète...

– Tout le monde se dit qu'il est hors de question de foutre les pieds dans cet abattoir. Enfin, Dex, c'est quoi, ton idée ? Je t'ai dit... Oh... (Elle fronce les sourcils.) Tu veux dire qu'on a fait ça pour causer du tort au tourisme ? À l'État tout entier ? C'est complètement dingue.

– Tu crois que le coupable n'est pas dingue, peut-être ?

– Mais qui ferait un truc pareil ?

– Je n'en sais rien. La Californie ?

– Arrête, Dexter. Ça ne tient pas debout. Il faut un mobile quelconque.

– Quelqu'un qui nourrit une certaine rancune, dis-je avec plus de conviction que je n'en éprouve vraiment.

– Qui en voudrait à un État tout entier ? Parce que ça, tu trouves que ça tient debout ?

– Oui, bon, pas vraiment.

– Dans ce cas, sors-moi un truc qui tienne debout, par exemple. Là, tout de suite ! Parce que je vois pas comment ça pourrait être pire.

Si la vie nous enseigne quelque chose, c'est qu'il faut filer se réfugier sous un meuble quand quelqu'un est assez imprudent pour prononcer de telles paroles. Et comme de bien entendu, à peine Deborah a-t-elle refermé la bouche que son téléphone sonne et qu'une voix assez déplaisante me chuchote que c'est le moment où jamais de me couler sous le bureau en position fœtale.

Deborah décroche tout en me foudroyant du regard puis, soudain, elle se détourne et se plie en deux. Elle marmonne quelque chose qui ressemble à « Quand ? Bon sang. D'accord », puis elle raccroche, se retourne et me toise, l'air encore plus furibarde.

– Espèce d'enfoiré.

– Qu'est-ce que j'ai fait ? demandé-je, assez surpris de cette fureur glaciale.

– C'est ce que je voudrais bien savoir.

Même un monstre finit par être parfois gagné par l'irritation, et je sens que je n'en suis pas loin.

– Deborah, soit tu fais des phrases complètes qui veulent dire quelque chose, soit je retourne au labo nettoyer mon spectromètre.

– Il y a du nouveau dans l'affaire.

– Alors pourquoi tu n'es pas contente ?

– C'est à l'office de tourisme. (J'ouvre la bouche, prêt à sortir une petite vanne bien sentie. Je me ravise.) Ouais, exactement. C'est comme si quelqu'un en voulait à l'État tout entier.

– Et tu crois que c'est moi ? dis-je. (J'ai dépassé l'irritation, j'en suis à l'ébahissement. Elle se contente de me fixer sans un mot.) Debs, quelqu'un a versé un truc dans ton café. La Floride, c'est chez moi. Tu veux que je chante *Swanee River* ?

Elle se lève d'un bond.

– Viens, on y va.

– Toi et moi ? Et Coulter, ton équipier ?

– Il prend son café, qu'il aille se faire foutre. Et d'ailleurs je préférerais faire équipe avec un gros porc plutôt qu'avec lui. Viens.

Je ne sais pas pourquoi, mais je ne déborde pas de fierté de valoir à peine mieux qu'un gros porc ; mais, quand le devoir l'appelle, Dexter répond, je lui emboîte donc le pas.

8

L'office de tourisme de l'agglomération de Miami occupe un gratte-ciel de Brickell Avenue, comme il sied à son statut de Very Important Service. Toute la majesté de sa fonction se lit dans le panorama dont on jouit depuis ses fenêtres, qui donnent sur le joli quartier du centre ville, avec la passe de Government Cut, une partie de la baie de Biscayne et même le stade voisin où les équipes de basket se montrent de temps en temps pour de spectaculaires défaites. C'est une vue magnifique, une vraie carte postale, une manière de dire : *Regardez : ça, c'est Miami. Vous en avez pour votre argent.*

Cela dit, aujourd'hui, peu de ses employés semblent jouir de ce panorama. Le bureau évoque une ruche géante qu'on aurait secouée. Ils doivent être une poignée, mais ils entrent, sortent et courent en tous sens avec une telle frénésie qu'on croirait qu'ils sont des centaines à s'agiter. Deborah attend devant la réception deux bonnes minutes – une éternité, pour elle – avant qu'une grosse femme s'arrête.

– Vous voulez quoi ? demande-t-elle.

– Sergent Morgan, répond Debs en sortant aussitôt son badge. Police !

– Oh, mon Dieu, je vais chercher Jo Anne, dit la femme en s'engouffrant dans une porte.

Deborah murmure un « bon Dieu » comme si c'était ma faute, puis la porte se rouvre sur une petite femme aux cheveux courts avec un long nez.

– La police ? s'indigne-t-elle en regardant derrière nous puis en toisant longuement Deborah. C'est vous, la police ? Vous êtes mannequin pour leurs pubs ?

Deborah a l'habitude d'être raillée, mais pas aussi brutalement. Elle rougit d'ailleurs un peu avant de ressortir son badge.

– Sergent Morgan. Avez-vous des informations à nous communiquer ?

– J'ai pas de temps à perdre avec du politiquement correct, répond la femme. J'ai besoin de l'inspecteur Harry, et on m'envoie Fantômette.

Deborah plisse les paupières et ses joues joliment rosies blêmissent.

– Si vous préférez, je peux revenir avec une assignation. Et éventuellement un mandat d'arrêt pour obstruction.

La femme soutient son regard. Dans la pièce derrière elle on entend soudain un grand fracas. Elle sursaute un peu, puis :

– Oh, mon Dieu. D'accord, venez.

Et elle disparaît à nouveau par la porte. Deborah respire un bon coup et grince des dents, puis nous nous engouffrons à sa suite.

La femme est en train de disparaître à nouveau par une porte au bout du couloir, et le temps que nous la rattrapions elle s'est installée dans un fauteuil pivotant au bout d'une table de réunion.

– Asseyez-vous, dit-elle en nous désignant les autres sièges avec une énorme télécommande. (Puis, sans attendre, elle pointe l'engin vers un grand écran plat :) C'est arrivé hier, mais nous n'avons eu le temps d'y jeter un œil que ce matin. Nous vous avons appelés aussitôt, ajoute-t-elle, redoutant peut-être que Deborah ne mette à exécution ses menaces.

– Qu'est-ce que c'est ? demande Deborah en s'asseyant.

Je prends place à côté d'elle.

– La télé. Regardez.

L'écran s'allume sur un menu puis s'anime avec un bruit suraigu. Deborah sursaute malgré elle.

Une image apparaît : en plongée, un corps gisant sur un fond de carrelage blanc. Ses yeux sont grands ouverts et, pour quelqu'un qui a une modeste expérience comme moi, manifestement morts. Puis une silhouette entre dans le champ et dissimule en partie le corps. Nous la voyons seulement de dos, un bras se lève, armé d'une scie électrique. Le bras s'abaisse, et nous entendons le crissement de la lame qui entame la chair.

– Mon Dieu, murmure Deborah.

– La suite est pire, dit la femme.

La lame continue de rugir, de grincer, et nous voyons la silhouette faire des efforts. Puis la scie s'arrête, la silhouette la laisse tomber sur le sol, se penche, arrache un fouillis d'intestins luisants et le lâche devant l'objectif. De grosses lettres blanches apparaissent alors à l'écran, superposées à l'amas de boyaux.

LE NOUVEAU MIAMI VOUS PREND AUX TRIPES

L'image reste encore un peu à l'écran, puis disparaît.

– Attendez, dit la femme.

L'écran clignote de nouveau et un autre texte fait son apparition.

LE NOUVEAU MIAMI – SPOT N° 2

Un lever de soleil sur une plage. Une mélodie cubaine en sourdine. Une vague vient lécher la grève. Un joggeur matinal entre dans le champ à petites foulées et s'immobilise subitement. L'objectif zoome sur son visage, qui passe de la surprise à l'effroi, puis le joggeur pique un sprint, laissant derrière lui sable et vagues pour gagner la rue un peu plus loin. La caméra fait un panoramique pour montrer mes bons vieux amis, le couple bienheureux que nous avons découvert étripé sur le sable à South Beach.

Nous passons ensuite au premier policier arrivé sur les lieux qui se détourne et vomit. Plan de coupe sur la foule des badauds qui se dévissent le cou et se figent, puis plusieurs visages enchaînés, de plus en plus vite, chacun avec une expression horrifiée, mais différente.

L'écran se met à tourbillonner puis se remplit progressivement en plan fixe de chacun des visages que nous avons vus pour former une mosaïque, une sorte de trombinoscope d'une douzaine de visages disposés sur trois rangs.

Un nouveau texte apparaît.

LE NOUVEAU MIAMI : ÇA DÉCOIFFE !

L'écran passe au noir.

Je reste sans voix et je constate que je ne suis pas le seul. Je songe un instant à critiquer le montage, histoire de rompre ce pénible silence – après tout, le public contemporain apprécie le rythme. Mais, l'ambiance ne me paraissant pas très propice à une discussion cinéphilique, je tiens ma langue. Deborah serre les dents. La femme regarde le paysage par la fenêtre sans mot dire.

– Nous pensons que ce n'est pas tout, déclare-t-elle finalement. Enfin, comme les infos ont parlé de quatre cadavres, nous...

Elle hausse les épaules. J'essaie de suivre la direction de son regard pour voir ce qu'il y a de si intéressant à contempler, mais je ne vois qu'une vedette traverser Government Cut.

– C'est arrivé hier ? demande Deborah. Par la poste ?

– Dans une enveloppe ordinaire avec un cachet de Miami. C'est un CD sans signe distinctif, comme ceux que nous avons ici. On peut en acheter n'importe où.

Elle dit cela avec un tel dédain, accompagné d'une expression si humaine – entre le mépris et l'indifférence – que je suis forcé de me demander comment elle arrive à faire apprécier quoi que ce soit à quiconque. Sans parler de réussir à attirer des millions de touristes dans une ville où on risque de tomber sur quelqu'un dans son genre.

Alors que cette pensée s'évapore dans les tréfonds de mon cerveau, une autre commence lentement à prendre forme. Je ferme les yeux.

– Quoi ? interroge Deborah. Tu as quelque chose ?

Je secoue la tête et réfléchis de plus belle. J'entends Deborah pianoter sur la table, puis le bruit de la télécommande que la femme repose. Ça y est ! Je rouvre les yeux.

– Et si quelqu'un cherchait à faire de la contre-publicité pour Miami ?

– Tu l'as déjà sortie, celle-là, gronde Deborah, et elle est toujours aussi nulle. Qui pourrait en vouloir à un État tout entier, merde ?

– Et si ce n'était pas contre l'État ? Si c'était seulement dirigé contre les gens qui en font la promotion ? expliqué-je en lorgnant la femme.

– Moi ? s'exclame-t-elle. On ferait tout cela pour m'atteindre, moi ?

Touché par sa modestie, je la gratifie de l'un de mes plus beaux sourires en toc.

– Vous, ou vos services.

Elle fronce les sourcils, comme si cette idée était ridicule.

– Eh bien..., fait-elle d'un ton dubitatif.

– C'est ça ! la coupe Deborah en martelant la table. Là, ça tient debout. Si vous avez viré un employé et que ça l'a rendu dingue.

– Surtout s'il l'était déjà un peu, précisé-je.

– C'est le cas de la plupart de ces artistes à deux balles, dit Deborah. Le type perd son boulot, il rumine ça un moment, et il riposte de cette manière. Il faut que je voie les dossiers du personnel.

La femme ouvre et ferme la bouche plusieurs fois et finit par secouer la tête.

– Je ne peux pas vous les communiquer.

Deborah la toise un moment, puis, alors que je m'attends à la voir piquer une crise, elle se lève.

– Je comprends, dit-elle. Viens, Dex !

– Que... mais où allez-vous ? s'écrie la femme tandis que je m'apprête à suivre ma sœur, qui a déjà gagné la porte.

– Chercher une injonction du tribunal. Et un mandat de perquisition, dit Deborah avant de tourner les talons sans attendre de réponse.

Je regarde la scène. La femme pèse le pour et le contre pendant un bref instant, puis elle se lève d'un bond et court après Deborah.

– Attendez une seconde !

Et c'est ainsi que, quelques minutes plus tard, je me retrouve dans une salle devant un ordinateur. À côté de moi est assis Noel, un type d'origine haïtienne, ridiculement maigre, avec de grosses lunettes et un bon paquet de balafres.

J'ignore pourquoi, mais dès qu'il est question d'informatique Deborah fait appel à son frère, Dexter, le dieu du Digital. Certes, je suis plutôt accompli dans le domaine des recherches par ordinateur : cela s'est révélé nécessaire pour mon passe-temps favori consistant à retrouver les méchants qui ont glissé à travers les mailles du filet du système judiciaire, afin de les débiter en pièces détachées soigneusement empaquetées dans quelques sacs-poubelle.

Mais il est également vrai que notre puissant service de police possède en la matière plusieurs experts capables de s'acquitter de cette tâche aussi facilement sans que tout le monde se demande pourquoi un expert en prélèvements sanguins se double d'un pirate informatique aussi doué. De telles questions peuvent se révéler embarrassantes et réveiller les esprits soupçonneux, ce que je préfère éviter au travail, étant donné que les flics sont connus pour leur tempérament suspicieux.

Mais il ne sert à rien de se plaindre. Cela ne fait qu'attirer encore plus l'attention et, de toute façon, tout le service de police a l'habitude de nous voir travailler ensemble. Et, d'ailleurs, comment pourrais-je dire non à ma pauvre petite sœur sans recevoir quelques-uns de ses fameux coups de poing dans le bras ? Et, comme elle s'est récemment montrée irritable et distante, récupérer quelques points de TLF (taux de loyauté fraternelle) ne peut pas me nuire.

Je joue donc Dexter le Docile et avec Noel, qui porte un peu trop d'eau de Cologne, je discute de ce que nous devons chercher.

– Écoutez, me dit-il avec un accent créole à couper au couteau, je peux vous sortir une liste de ceux qui ont été licenciés depuis, disons, deux ans ?

– Deux ans, c'est bien. S'il n'y en a pas trop.

Il hausse les épaules, ce qui a l'air douloureux tellement il est maigrichon.

– Moins d'une dizaine. Jo Anne aux commandes, la plupart démissionnent, ajoute-t-il avec un sourire.

– Sortez la liste, puis nous vérifierons dans leurs dossiers s'il y a des menaces ou des plaintes éventuelles.

– Seulement, nous avons aussi pas mal de sous-traitants indépendants, vous voyez ? Et s'il arrive qu'ils ne remportent pas tel ou tel marché, il se peut qu'ils soient mécontents.

– Mais un sous-traitant peut toujours proposer une nouvelle offre au marché suivant, n'est-ce pas ?

– Sûrement.

– Donc, sauf si vos services déclarent à quelqu'un qu'il ne sera plus jamais fait appel à lui, ça ne me paraît pas très pertinent.

– Alors on s'en tient aux licenciés, dit-il.

Et, quelques minutes plus tard, il me sort une liste comportant neuf noms et adresses.

Deborah, qui jusque-là contemplait le paysage par la fenêtre, se précipite dès qu'elle entend l'imprimante ronronner et se penche par-dessus mon épaule.

– Tu as quoi, alors ?

– Peut-être rien, dis-je en lui tendant le papier. Neuf licenciés. (Elle m'arrache la feuille et la regarde comme si c'était une preuve irréfutable.) On va vérifier dans leurs dossiers s'ils ont proféré des menaces.

Deborah serre les dents. Je sens qu'elle se retient de ne pas se précipiter pour frapper à la première adresse, mais elle finit par voir que nous gagnerons du temps si nous les classons par ordre de priorité.

– Bon, d'accord, dit-elle enfin. Mais grouille, hein !

Nous nous grouillons, en effet. Je réussis à éliminer deux employés qui ont été « licenciés » quand l'Immigration les a expulsés. Un seul nom remonte en haut de la liste : Hernando Meza, qui s'est montré intempestif – c'est le mot utilisé dans son dossier – et qu'il a fallu expulser manu militari des locaux.

Et le plus beau dans l'histoire ? Hernando est l'auteur de plusieurs installations décoratives dans des aéroports et terminaux maritimes.

Des installations du genre de celles que nous avons vues à South Beach et aux Fairchild Gardens.

– Putain ! s'exclame Deborah. On brûle. Et du premier coup.

Je conviens que cela paraît utile d'aller faire un tour chez Meza pour bavarder un peu, mais une petite voix me souffle que rien n'est jamais aussi simple : les premiers coups sont parfois des coups d'épée dans l'eau.

Comme nous devrions tous le savoir depuis longtemps, chaque fois qu'on prédit un échec, on a toutes les chances de ne pas se tromper.

9

Hernando Meza habite dans une partie de Coral Gables qui est agréable, sans plus ; c'est ainsi que, protégé par sa médiocrité, le quartier n'a pas beaucoup changé depuis une vingtaine d'années, contrairement au reste de Miami. D'ailleurs, sa maison ne se trouve qu'à deux kilomètres de celle de Deborah : des voisins. Malheureusement, ce n'est pas suffisant pour que l'un comme l'autre aient envie d'être polis.

Tout commence dès que Debs frappe à la porte. Je me rends compte en la voyant trépigner qu'elle est tout excitée et convaincue d'être sur la bonne piste. Puis, quand la porte s'ouvre, déclenchée par un mécanisme électrique, Deborah s'immobilise et lâche un « Merde ! ». À mi-voix, bien sûr, presque inaudible.

Meza l'entend et répond par un « Eh bien, va te faire foutre » en levant vers elle un regard hostile. C'est d'autant plus impressionnant qu'il est dans un fauteuil roulant électrique et qu'il n'a plus que l'usage de ses doigts.

Lesquels lui servent à manœuvrer un joystick sur le plateau métallique fixé sur le devant du fauteuil, qui avance de quelques centimètres vers nous.

– Qu'est-ce que vous voulez ? Vous avez pas l'air assez futés pour être des Témoins de Jéhovah, alors vous êtes représentants ? Ça tombe bien, je voulais acheter des skis.

Deborah me jette un regard de biais, mais, comme je n'ai

aucun conseil à lui donner, je me contente de sourire. Dieu sait pourquoi, cela l'énerve : elle fronce les sourcils et se crispe.

– Êtes-vous Hernando Meza ? demande-t-elle sur un ton très flic imperturbable.

– Ce qu'il en reste, répond le type. Dites, vous avez drôlement l'air d'un flic. Vous venez m'arrêter parce qu'on m'a vu courir à poil dans la rue ?

– Nous aimerions vous poser quelques questions, répond Debs. Pouvons-nous entrer ?

– Non.

Deborah a déjà un pied en l'air, le corps penché en avant, pensant que Meza, comme tout le monde, la laisserait entrer. Déséquilibrée, elle le repose et recule.

– Je vous demande pardon ?

– Nooon, répète patiemment Meza, comme s'il parlait à une demeurée. Non, vous ne pouvez pas entrer.

Il actionne son joystick, et, avec un sursaut, le fauteuil s'ébranle vers nous.

Deborah l'esquive instinctivement, puis recouvre un peu de sa dignité et se plante devant lui, mais à distance prudente.

– Très bien, nous ferons ça ici, dit-elle.

– Oh oui, faisons ça ici tout de suite, rétorque Meza en faisant avancer et reculer rapidement son fauteuil. Oh, poupée, t'es bonne, t'es bonne, t'es bonne.

Deborah a manifestement perdu le contrôle de la situation, ce qui ne se fait pas dans la profession. Elle esquive de nouveau le fauteuil, totalement offusquée par les soubresauts obscènes, tandis que Meza continue de la poursuivre.

– Vas-y, chérie, donne-moi tout ce que tu as ! braille-t-il entre deux hoquets.

Qu'on me pardonne d'éprouver un sentiment, mais j'ai un petit pincement compatissant pour Deborah, qui se donne vraiment beaucoup de mal. Du coup, pendant que Meza continue de tressauter et de poursuivre ma sœur, je passe derrière lui, me baisse et débranche la batterie. Le ronronnement du fauteuil s'éteint, l'engin pile dans un dernier cahot, et nous n'entendons plus qu'une sirène au loin et les doigts de Meza qui s'activent vainement sur le joystick.

Au mieux, Miami est une ville biculturelle et bilingue, et ceux d'entre nous qui prennent la peine de se familiariser avec les deux savent que l'autre culture peut vous enseigner bien des choses aussi nouvelles que fascinantes. J'ai toujours milité dans ce sens et je me rends compte à présent que j'ai eu raison, car Meza se révèle tout aussi inventif en anglais qu'en espagnol. J'ai droit à une impressionnante liste de qualificatifs, puis son tempérament artistique se déploie dans toute sa splendeur et il m'affuble de qualificatifs que je n'ai encore jamais entendus. C'est d'autant plus surnaturel et improbable que Meza a une petite voix rauque et sifflante. Je suis médusé, et Deborah aussi. Nous restons là à l'écouter, jusqu'à ce qu'il s'épuise et conclue par un : « Branleur. »

Je rejoins Deborah et je me plante devant lui.

– Ne dites pas ça. C'est beaucoup trop ordinaire, et vous êtes nettement plus doué que ça. Qu'est-ce que vous m'avez sorti tout à l'heure ? « Espèce de résidu de dégueulis de pigeon vérolé » ? Sublime !

Et je l'applaudis gentiment comme il le mérite.

– Rebranche-moi, *hijo de puta*, on va voir si tu vas continuer à rigoler.

– Pour que vous nous fonciez dessus avec votre 4×4 de compétition ? Pas question.

Deborah sort de sa stupeur admirative et reprend son rôle d'élément dominateur. Elle me pousse de côté et arbore de nouveau son masque impassible pour considérer Meza.

– Monsieur Meza, vous devez répondre à quelques questions, et si vous refusez de coopérer je serai contrainte de vous emmener au commissariat pour vous les poser.

– Vas-y, connasse, répond-il. Mon avocat sera ravi.

– On pourrait le laisser comme ça, proposé-je. Le temps que quelqu'un débarque et le vende au poids de la ferraille.

– Rebranche-moi, espèce de sac à merde.

– Il se répète, dis-je à Deborah. Je crois qu'il est fatigué.

– Avez-vous menacé de mort la directrice de l'office de tourisme ? demande Deborah.

Meza se met à pleurer. Et ce n'est pas joli-joli : sa tête retombe sur le côté, inerte, et un mélange de bave et de larmes lui inonde le visage.

– Les enfoirés, dit-il. Ils auraient dû me tuer. (Il renifle, si faiblement que cela ne sert à rien.) Regardez-moi, mais regardez ce qu'ils ont fait, continue-t-il de sa voix rauque et sans timbre.

– Et qu'est-ce qu'on vous a fait, monsieur Meza ? demande Deborah.

– Regardez-moi. C'est eux qui ont fait ça. Je vis dans ce putain de fauteuil, je peux même pas pisser sans qu'une pédale d'infirmier me tienne la bite. (Il relève la tête d'un air de défi noyé dans la bave.) Ça vous donnerait pas envie de les crever, ces *puercos*, vous ?

– Vous dites qu'ils vous ont fait ça ? demande Debs.

– Accident du travail, répond-il, sur la défensive. C'était pendant mes horaires de boulot, mais ils ont prétendu que non, que c'était un accident de voiture, et ils n'ont pas sorti un centime. Et après, ils m'ont viré.

Deborah ouvre la bouche et se ravise. Je crois qu'elle avait l'intention de demander un truc du genre : « Où étiez-vous hier soir entre 3 h 30 et 5 heures ? » avant de se rendre compte qu'il était sûrement chez lui, dans son petit fauteuil. Mais Meza n'a pas l'œil dans sa poche non plus.

– Quoi ? Quelqu'un a enfin tué un de ces *chingados maricones* ? Et vous pensez que j'aurais pas pu le faire parce que je suis cloué dans mon fauteuil ? Rebranche-moi, je vais te montrer si je suis pas capable de crever quelqu'un qui me fait chier.

– Quel *maricón* vous avez tué ? lui demandé-je.

Deborah me file un coup de coude, alors qu'elle n'a rien à dire.

– Celui qui est mort, enculé, siffle-t-il. J'espère que c'est cette salope de Jo Anne, mais je m'en fous, je vais tous les crever avant d'y passer.

– Monsieur Meza..., dit Deborah.

Il y a dans sa voix une légère hésitation qui passerait pour de la compassion chez n'importe qui, mais, chez Debs, c'est seulement la déception de voir que ce pauvre tas de viande inerte n'est pas son suspect. Cette fois encore, Meza s'en aperçoit et passe aussitôt à l'attaque.

– Ouais, c'est moi le coupable. Passe-moi les menottes, connasse. Jette-moi à l'arrière de ta bagnole avec les clebs. Qu'est-ce que tu as ? Peur que je casse ma pipe sous ton nez ? Vas-y, salope. Sinon, je te déglingue comme ces enculés de l'office de tourisme.

– Personne n'est mort là-bas, dis-je.

– Ah bon ? me fait-il avant de se retourner vers Deborah. Alors qu'est-ce que vous foutez à venir me faire chier, connards ?

Deborah hésite à nouveau, puis tente une dernière fois le coup.

– Monsieur Meza...

– Va te faire foutre, dégage de chez moi !

– Ça me paraît une bonne idée, Debs, dis-je.

Deborah secoue la tête de dépit, puis elle pousse un bref soupir.

– Et merde. On se casse. Rebranche-le.

Elle tourne les talons et s'éloigne, me laissant la tâche dangereuse et ingrate de rebrancher la batterie de Meza. Voilà qui montre bien à quel point les êtres humains sont égoïstes et insensibles, même les membres de votre famille. Après tout, puisqu'elle est armée, pourquoi elle ne le rebranche pas elle-même ?

Meza a l'air d'accord avec moi. Il commence à débiter une nouvelle liste d'injures très imagées toutes destinées à Deborah. Moi, je n'ai droit qu'à un « Grouille-toi, tarlouze ».

Je me grouille. Pas pour faire plaisir à Meza, mais parce que je n'ai pas envie d'être encore là quand son fauteuil se remettra en route. C'est beaucoup trop dangereux, et de toute façon je trouve que j'ai perdu suffisamment de temps à l'entendre râler. J'ai un monstre à attraper et, par-dessus le marché, j'ai faim.

Je rebranche donc l'engin et je m'esquive lestement avant qu'il ait eu le temps de s'en rendre compte. Je cours à la voiture, je saute dedans. Deborah démarre, accélère avant même que la portière soit refermée, craignant apparemment que Meza ne nous emboutisse, et nous rejoignons rapidement le chaleureux et confortable cocon des embouteillages meurtriers de Miami.

– Merde, dit-elle finalement – et c'est comme une brise d'été après le répertoire fleuri de Meza. J'étais sûre que ce serait lui.

– Vois les choses du bon côté, dis-je. Au moins, tu as appris des gros mots.

– Va me chier un blaireau, répond-elle.

Apparemment, elle a de la ressource de ce côté-là.

10

Il s'agit maintenant de voir deux autres individus sur la liste avant de déjeuner. Le premier habite à Coconut Grove, à une dizaine de minutes de chez Meza. Deborah roule un peu plus vite qu'il ne faudrait, c'est-à-dire lentement pour Miami, et c'est quasiment une invitation à se faire tamponner le cul. Nous avons donc droit à notre concert de coups de Klaxon, d'insultes et de doigts d'honneur de la part des conducteurs qui nous dépassent comme des piranhas affamés contournant un rocher dans une rivière.

Debs n'a pas l'air de les remarquer. Plongée dans ses réflexions, elle a le front tellement plissé que j'ai peur qu'elle ne finisse avec une ride permanente. Mais, comme je sais d'expérience qu'interrompre ses réflexions me vaudrait l'un de ses insoutenables coups de poing dans le bras, je reste coi. Je ne vois d'ailleurs pas en quoi elle a besoin de réfléchir : nous avons quatre cadavres très décoratifs et pas le moindre indice menant au coupable. Évidemment, Debs a suivi des cours pour devenir une inspectrice confirmée, moi pas.

Quoi qu'il en soit, nous arrivons rapidement. C'est une modeste maisonnette un peu délabrée non loin de Tigertail Avenue, au jardin laissé à l'abandon, avec un panneau À VENDRE planté sous un gros manguier. Un tas de vieux journaux encore sous bande jaunissent, à moitié enfouis sous les herbes folles.

– Merde ! grince Deborah en se garant.

Ce commentaire me paraît aussi bien vu que succinct. Apparemment, il n'y a personne ici depuis des mois.

– Que faisait ce mec ? lui demandé-je en observant la couverture multicolore d'un magazine.

– C'était une femme, dit Debs en consultant la liste. Alice Bronson. Détournement d'argent dans les caisses de l'office. Elle a proféré des menaces de mort et de violences quand on l'a mise au pied du mur.

– Dans cet ordre-là ? demandé-je, ce qui me vaut un regard assassin.

– Ça ne va servir à rien, se lamente-t-elle.

Je suis bien d'accord. Mais, puisque le travail de policier se compose principalement de tâches de routine en espérant tomber juste, nous débouclons nos ceintures puis traversons les herbes folles jusqu'à la porte. Debs frappe sans conviction ; ses coups résonnent dans la maison, manifestement aussi vide que ma conscience.

– Madame Bronson ! crie vainement Debs. Et merde !

Histoire d'en avoir le cœur net, nous faisons le tour de la maison et jetons un coup d'œil par les fenêtres, mais il n'y a rien à voir, hormis de très moches tentures vertes et marron accrochées dans un salon désert. Quand nous revenons, nous trouvons près de notre voiture un gamin d'une douzaine d'années assis sur son vélo. Il porte des dreadlocks réunies en une queue-de-cheval.

– Ils sont partis depuis avril, dit-il. Ils vous devaient de l'argent aussi ?

– Tu connaissais les Bronson ? lui demande Debs.

Il penche la tête de côté ; on dirait un perroquet qui se demande s'il va prendre le biscuit ou vous mordre le doigt.

– Vous êtes flics ?

Deborah sort son badge, et le gamin s'avance sur son vélo pour le regarder de près.

– Tu les connaissais ? répète Debs.

– Oui. Je voulais juste être sûr, il y a plein de gens qui ont de faux badges.

– Nous sommes vraiment de la police, dis-je. Tu sais où ils sont partis ?

– Nan. Mon père dit qu'ils devaient plein d'argent à tout le monde et qu'ils ont changé de nom ou alors qu'ils sont partis en Amérique du Sud.

– Et quand ça ? demande Deborah.

– En avril, je vous l'ai déjà dit.

Deborah pose sur lui un regard irrité, puis elle se tourne vers moi.

– Si, si, il l'avait dit. En avril.

– Qu'est-ce qu'ils ont fait ? demande le gamin avec un peu trop d'empressement à mon goût.

– Probablement rien, réponds-je. On voulait juste leur poser quelques questions.

– Woouah ! Un meurtre ? C'est vrai ?

Deborah secoue la tête un peu bizarrement, comme si elle chassait une nuée de moucherons.

– Pourquoi tu penses qu'il s'agit d'un meurtre ? demande-t-elle.

– À cause de la télé. Quand c'est un meurtre, les flics disent toujours que c'est rien. Quand c'est vraiment rien, ils disent que c'est une grave infraction du code pénal ou un truc comme ça.

Deborah est consternée.

– Il a encore raison, dis-je. Je l'ai vu dans *Les Experts*.

– Putain..., soupire Debs.

– Donne-lui ta carte, ça lui fera plaisir, dis-je.

– Ouais, sourit le gamin. Et dites-moi de vous appeler si quelque chose me revient.

– O.K., gamin, tu as gagné, cède Deborah en sortant une carte dont il s'empare prestement. Appelle-moi si quelque chose te revient.

– Merci.

Il continue de sourire tandis que nous remontons dans la voiture et nous éloignons. Soit il avait vraiment envie qu'on lui donne une carte, soit il est ravi de s'être payé de la tête de Deborah.

– Brandon Weiss est le suivant, dis-je en consultant la liste.

Il est... euh... rédacteur. Il a pondu des pubs qui n'ont pas plu et on l'a viré.

– Un rédacteur de pub, lance Deborah en levant les yeux au ciel. Il a fait quoi ? Il les a menacés avec une virgule ?

– En tout cas, il a fallu le faire évacuer par la sécurité.

– Enfin, Dex, un rédacteur !

– Certains peuvent se révéler féroces, dis-je avec une mauvaise foi manifeste.

– Adresse ? demande-t-elle après un coup d'œil à la circulation.

– C'est plus cohérent, là, réponds-je en lui donnant l'adresse à côté de North Miami Avenue. C'est en plein cœur du quartier Arts déco. Le quartier préféré des artistes assassins...

– C'est toi le mieux placé pour le savoir, répond-elle avec sa hargne habituelle.

– Ça ne peut pas être pire que les deux premiers, observé-je.

– Ben voyons, jamais deux sans trois, hein, répond-elle aigrement.

– Allons, Debs, montre-toi un peu plus enthousiaste !

Elle quitte l'avenue pour se garer devant un fast-food, ce qui me surprend considérablement parce que, d'abord, ce n'est pas tout à fait l'heure du déjeuner et que, deuxièmement, cet endroit est peut-être *fast*, mais il sert tout sauf de la *food*.

Mais, au lieu de descendre de voiture, elle se met au point mort et se tourne vers moi.

– Merde ! s'exclame-t-elle.

Là, je sens que quelque chose la tracasse.

– C'est le gamin ? Ou bien tu n'as pas encore digéré Meza ?

– Non, c'est toi.

Moi ? Je me remémore la matinée et ne trouve rien de discutable. Je me suis conduit en bon soldat obéissant à un adjudant revêche ; j'ai même prononcé moins de remarques cinglantes que d'habitude, ce dont elle devrait se montrer reconnaissante.

– Excuse-moi, mais je ne vois pas de quoi tu parles.

– Je parle de toi, précise-t-elle inutilement. Toi et toute ta personne.

– Je ne comprends toujours pas. Ma personne n'occupe pas tant de place que ça.

Elle assène un coup sur le volant.

– Putain ! Dexter, tes petites vannes de branleur, ça ne prend plus avec moi.

Avez-vous jamais remarqué ? De temps en temps, vous surprenez dans la rue une phrase qui se détache, proférée avec une telle conviction que vous mourez d'envie de savoir de quoi il s'agit, tellement l'intrusion était violente. Vous vous retenez alors de ne pas suivre les interlocuteurs, histoire de découvrir à quoi tout cela rime et ce qui va en découler. Eh bien, c'est exactement ce que j'éprouve en cet instant : je n'ai pas la moindre idée de ce qu'elle raconte, mais j'ai très envie de le savoir. Heureusement, elle ne m'oblige pas à attendre.

– Je ne sais pas si je peux continuer comme ça.

– Continuer à quoi ?

– À me trimballer en bagnole avec un mec qui a liquidé... quoi ? Dix, quinze personnes ?

Ce n'est jamais agréable d'être aussi grossièrement sous-estimé, mais il ne me paraît pas opportun de la corriger.

– D'accord.

– Je suis censée pincer des gens de ton espèce et les foutre en taule pour de bon, sauf que toi, tu es mon frère ! continue-t-elle en ponctuant chaque syllabe d'une claque sur le volant.

Pourquoi ma sœur a-t-elle attendu tout ce temps pour aborder le sujet ?

Deborah n'a appris que récemment la nature de mes activités nocturnes, et, après réflexion, je me rends compte que son trouble se justifie à plus d'un titre. Bien sûr, il y a le geste en lui-même : je le concède volontiers, ce n'est pas admissible pour tout le monde. Ajoutez à cela que tout a été approuvé et même construit de toutes pièces par son père, saint Harry à l'uniforme bleu. Harry, dont elle pensait suivre les traces immaculées. Or voilà qu'elle découvre l'existence d'une autre voie, ouverte par ces mêmes pieds sacro-saints, qui conduit tout aussi joyeusement dans les tréfonds d'une forêt noire. Son être s'élève fermement contre tout ce qui fait ma merveilleuse personne, alors que nous avons été tous les deux façonnés par la même main que nous révérons l'un comme l'autre. C'est biblique, quand on y pense.

Ce qu'elle vient de me dire pèse lourd, évidemment, et si j'étais aussi malin que je le crois je me serais préparé à cette conversation. Mais, ayant eu l'imprudence de penser qu'il n'y a rien de plus inébranlable au monde que le statu quo, j'ai été pris de court. En plus, en ce qui me concerne, il ne s'est rien produit récemment qui puisse provoquer cet affrontement. D'où cela sort-il ?

– Excuse-moi, Debs, mais... euh... tu veux que je fasse quoi ?

– Que tu arrêtes. Que tu deviennes quelqu'un d'autre. (Elle me dévisage, les lèvres tremblantes, puis elle se détourne et contemple le paysage.) Je veux que... que tu sois le mec que j'ai toujours cru que tu étais.

Je me pique de posséder plus de ressources que la majorité des gens. Mais, là, je suis à peu près dans la position du type bâillonné et ligoté sur des rails.

– Debs..., dis-je.

– Putain de merde, Dex ! s'écrie-t-elle en martelant le volant avec une telle force que toute la voiture en tremble. Je ne peux pas en parler, même pas avec Kyle. Et toi... Comment tu veux que je sache si tu me dis la vérité, si c'est vraiment papa qui a fait de toi ce que tu es ?

Ce serait sans doute inexact de dire que je me sens blessé, étant donné que je suis pratiquement certain de n'avoir aucun sentiment. Mais l'injustice de la remarque me paraît vraiment énorme.

– Je ne pourrais pas te mentir.

– Tu m'as menti chaque jour de ta vie en ne me disant pas ce que tu es vraiment.

Je suis aussi familier de la philosophie *new age* que n'importe qui, mais il arrive un moment où la réalité doit absolument reprendre ses droits, et il me semble qu'il est venu.

– Très bien, Debs. Et qu'est-ce que tu aurais fait si tu avais su ce que j'étais vraiment ?

– Je ne sais pas. Je ne sais toujours pas.

– Eh bien, voilà.

– Mais il faut que je fasse quelque chose.

– Pourquoi ?

– Parce que tu as tué des gens, putain de merde !

– Je n'y peux rien, dis-je, en haussant les épaules. Et ils le méritaient absolument.

– Ce n'est pas bien !

– C'est ce que voulait papa !

Un groupe de lycéens qui passent nous regardent. L'un d'eux murmure quelque chose qui fait rire les autres. *Ha, ha ! Mate le drôle de couple qui s'engueule. Il va devoir dormir sur le canapé ce soir. Ha, ha !*

Sauf que si je ne pouvais pas convaincre Debs que tout était exactement comme cela devait être, au bout du compte, je risquais bien de dormir en cellule ce soir.

– Debs, c'est papa qui a réglé ma vie. Il savait ce que je faisais.

– Vraiment ? Ou bien c'est juste un bobard ? Et même si c'est lui qui a décidé tout ça, de quel droit ? Ou bien c'était juste un flic aigri qui en avait marre de trimer pour que dalle ?

– C'était Harry. C'était notre père. Évidemment qu'il a eu raison.

– Ça ne me suffit pas.

– Et si je te réponds que je n'ai rien de mieux ?

Elle se détourne enfin et s'abstient de s'en prendre au volant, ce qui me fait des vacances. Mais elle ne reste pas sans rien dire aussi longtemps que je le voudrais.

– Je ne sais pas. J'y peux rien, mais je ne sais pas.

Nous y sommes. Je vois clairement que c'est un problème pour elle : que faire de son assassin de frère adoptif ? Après tout, il est gentil, il n'oublie pas les anniversaires, il fait même de chouettes cadeaux. C'est un citoyen productif, travailleur, qui ne boit pas, ne fume pas, ne se drogue pas. S'il s'esquive de temps en temps pour liquider des méchants, est-ce vraiment si grave que ça ?

D'un autre côté, elle appartient à un corps de métier qui ne voit généralement pas cela d'un bon œil. En théorie, elle est même censée identifier les gens comme moi et les amener sous bonne escorte jusqu'à la chaise électrique. Je vois bien que cela peut représenter un dilemme professionnel, surtout quand c'est votre frère le problème.

Ou pas ?

– Debs, je sais que c'est un problème pour toi.

– Un problème..., répète-t-elle.

Une larme roule sur sa joue, alors que je ne l'ai pas entendue sangloter et que rien n'indique qu'elle pleure.

– Je crois qu'il ne voulait pas que tu sois au courant. J'étais censé ne jamais t'en parler. Mais...

Je me rappelle le jour où je l'ai trouvée ligotée avec du Scotch sur une table, mon frère biologique brandissant un couteau au-dessus d'elle, prêt à nous tuer tous les deux. Je me suis rendu compte que je ne pouvais pas la tuer, même si c'était nécessaire, même si cela m'aurait rapproché de lui, de mon frère, la seule personne au monde qui me comprenait vraiment et m'acceptait tel que j'étais. Mais je n'ai pas pu. La voix de Harry a résonné en moi et m'a remis dans le droit chemin.

– Merde ! fait Deborah. Mais qu'est-ce que papa avait dans le crâne ?

Je me pose parfois la question. Mais je me demande aussi comment certaines personnes peuvent croire à leurs mensonges, ou pourquoi je ne peux pas voler.

– On ne peut pas le savoir, affirmé-je. Il a agi comme ça, c'est tout.

– Merde, répète-t-elle.

– Peut-être, mais qu'est-ce que tu comptes faire, alors ?

– Je ne sais pas, dit-elle sans me regarder. Mais je crois que je dois agir.

Nous restons assis un long moment sans rien dire. Puis elle redémarre pour regagner l'avenue.

11

Nous roulons en silence jusqu'au quartier Arts déco. Du coup, le trajet paraît nettement plus long. Je jette une ou deux fois un coup d'œil à Deborah, mais elle est plongée dans ses pensées. Peut-être hésite-t-elle entre me passer ses menottes pro et la paire de secours bon marché qu'elle garde dans la boîte à gants. En tout cas, elle regarde droit devant, fait des gestes mécaniques, sans perdre de temps avec moi.

Nous trouvons assez rapidement l'adresse, et c'est tant mieux, car persister à s'éviter du regard sans desserrer les dents devient un peu pénible. Elle se gare devant une sorte de hangar sur la 40e rue nord-est et passe au point mort. Elle coupe le contact, toujours sans me regarder, mais elle attend un peu. Puis elle secoue la tête et descend de voiture.

Je devrais sûrement me contenter de la suivre, comme toujours, et de jouer l'ombre protectrice de la petite Debs. Mais j'ai un restant de fierté et puis, si elle a l'intention de s'en prendre à moi à cause de quelques malheureux meurtres purement récréatifs, en quoi devrais-je l'aider à résoudre cette affaire ? C'est vrai, quoi : ce n'est pas que j'exige que la situation soit équitable, mais là on frôle les limites de l'acceptable.

Je reste donc calé sur mon siège sans vraiment prêter attention à Debs, qui arrive à la porte et sonne. Du coin d'un œil accablé d'ennui, je vois la porte s'ouvrir et Deborah sortir son badge. De là où je suis, je ne sais pas très bien si le type la frappe et la fait tomber, ou s'il l'a simplement poussée avant de s'engouffrer à l'intérieur.

Mais mon intérêt s'éveille à nouveau quand je la vois se relever péniblement sur un genou et retomber inerte.

Une alarme hurle en moi : toute ma rancœur à l'encontre de Deborah s'évapore aussi vite que de l'essence sur une chaussée brûlante. Je saute hors de la voiture et je m'élance plus vite que jamais.

À trois mètres, j'aperçois le manche du couteau qui dépasse de son flanc et je ralentis un instant, sous le choc. Une flaque de sang commence à se répandre sur le trottoir et je me retrouve dans le conteneur réfrigéré avec Biney, mon frère, fixant par terre l'épaisse couche rouge et visqueuse, incapable de bouger, le souffle coupé. Mais la porte s'entrouvre et le type qui a poignardé Deborah sort. Il se baisse pour récupérer le couteau, et le sifflement dans mes oreilles fait place au claquement d'ailes du Passager noir. Je bondis et lui assène un violent coup de pied dans la tempe. Il s'étale à côté d'elle, le visage dans la flaque de sang, assommé.

Je m'agenouille à côté de ma sœur et lui prends la main. Je sens battre son pouls, et elle ouvre les yeux.

– Dex, chuchote-t-elle.

– Tiens bon, sœurette.

Elle referme les yeux, pendant que je décroche sa radio de sa ceinture pour appeler les secours.

Un petit attroupement s'est fait le temps que l'ambulance arrive, mais tout le monde s'écarte gentiment pour laisser passer les secouristes.

– Wouah ! dit le premier, un jeune costaud aux cheveux en brosse. On va arrêter l'hémorragie.

Il s'agenouille auprès de Deborah et se met au travail. Sa coéquipière, une quadragénaire encore plus costaude que lui, plante immédiatement une perfusion dans le bras de ma sœur tandis que je sens quelqu'un me prendre par le bras.

Je me retourne. C'est un flic en tenue, âge mûr, noir, crâne rasé.

– Vous êtes son équipier ?

– Son frère, dis-je en sortant mon badge. Je suis de la police scientifique.

– Eh bien, dit-il en examinant ma carte, vous arrivez pas si vite sur les lieux, d'habitude. Qu'est-ce que vous savez de ce mec ? demande-t-il en me désignant le type, qui s'est redressé entre-temps et se tient la tête à deux mains sous le regard d'un autre flic en tenue.

– Il a ouvert la porte, il l'a vue. Puis il l'a plantée avec son couteau.

– O.K., fait le flic avant de se tourner vers son collègue. Passe-lui les bracelets, Frankie.

Je ne fais pas le fanfaron pendant qu'on embarque le type, parce que, au même moment, Deborah est transportée vers l'ambulance.

– Elle va s'en tirer ? demandé-je au type aux cheveux en brosse.

– On va voir ce qu'en disent les médecins, O.K. ? répond-il sur un ton peu convaincant et avec un sourire machinal.

– Vous l'emmenez à Jackson ?

– Oui. Vous la trouverez aux urgences de traumato.

– Je peux monter avec vous ?

– Non.

Il claque la portière arrière et court pour sauter au volant. Je les regarde s'éloigner, toutes sirènes dehors.

Je me sens soudain très seul. La situation est un peu trop mélodramatique pour être supportable. Les derniers mots que nous avons échangés ont été désagréables, et ils risquent d'être réellement les derniers. C'est le genre d'enchaînement d'événements qui a sa place à la télé, si possible dans un soap pour ménagères de moins de cinquante ans. Pas dans le prime time de Dexter le Dramaturge. Mais c'est pourtant bien ça : Deborah est en route pour les urgences et je ne sais pas si elle en réchappera.

Je baisse les yeux vers le trottoir. Ça fait vraiment beaucoup de sang.

Heureusement pour moi, je n'ai pas le temps de ruminer. L'inspecteur Coulter arrive, l'air sombre, même pour lui. Je le regarde examiner les alentours un moment avant de me rejoindre. Il semble encore plus contrarié tandis qu'il me toise de la tête aux pieds avec la même expression que celle d'usage pour inspecter les lieux de crimes.

– Dexter, dit-il, qu'est-ce que tu as foutu ?

L'espace d'un instant, je m'apprête à expliquer que je n'ai pas poignardé ma sœur. Puis je me rends compte qu'il est inconcevable qu'il m'accuse et qu'en fait c'est sa manière de briser la glace avant de prendre ma déposition.

– Elle aurait dû m'attendre, c'est moi son coéquipier.

– Tu prenais ton café. Elle a jugé que c'était urgent.

– Elle pouvait attendre une vingtaine de minutes, dit-il en contemplant le sang d'un air consterné. Pour son coéquipier. C'est un lien sacré.

Comme je n'ai aucune expérience du sacré, étant donné que je passe la majeure partie de mon temps à jouer dans le camp d'en face, je me contente de répondre :

– Tu as sûrement raison.

Cela semble le satisfaire, car il entreprend de noter ma déposition en ne jetant qu'un ou deux regards irrités aux taches de sang de son équipière sacrée. C'est seulement au bout de dix longues minutes que je peux enfin partir pour l'hôpital.

Le Jackson Memorial est connu de tous les flics, criminels et victimes de la région de Miami, parce qu'ils y sont tous allés, soit comme patients, soit pour y chercher un collègue qui y était hospitalisé. C'est l'un des services de traumatologie les plus fréquentés du pays, et s'il est exact que c'est en forgeant qu'on devient forgeron, les urgences de Jackson doivent être les meilleures en ce qui concerne les blessures par balles, armes blanches et objets divers. L'armée américaine vient y apprendre la chirurgie de terrain, car plus de cinq mille personnes par an se présentent ici avec des blessures semblables à celles qu'on peut récolter en première ligne aux environs de Bagdad.

Je sais donc que Debs sera en de bonnes mains si elle y arrive en vie. Et j'ai beaucoup de mal à imaginer qu'elle puisse mourir. Je veux dire que je suis tout à fait conscient que c'est dans l'ordre des choses : cela nous arrive à tous tôt ou tard.

Mais je ne peux m'imaginer un monde sans une Deborah Morgan. Ce serait comme un immense puzzle dont il manque le centre.

C'est troublant de me rendre compte que je suis à ce point habitué à sa présence. Il est certain que nous n'avons jamais échangé ni tendresse ni regards embués, mais elle a toujours été là, dans toute ma vie, et, alors que je roule vers Jackson, je me rends compte que tout serait différent si elle mourait, et pas du tout aussi confortable.

Par bonheur, l'hôpital n'est pas très loin, et je me gare sur le parking après seulement quelques minutes de course à tombeau ouvert, une main écrasant le Klaxon – auquel la plupart des automobilistes de Miami ne prêtent aucune attention.

Tous les hôpitaux se ressemblent, à l'intérieur, jusqu'aux couleurs des murs, et, d'un point de vue général, ce ne sont pas des endroits très gais. Évidemment, je suis heureux qu'il y en ait un si près en ce moment, mais ce n'est pas avec allégresse que j'arrive aux urgences. Les gens qui attendent ont l'air d'animaux résignés et le personnel médical qui s'agite en tous sens semble au bord de la crise de nerfs, ce qui contraste considérablement avec la nonchalance bureaucratique de la femme armée d'un formulaire qui m'arrête à peine entré.

– Sergent Morgan, blessure par arme blanche, dis-je. Elle vient d'arriver.

– Qui êtes-vous ? demande-t-elle.

Pensant bêtement m'en tirer à bon compte, je réponds : « Son frère », et je suis accueilli par un sourire.

– Très bien. Exactement ce qu'il me fallait.

– Je peux la voir ?

– Non.

Elle m'empoigne par le coude et entreprend de m'entraîner d'une main ferme vers un bureau.

– Vous pouvez me dire comment elle va ?

– Veuillez vous asseoir, je vous prie, dit-elle en me poussant vers une chaise en plastique moulé face à un petit bureau.

– Mais comment elle va ? insisté-je, refusant de me laisser faire.

– Nous allons y venir dans un instant, dès que nous aurons réglé ces formalités administratives. Veuillez vous asseoir, monsieur – monsieur Morton ?

– Morgan.

– J'ai Morton, sur mon formulaire.

– C'est Morgan. M-O-R-G-A-N.

– Vous êtes sûr ? demande-t-elle.

Et l'ambiance surréaliste de l'hôpital s'abat sur moi. Je me laisse tomber sur la chaise comme si j'avais pris un gros coup de polochon.

– Tout à fait certain, affirmé-je d'une voix faible en continuant de m'affaisser sur la petite chaise branlante.

– Alors il va falloir que je change ça sur l'ordinateur, se rembrunit-elle. Flûte !

J'ouvre et referme la bouche comme un poisson échoué tandis qu'elle prend son temps pour taper sur son clavier. C'en est trop. Même son laconique « Flûte ! » est une offense à la raison. C'est la vie de Deborah qui est en jeu.

Cela prend un temps infini, mais je réussis à remplir correctement les formulaires et à convaincre cette bonne femme que, en tant que parent et fonctionnaire de police, j'ai largement le droit de voir ma sœur. Mais bien sûr, les choses étant ce qu'elles sont dans cette vallée de larmes, on ne me laisse pas la voir. J'ai tout juste le droit de rester dans un couloir et de jeter un coup d'œil par un hublot à un groupe de personnes en blouse verte rassemblées autour d'une table, en train de faire à Deborah des choses aussi affreuses qu'inimaginables.

Je reste ainsi pendant une éternité à fixer la scène, tressaillant de temps à autre quand apparaît au-dessus de ma sœur un instrument ou une main ensanglantés. L'odeur de désinfectant, de sang, de sueur et de peur est suffocante. Mais, enfin, je les vois s'écarter de la table et pousser la civière vers la porte. Je m'efface pour les laisser passer, puis j'empoigne par le bras celui qui a l'air le plus expérimenté parmi les derniers à sortir. Erreur de ma part : ma main touche quelque chose de froid, d'humide et de gluant et je la retire aussitôt – elle est tachée de sang. Je me sens soudain tout étourdi, souillé et au bord de la panique, mais je me ressaisis juste à temps quand le chirurgien se retourne.

– Comment va-t-elle ?

Il regarde la civière qui s'éloigne, puis :

– Qui êtes-vous ? demande-t-il.

– Son frère. Elle va s'en tirer ?

Il me gratifie d'un demi-sourire moins que joyeux.

– C'est beaucoup trop tôt pour se prononcer. Elle a perdu beaucoup de sang. Elle peut se rétablir autant que subir des complications. Nous ne pouvons pas encore le savoir.

– Quel genre de complications ?

La question me paraît tout à fait raisonnable, mais elle me vaut un soupir irrité.

– N'importe quoi, depuis une infection jusqu'à des séquelles cérébrales. Nous ne saurons rien avant un jour ou deux. Vous allez donc devoir attendre que nous puissions fournir un pronostic, d'accord ?

J'ai droit à l'autre moitié du sourire, puis il s'éloigne dans le couloir.

Je le suis du regard en repensant à cette histoire de séquelles. Puis je tourne les talons pour suivre la civière qui emporte Deborah.

12

Il y a tellement d'appareils autour de Deborah qu'il me faut un moment pour la repérer au milieu de ce fouillis qui bipe et bourdonne. Elle gît, immobile, dans son lit, environnée de tubes et de canules, le visage à moitié couvert par un masque à oxygène, aussi pâle que ses draps. Je reste tétanisé un moment, sans savoir comment réagir. J'ai tout fait pour réussir à la voir, mais maintenant que j'y suis, pas moyen de me rappeler avoir lu quelque part comment il convient de se comporter quand on se trouve aux urgences au chevet d'un être cher. Dois-je lui prendre la main ? Cela paraît probable, mais je ne suis pas très sûr, et puis elle a une perfusion enfoncée dans celle qui est la plus proche, et ça ne me semble pas une bonne idée de risquer de l'arracher.

Du coup, je prends une chaise que j'approche à une distance que j'estime raisonnable et je m'installe.

Quelques minutes plus tard, un bruit me fait lever le nez. À la porte apparaît la tête d'un flic noir que je connais vaguement. Wilkins.

– Salut. Dexter, c'est ça ? fait-il.

Je hoche la tête et lui montre mon badge.

– Comment elle va ? demande-t-il.

– C'est trop tôt pour le dire.

– Désolé, mon vieux. Le capitaine veut que quelqu'un la surveille. Je suis dans le couloir.

– Merci.

Il retourne prendre son poste à la porte.

J'essaie d'imaginer ce que serait la vie sans Deborah. Cette simple idée est dérangeante, bien que je ne sache dire pourquoi. Je n'arrive pas à trouver de différences assez importantes ou évidentes, aussi, je me creuse la cervelle. Je réussirais probablement à manger mon coq au vin chaud la prochaine fois. J'aurais moins de bleus sur les bras à force de prendre ses coups. Je n'aurais plus à craindre qu'elle m'arrête. Tout ça n'est que bénéfice. Pourquoi suis-je si inquiet ?

Malgré tout, cette logique ne me convainc guère. Et si elle avait des séquelles au cerveau ? Cela pourrait gêner sa carrière dans la police. Elle pourrait avoir besoin d'une assistance permanente – qu'on la nourrisse, qu'on lui change ses couches – et ça ne serait pas facile, professionnellement parlant. Et qui devrait se farcir la corvée de s'occuper d'elle ? Je ne m'y connais guère en matière d'assurance médicale, mais je sais que ce n'est pas gratuit. Et si c'était moi qui étais censé m'occuper d'elle ? Cela empiéterait sûrement beaucoup sur mes loisirs. Mais qui d'autre y a-t-il ? Elle n'a pas d'autre famille au monde que moi, le Doux et Docile Dexter. Personne d'autre pour pousser son petit fauteuil, préparer sa bouillie et essuyer ses filets de bave. Il faudrait que je m'occupe d'elle jusqu'à son dernier soupir, quand nous serions vieux, et nous serions là à regarder la télé pendant que le reste du monde continuerait à s'entre-tuer allègrement, sans moi.

Juste avant de succomber à une nouvelle vague de déprime, je me rappelle Kyle Chutsky. Le qualifier de petit copain de Deborah n'est pas tout à fait juste, puisqu'ils vivent ensemble depuis plus d'un an. Sans compter que ce n'est pas un gamin. Il a dix bonnes années de plus qu'elle, c'est un costaud bien amoché, à qui il manque la main et le pied gauches à la suite de sa rencontre avec le même chirurgien amateur qui a rectifié le portrait du sergent Doakes.

Pour être honnête avec moi-même – ce qui me paraît très important –, je ne pense pas simplement à lui parce que j'ai envie qu'un autre que moi s'occupe d'une Deborah éventuellement handicapée. Il faut peut-être le prévenir qu'elle est aux urgences. Du coup, je sors mon mobile et je l'appelle. Il répond aussitôt.

– Kyle, c'est Dexter.

– Salut, mon pote, fait-il d'un ton faussement enjoué. Quoi de neuf ?

– Je suis avec Deborah. Aux urgences, à Jackson.

– Qu'est-ce qui s'est passé ? demande-t-il après un court silence.

– Elle a pris un coup de couteau et perdu pas mal de sang.

– J'arrive tout de suite.

C'est bien que Chutsky se soucie assez d'elle pour venir aussi vite. Peut-être qu'il pourrait m'aider à préparer la bouillie de Deborah, pousser son fauteuil. C'est bien d'avoir quelqu'un pour vous soutenir.

Ça me rappelle que j'ai moi aussi quelqu'un. Ou peut-être plus exactement que quelqu'un m'a, moi. En tout cas, Rita doit être prévenue que je vais être en retard, avant qu'elle s'embarque dans la préparation d'un soufflé au faisan. Je l'appelle à son travail, lui résume la situation et raccroche alors qu'elle se lance dans une litanie de « Oh, mon Dieu ».

Chutsky arrive un quart d'heure plus tard, suivi d'une infirmière qui a l'air de vouloir s'assurer qu'il est entièrement satisfait de tout, depuis l'emplacement de la chambre jusqu'à la disposition des cathéters.

– C'est là, dit-elle.

– Merci, Gloria, répond Chutsky sans quitter Deborah des yeux.

Alors que l'infirmière s'attarde encore un peu d'un air inquiet, Chutsky s'approche du lit et prend la main de Deborah – je suis content de constater que je ne m'étais pas trompé : tenir la main, c'est bien ce qui se fait dans ces circonstances.

– Qu'est-ce qui s'est passé, alors ? demande-t-il.

Je lui raconte l'affaire ; il m'écoute sans me regarder, hochant la tête d'un air absent, lâchant tout juste la main de Deborah pour écarter une mèche de cheveux sur son front.

– Que disent les médecins ? demande-t-il finalement.

– C'est encore trop tôt.

– Ils disent toujours ça, fait-il avec un geste agacé du crochet métallique qui remplace sa main gauche. Quoi d'autre ?

– Qu'il y a un risque de séquelles. Cérébrales, en plus.

– Elle a perdu beaucoup de sang, remarque-t-il.

Ce n'est pas une question, mais j'y réponds malgré tout.

– En effet.

– J'ai un gars qui vient de Bethesda. Il sera là dans deux heures.

Je ne sais pas quoi répondre. Un gars ? De Bethesda ? Est-ce que c'est une bonne nouvelle, et, auquel cas, pourquoi ? Je ne vois aucune différence entre Bethesda et Cleveland, à part que l'un est dans le Maryland et l'autre dans l'Ohio. Quel genre de type pourrait venir de là-bas ? Et pour quoi faire ? Mais je ne vois pas non plus comment formuler ma question. Je ne sais pas pourquoi, mais mon cerveau ne fonctionne pas avec son habituelle et glaciale efficacité.

Je me contente donc de regarder Chutsky poser une chaise de l'autre côté du lit pour s'asseoir tout en tenant la main de Deborah. Une fois installé, il se tourne vers moi.

– Dexter.

– Oui.

– Tu crois que tu pourrais nous trouver du café ? Et un beignet ou quelque chose à grignoter ?

La question me prend totalement de court – pas parce que l'idée est étrange, mais parce qu'elle me paraît étrange, alors qu'elle est tout à fait naturelle. L'heure du déjeuner est passée depuis belle lurette, je n'ai rien mangé et même pas songé à le faire. Et là, maintenant que Chutsky me le propose, l'idée me paraît déplacée, comme entonner un refrain de corps de garde dans une église.

Mais je me lève et sors dans le couloir en promettant de voir ce que je peux faire.

Je reviens quelques minutes plus tard avec deux cafés et quatre beignets. Je m'arrête dans le couloir, sans trop savoir pourquoi, et je jette un coup d'œil par la lucarne. Chutsky est penché en avant, les yeux clos, la main de Deborah pressée contre son front. Ses lèvres bougent, mais je n'entends rien, avec le ronronnement des appareils. Il prie ? Je trouve cela un peu prématuré. Sans doute que je ne le connais pas très bien, mais le peu que j'en sais ne cadre pas avec l'image d'un homme qui prie. En tout cas, c'est assez embarrassant à voir, un peu comme quelqu'un qui se cure le nez. Je me racle la gorge en entrant, mais il ne bronche pas.

À part sortir une remarque enjouée et éventuellement interrompre cette ferveur religieuse, je ne trouve rien de constructif à faire. Alors je m'assois et entame un beignet. Je l'ai presque fini quand il se redresse.

– Alors, tu nous as trouvé quoi ?

Je lui passe un café et deux beignets. Il saisit le premier de sa main valide et embroche les deux beignets avec son crochet.

– Merci.

Le gobelet coincé entre les genoux, il fait sauter le couvercle d'un doigt, tout en mordant dans les beignets suspendus à son crochet.

– Pas eu le temps de manger. J'attendais un coup de fil de Deborah et je pensais qu'on déjeunerait tous les trois, mais...

Il n'achève pas sa phrase. Il continue de manger ses beignets sans un mot, entre deux gorgées de café, et j'en profite pour finir le mien. Quand nous en avons terminé, nous restons à regarder Deborah comme si c'était notre émission de télé préférée. De temps en temps, l'un des appareils émet un bruit incongru et nous levons le nez. Mais rien ne change. Deborah gît toujours, les yeux clos, sa poitrine se soulève lentement, accompagnée d'un souffle à la Dark Vador de l'assistance respiratoire.

Je reste au moins une heure, et mes pensées ne s'éclairent pas pour autant. Apparemment, celles de Chutsky non plus. Il ne fond pas en larmes, mais il a l'air fatigué, le teint cireux ; je ne l'ai jamais vu comme ça, sauf quand je l'ai sauvé des mains de celui qui l'a mutilé. Et je pense que je ne vaux pas mieux que lui, bien que ce soit le cadet de mes soucis pour le moment ou même en règle générale. En fait, je ne perds pas beaucoup de temps à me soucier de grand-chose – je planifie, oui, c'est certain que je m'assure que tout se passera comme prévu lors de mes Expéditions nocturnes spéciales. Mais, vraiment, m'inquiéter me semble être une activité plus émotionnelle que rationnelle, et jusqu'à aujourd'hui je n'ai jamais plissé le front.

Mais là je suis inquiet, et c'est tout juste si je ne dois pas me retenir de me ronger les ongles.

Bien sûr qu'elle va se rétablir. N'est-ce pas ? « Trop tôt pour se prononcer » commence à me paraître de plus en plus sinistre. Puis-je me fier à une telle déclaration, d'ailleurs ? N'est-ce pas un protocole, une procédure médicale standard pour informer les gens qu'un proche parent est condamné ou finira en légume ? On commence par leur dire que tout ne va peut-être pas se passer pour le mieux – « Trop tôt pour le dire » – et puis, progressivement, on leur fait comprendre que ça ne va pas aller du tout.

Mais n'existe-t-il pas une loi qui oblige les médecins à dire la vérité ? Ou bien est-ce juste pour les garagistes ? Y a-t-il une vérité, médicalement parlant ? Je n'en ai pas la moindre idée, c'est un monde nouveau pour moi et je ne l'aime pas. Mais, quoi qu'il en soit, il est vraiment encore trop tôt pour se prononcer, je vais devoir attendre, et, bouleversante surprise, je ne suis pas aussi doué pour ça que je me l'imaginais.

Quand mon estomac recommence à gargouiller, j'estime que ce doit être le soir, mais un coup d'œil à ma montre m'indique qu'il est seulement 16 heures.

Vingt minutes plus tard, le gars de Bethesda arrive. Je ne sais pas à quoi je m'attendais, mais en tout cas à rien de tel. Le gars fait un mètre soixante-dix, il est chauve et bedonnant, avec de grosses lunettes à montures dorées, et il entre avec les deux médecins qui se sont occupés de Deborah. Ils le suivent comme des lycéens autour de la reine du bal, s'empressant de mentionner tout ce qui pourrait lui faire plaisir. Chutsky se lève d'un bond quand il entre.

– Docteur Teidel !

Teidel hoche la tête et, d'un mouvement du menton qui m'est également destiné, articule simplement :

– Dehors.

Chutsky acquiesce et me prend par le bras pendant que Teidel et ses deux larbins commencent déjà à écarter le drap pour examiner Deborah.

– C'est le meilleur, dit Chutsky.

Il ne précise pas dans quel domaine, mais je me dis que ce doit être médical.

– Qu'est-ce qu'il va faire ?

Chutsky hausse les épaules.

– Ce qu'il faudra. Viens, allons bouffer. Mieux vaut ne pas regarder.

Cela ne semble pas très rassurant, mais, Chutsky se sentant manifestement mieux maintenant que Teidel a pris le relais, je le suis jusqu'à la petite cafétéria bondée du rez-de-chaussée. Nous nous glissons à une petite table dans un coin et mangeons des sandwichs insipides. Bien que je ne lui aie rien demandé, Chutsky me renseigne un peu sur le docteur de Bethesda.

– Il est stupéfiant. Il y a dix ans, il m'a retapé complètement. J'étais dans un état bien pire que Deborah, crois-moi, et il a remis tous les morceaux à leur place et en état de marche. Je t'assure, Teidel est le meilleur. Tu as vu comment les autres toubibs se conduisent devant lui ?

– Comme s'ils voulaient lui laver les pieds et lui éplucher des grains de raisin.

Chutsky a un petit rire bref et poli.

– Elle va se remettre, maintenant. Sans problème.

Mais je serais bien incapable de dire si c'est moi ou lui qu'il essaie de convaincre.

13

Le Dr Teidel est dans la salle de repos du personnel quand nous revenons. Assis à une table, il sirote un café, ce qui me paraît étrange et déplacé, un peu comme un chien qui jouerait aux cartes. Si Teidel est un faiseur de miracles, comment peut-il se conduire comme le commun des mortels ? Il lève les yeux quand nous entrons et je les trouve humains aussi, las, pas du tout débordants de l'étincelle divine, et ses premières paroles ne me remplissent pas de ferveur religieuse non plus.

– C'est encore trop tôt pour être sûr, dit-il à Chutsky. (Je lui suis reconnaissant de cette variation sur le mantra médical habituel.) Nous ne sommes pas encore à un moment crucial et cela pourrait tout changer. (Une gorgée de café.) Elle est jeune, robuste. Les médecins d'ici sont excellents. Vous êtes en de bonnes mains. Mais ça peut mal tourner.

– Vous pouvez faire quelque chose ? demande humblement Chutsky, comme s'il demandait à Dieu un vélo tout neuf.

– Une opération magique ou une procédure fabuleusement innovante, c'est ce que vous voulez dire ? (Une gorgée de café.) Non. Rien du tout. Vous devez juste attendre. (Il jette un coup d'œil à sa montre et se lève.) J'ai un avion à prendre.

Chutsky se penche et lui serre la main.

– Merci, docteur, je vous suis vraiment reconnaissant. Merci.

– Je vous en prie, répond Teidel en récupérant sa main tant bien que mal.

Nous le regardons s'en aller.

– Je me sens nettement mieux, dit Chutsky. Le simple fait qu'il soit venu a tout changé. (Il me regarde comme si j'avais protesté.) Je t'assure. Elle va se remettre.

J'aimerais être aussi confiant que Chutsky. Je ne suis pas si sûr que Deborah se remette. Je voudrais vraiment le croire, mais je ne suis pas aussi doué pour me faire des illusions que la majorité des êtres humains : si une situation a la possibilité de changer, c'est toujours en pire.

Cependant, étant donné que ce n'est pas le genre de propos que je peux tenir aux urgences sans provoquer des réactions négatives à mon encontre, je me contente de marmonner une platitude de circonstance et retourne m'asseoir au chevet de Deborah. Wilkins monte toujours la garde à la porte, l'état de Debs n'a pas évolué, et j'ai beau l'observer attentivement, il ne se passe rien en dehors des bips et du ronronnement des appareils.

Chutsky la fixe comme s'il pouvait la forcer à se redresser et à parler par la force de son regard. En vain. Au bout d'un moment, il se tourne vers moi.

– Le mec qui a fait ça, vous l'avez pincé, hein ?

– Il est sous les verrous.

Chutsky acquiesce ; il a l'air de vouloir dire autre chose. Il se tourne vers la fenêtre, soupire et revient vers Deborah.

Je suis connu pour l'ampleur et l'acuité de mon intellect, mais c'est seulement vers minuit que je me rends compte que cela ne sert à rien de rester assis à regarder Deborah. Elle n'a pas répondu à l'appel magnétique du regard de Chutsky, et à en croire les médecins elle ne risque pas de faire grand-chose avant un moment : auquel cas, au lieu de rester ici à me tasser lentement pour finir en loque aux yeux rouges, mieux vaut que je regagne mes pénates pour prendre quelques heures d'un vague repos.

Chutsky n'y voit pas d'objection. Il agite la main en marmonnant qu'il garde la boutique, et je sors en titubant dans la nuit moite de Miami, bien agréable après le froid glacial de l'hôpital. Je marque une pause pour respirer l'odeur de la végétation et des pots d'échappement. Un quart de lune d'un jaune malsain flotte dans le ciel en gloussant tout seul, mais je ne ressens pas vraiment son attraction. Je suis incapable de penser au scintillement joyeux que produirait une lame par une telle nuit ou aux délices débridés que je devrais pourtant désirer ardemment. Avec Deborah sur un lit d'hôpital, c'est impossible. Ce n'est pas que ce serait mal, c'est juste que je n'ai pas le cœur à ça. Je n'éprouve rien. Je suis vide, abattu, épuisé.

En tout cas, si je ne peux rien faire pour Deborah ni contre le vide et l'abattement, je peux au moins remédier à l'épuisement.

Je rentre chez moi.

Je me réveille de bonne heure avec un sale goût dans la bouche. Rita est déjà dans la cuisine et une tasse atterrit devant moi avant même que je sois assis.

– Comment va-t-elle ?

– C'est trop tôt pour le dire, expliqué-je.

– Ils disent toujours ça.

Je bois une longue gorgée de café et je me relève.

– Je ferais mieux de prendre de ses nouvelles.

J'appelle Chutsky.

– Rien de neuf, dit-il d'une voix rauque de fatigue. Je t'appelle si jamais il y a quoi que ce soit.

Je retourne m'asseoir, avec l'impression que je vais sombrer dans le coma à tout moment.

– Alors ? demande Rita.

– Pas de changement, dis-je en m'affalant le nez dans la tasse.

Plusieurs cafés et six pancakes à la myrtille plus tard, je suis un peu ragaillardi et prêt à partir travailler. Je me lève, dis au revoir à Rita et aux gosses et je m'en vais. Je vais faire comme d'habitude et laisser le rythme de mon quotidien artificiel me bercer pour atteindre une sérénité synthétique.

Mais le bureau n'est pas du tout le refuge auquel je m'attendais. Je suis accueilli partout par des mines compatissantes et on me demande à mi-voix : « Comment elle va ? » Tout l'immeuble a l'air de vibrer de sollicitude au cri de guerre de « Trop tôt pour se prononcer ». Même Vince Masuoka a pris le coup. Il a apporté des beignets – pour la deuxième fois de la semaine ! –

et, dans un esprit de pure charité, m'a mis de côté celui à la crème pâtissière.

– Comment elle va ? demande-t-il en me l'offrant.

– Elle a perdu beaucoup de sang, réponds-je, surtout histoire de varier.

– Ils sont très bons, à Jackson, dit-il. Ils ont l'habitude.

– Je préférerais qu'ils n'aient pas à s'occuper d'elle, lâché-je avant de mordre dans le beignet.

Dix minutes plus tard, je reçois un appel de l'assistante du capitaine Matthews.

– Une si jolie voix... Ce ne peut être que Gwen, notre ange de lumière.

– Il a dit tout de suite, rétorque-t-elle avant de raccrocher.

Je me retrouve devant le bureau de Matthews quatre minutes plus tard, face à Gwen en personne. C'est son assistante depuis toujours, depuis l'époque où on l'appelait secrétaire, et cela pour deux raisons. La première est qu'elle est incroyablement efficace. La seconde, qu'elle est incroyablement laide et qu'aucune des trois épouses successives du capitaine n'a jamais réussi à lui trouver le moindre défaut.

Ces deux qualités me la rendent irrésistible et je suis incapable de la croiser sans lâcher quelque trait d'esprit.

– Ah, Gwendolyn. La suave sirène de South Miami.

– Il vous attend.

– Oublions-le. Partons ensemble vivre une éternité de débauche sublime.

– Entrez. Il est dans la salle de réunion.

Je pensais que le capitaine voudrait exprimer officiellement sa sollicitude, mais la salle de réunion me paraît un étrange endroit pour cela. Puisque c'est le capitaine et que je ne suis que Dexter, le sous-fifre, j'entre.

Il m'attend, effectivement. Il est juste derrière la porte et à peine suis-je entré qu'il me fond dessus.

– Morgan, dit-il. Euh... c'est tout à fait officieux, en conséquence... (Il agite la main, la pose sur mon épaule.) ... il faut que vous nous aidiez, mon petit. Simplement... enfin, vous voyez.

Et, sans plus de précisions, il me conduit à un siège.

Il y a déjà plusieurs personnes assises autour de la table. J'en reconnais la plupart, et aucune n'est particulièrement de bon augure. Il y a Israel Salguero, des services internes : c'est une mauvaise nouvelle à lui tout seul. Mais il est accompagné d'Irene Cappuccio, que je ne connais que de vue et de réputation. C'est l'une des chefs du service juridique de la police et on l'appelle rarement, sauf si quelqu'un a déposé une plainte solide contre nous. À côté d'elle est assis un autre de nos juristes, Ed Beasley. De l'autre côté de la table se trouve le lieutenant Stein, chargé de com', grâce auquel la police de Miami réussit à ne pas passer pour une horde de Huns sanguinaires.

Il y a un inconnu assis à côté de Matthews, et il est clair, d'après la coupe impeccable de son coûteux costume, que ce n'est pas un flic. Il est noir, avec un air imbu de sa personne et un crâne rasé tellement luisant que je suis sûr qu'il utilise de la cire d'abeille. Au même instant, il bouge le bras et découvre un gros bouton de manchette en diamants et une magnifique Rolex.

– Alors, dit Matthews pendant que je m'avance en hésitant vers une chaise, en proie à la panique. Comment va-t-elle ?

– C'est trop tôt pour le dire.

– Ah ! Enfin, je suis sûr que nous espérons tous que, hum, tout ira pour le mieux. C'est un excellent élément et son père... euh, votre père, aussi, bien sûr. (Il se racle la gorge.) Les... hum... médecins de Jackson sont les meilleurs et je veux vous assurer que si nous pouvons faire quoi que ce soit, euh... (Son voisin lui jette un regard, puis à moi, et Matthews opine.) Asseyez-vous.

Je prends place sans la moindre idée de ce qui se passe, mais avec la certitude absolue que cela ne va pas me plaire.

Ce que me confirme aussitôt Matthews.

– Il s'agit d'une discussion informelle, dit-il. Juste pour... euh... hum.

L'inconnu pose avec agacement son regard impérieux sur le capitaine et se tourne vers moi.

– Je représente Alex Doncevic, annonce-t-il.

Le nom ne me dit absolument rien, mais il le prononce avec une telle conviction que je me dis que je devrais le connaître et je me contente de hocher la tête avec un :

– Ah, très bien.

– Pour commencer, continue-t-il, j'exige sa libération immédiate. Ensuite... (Il marque une pause, apparemment pour créer un petit effet dramatique et pour permettre à sa vertueuse indignation de prendre de l'ampleur avant de se répandre dans toute la salle.) Ensuite, reprend-il, comme s'il s'adressait à une foule dans un stade, nous envisageons d'intenter une action pour réclamer des dommages et intérêts.

Je cligne des paupières. Tout le monde me regarde, et il est clair que je suis impliqué dans une sale histoire, mais dont j'ignore absolument tout.

– Je suis désolé de l'apprendre, dis-je.

– Écoutez, intervient Matthews, il s'agit seulement d'une conversation informelle et préliminaire. Car M. Simeon jouit, hum, d'une position très respectable dans la communauté. Notre communauté.

– Et parce que son client est en état d'arrestation pour plusieurs délits, ajoute Irene Cappuccio.

– Arrestation abusive, corrige Simeon.

– Cela reste à voir, répond Cappuccio. M. Morgan pourra peut-être nous éclairer sur ce point.

– Très bien, dit Matthews. Ne nous... euh... (Il pose les mains à plat sur la table.) L'important est surtout de... hum... Irene ?

Cappuccio prend le relais.

– Pouvez-vous nous dire exactement ce qui s'est passé hier jusqu'à l'agression de l'inspecteur Morgan ? me demande-t-elle.

– Vous savez pertinemment que vous ne pourrez jamais présenter cela devant un tribunal, Irene, dit Simeon. Agression ? Allons donc !

Cappuccio le considère un long moment sans ciller, d'un regard glacial.

– Très bien, reprend-elle. Jusqu'au moment où le client de M. Simeon a planté son couteau entre les côtes de Deborah

Morgan ? Vous ne réfutez pas qu'il l'a poignardée, tout de même ? demande-t-elle à Simeon.

– Écoutons ce qui s'est passé, répond-il avec un sourire pincé.

– Allez-y, m'encourage Cappuccio. Commencez par le commencement.

– Eh bien..., commencé-je.

Et je m'arrête. Je sens les regards posés sur moi et les secondes qui passent, mais je ne trouve rien de plus convaincant à dire. C'est bien de savoir enfin qui est Alex Doncevic. Il est toujours agréable de connaître le nom des gens qui poignardent votre famille.

Mais, en dehors de cela, Alex Doncevic ne figurait pas sur la liste de nos suspects. Deborah avait frappé à cette porte pour parler à un certain Brandon Weiss – et avait été poignardée par une tout autre personne, qui avait été prise de panique et avait tenté de la tuer simplement parce qu'elle avait vu son badge ?

Je n'exige pas que l'existence se déroule toujours d'une manière raisonnable. Après tout, moi, je vis ici, et la logique n'existe pas. Mais cela n'a aucun sens, à moins d'accepter l'idée que lorsqu'on frappe au hasard à une porte à Miami une personne sur trois qui répond est disposée à vous trucider. Bien que cette idée soit en elle-même tout à fait séduisante, cela ne me semble guère probable.

Et pour couronner le tout, en cet instant, la raison de son geste est moins importante que le geste lui-même. En revanche, je ne vois pas du tout pourquoi tout cela motive une réunion d'une telle ampleur. Matthews, Cappuccio, Salguero... ces gens ne se retrouvent pas tous les jours pour prendre un café.

C'est donc un sale moment à passer, et la moindre de mes déclarations va avoir des conséquences, mais, comme j'ignore de quoi il s'agit, comment faire pencher la balance du bon côté ? Bien que surdimensionné, mon cerveau a du mal à assimiler cette trop grande quantité d'informations sans queue ni tête. Je me racle la gorge, histoire de gagner un peu de temps, juste quelques secondes, mais tout le monde a les yeux rivés sur moi.

– Eh bien, répété-je. Euh... le commencement ? Vous voulez dire, euh...

– Vous êtes allés interroger M. Doncevic, dit Cappuccio.

– Non, euh... pas vraiment.

– Pas vraiment, répète Simeon, comme si quelqu'un dans l'assistance risquait de ne pas avoir bien saisi le sens. Que voulez-vous dire par « pas vraiment » ?

– Nous allions interroger quelqu'un du nom de Brandon Weiss, dis-je. C'est Doncevic qui a ouvert.

– Qu'a-t-il dit quand le sergent Morgan s'est présenté ? demande Cappuccio.

– Je ne sais pas.

– Obstruction, lance Simeon à Cappuccio, qui balaie la remarque d'un geste.

– Monsieur... Morgan, dit-elle en consultant son dossier. Dexter. (Elle ponctue cela d'une espèce de tic nerveux qu'elle doit prendre pour un sourire chaleureux.) Vous n'êtes pas sous serment et nul ne vous accuse de quoi que ce soit. Nous avons simplement besoin de connaître l'enchaînement des événements ayant conduit au coup de couteau.

– Je comprends, dis-je, mais j'étais dans la voiture.

Simeon se redresse, presque au garde-à-vous.

– Dans la voiture, souligne-t-il. Pas à la porte avec le sergent Morgan.

– C'est exact.

– Donc, vous n'avez pas entendu ce qui s'est dit, ou pas, observe-t-il en haussant un sourcil tellement haut qu'il forme presque une houppette sur son crâne lisse.

– C'est exact.

– Mais vous avez déclaré dans votre déposition que le sergent Morgan avait montré son badge, dit Cappuccio.

– Oui, je l'ai vue faire.

– Et il était dans la voiture, à quelle distance ? dit Simeon. Vous savez ce que je peux faire avec ça, au tribunal ?

Matthews s'éclaircit la voix.

– Ne... euh... tribunal... n'est pas... Euh... ne partons pas du principe que ceci peut finir au tribunal.

– J'étais nettement plus près quand il a essayé de me poignarder, dis-je, espérant arranger les choses.

– Légitime défense, balaie Simeon. Si elle ne s'est pas correctement identifiée comme représentante de la loi, il avait tout à fait le droit de se défendre !

– Elle a montré son badge, j'en suis certain.

– Vous ne pouvez pas l'être ! À quinze mètres de distance !

– Je l'ai vue, dis-je, en m'efforçant de ne pas paraître agressif. Par ailleurs, Deborah n'oublierait jamais de le faire. Elle connaît la procédure sur le bout des doigts depuis qu'elle sait marcher.

Simeon agite un très gros index devant moi.

– Et c'est un autre point qui ne me plaît pas du tout. Quelle est votre relation exacte avec le sergent Morgan ?

– C'est ma sœur.

– Votre sœur, répète-t-il sur un ton accusateur. (Il secoue la tête d'un air théâtral et parcourt la salle du regard. Il a fini par capter l'attention de tout le monde et il n'en peut plus de joie.) C'est de mieux en mieux, conclut-il avec un sourire plus aimable que celui de Cappuccio.

Salguero prend enfin la parole.

– Deborah Morgan a des états de service impeccables. Son père était policier, elle est irréprochable à tous égards, et depuis toujours.

– Être fille de policier ne rend personne irréprochable, observe Simeon. Cela signifie simplement qu'on fait bloc. Et vous le savez. C'est un cas évident de légitime défense, d'abus d'autorité et de tentative pour le dissimuler. (Il lève les mains.) Il est évident que nous n'allons jamais découvrir ce qui s'est réellement passé, surtout pas avec ces intrigues de famille noyées dans le milieu de la police. J'estime que nous devons nous en remettre à la justice.

Ed Beasley prend à son tour la parole, avec un air posé et bourru qui me donne envie de lui serrer chaleureusement la main.

– Nous avons un officier en soins intensifs, dit-il, parce que votre client l'a poignardé. Et nous n'avons pas besoin d'un tribunal pour le comprendre, Kwami.

Simeon le gratifie d'un sourire éclatant.

– Peut-être pas, Ed. Mais, à moins que vous ne parveniez à faire table rase de la Constitution, mon client dispose de cette possibilité. En tout cas, continue-t-il en se levant, je pense en avoir assez pour pouvoir faire libérer mon client sous caution.

Et, sur un signe de tête à Cappuccio, il sort.

Un moment de silence, puis Matthews se racle la gorge.

– Il peut y arriver, Irene ? demande-t-il.

Cappuccio casse le crayon qu'elle tient à la main.

– Devant le bon juge ? Oui, probablement.

– Le climat politique n'est pas favorable, en ce moment, dit Beasley. Simeon peut faire monter la sauce et tout envenimer. Et nous ne pouvons pas nous permettre un nouveau scandale maintenant.

– Très bien, dit Matthews. Commençons à fermer les écoutilles en attendant la tempête. Lieutenant Stein, vous savez quoi faire. Apportez-moi de quoi nourrir la presse au plus vite. Avant midi.

– Très bien.

Israel Salguero se lève.

– Je sais ce que je dois faire, capitaine. L'inspection des services va devoir entreprendre l'examen du dossier du sergent Morgan immédiatement.

– Très bien, très bien, acquiesce Matthews avant de se tourner vers moi. Morgan, dit-il d'un air consterné, j'aurais préféré que vous vous montriez plus utile.

14

C'est ainsi qu'Alex Doncevic est relâché bien avant que Deborah revienne à elle. Plus précisément, il quitte le centre de détention à 17 h 17, soit seulement une heure et vingt minutes après que Debs ouvre enfin les yeux.

Je suis au courant, car Chutsky m'appelle immédiatement, aussi excité que si elle venait de traverser la Manche à la nage en remorquant un piano.

– Elle va s'en sortir, Dex. Elle a ouvert les yeux et m'a tout de suite regardé.

– Elle a dit quelque chose ?

– Non, mais elle a serré ma main. Elle va y arriver.

Je ne suis toujours pas convaincu qu'un clin d'œil et un geste imperceptible soient des signes irréfutables d'un prochain rétablissement, mais c'est agréable de savoir qu'il y a du progrès. Surtout maintenant qu'elle va avoir besoin d'être pleinement consciente pour affronter Israel Salguero et l'Inspection des services.

Je suis au courant de la remise en liberté de Doncevic, parce que, entre la réunion et le coup de fil de Chutsky, j'ai pris une décision.

Je ne suis pas du genre à me bercer d'illusions. Je sais mieux que personne que la vie n'est pas juste. Les êtres humains ont inventé le concept de justice pour tenter de niveler le terrain et rendre la tâche un tantinet plus difficile aux prédateurs. C'est très bien comme ça. Personnellement, j'accueille les défis à bras ouverts.

Mais si la Vie n'est pas juste, la Loi et l'Ordre sont censés l'être. Et l'idée que Doncevic puisse être libre pendant que Deborah s'étiole à l'hôpital dans un nid de tubes est tellement... Très bien, je vais le dire : ce n'est pas juste. Bon, d'accord, il y a certainement d'autres termes appropriés ici, mais je ne vais pas me dérober, simplement parce que cette vérité, comme la plupart, est relativement moche. Je ressens devant tout cela un sentiment de grande injustice. Et cela m'amène à me demander comment rétablir un peu d'ordre.

J'y réfléchis pendant de longues heures de paperasse accompagnées de trois tasses d'un café abominable. Puis durant un déjeuner plus que médiocre dans un petit établissement qui se prétend méditerranéen, ce qui ne peut être justifié que si l'on décrète que pain rassis, mayonnaise coagulée et viande froide graillonneuse font partie du patrimoine de la Méditerranée. Puis quelques minutes de plus pendant que je range mes affaires dans mon petit bureau.

Finalement, quelque part dans les brumes de mon cerveau, j'entends résonner faiblement un gong. Et une vague lumière commence à m'éclairer.

On m'a beaucoup reproché de ne pas être très utile et je reconnais une certaine vérité dans cette accusation. Je n'ai effectivement pas servi à grand-chose : j'ai boudé dans la voiture pendant que Debs se faisait poignarder et je n'ai pas réussi à la protéger des attaques de cet avocat au crâne luisant.

Mais je connais une manière de me rendre extrêmement utile, dans un domaine où je suis tout particulièrement doué. Je peux faire disparaître tout un tas de problèmes : celui de Deborah, de la police et les miens, tout cela en même temps, d'un seul coup bien net – ou de plusieurs, moins nets, si je me sens d'humeur un peu joueuse. Il me suffit de me détendre et de devenir ce merveilleux autre Moi-même, tout en aidant ce pauvre Doncevic à reconnaître qu'il s'est mal conduit.

Je sais que Doncevic est coupable : je l'ai vu poignarder Deborah de mes yeux. Et il y a de grandes chances pour que ce soit lui qui ait tué et mis en scène les cadavres qui provoquent un tel émoi et causent du tort à notre vitale industrie touristique. Me débarrasser de Doncevic est mon devoir de citoyen. Puisqu'il est en liberté sous caution, s'il disparaît, tout le monde pensera qu'il a pris la fuite. Les chasseurs de primes essaieront de le retrouver, mais personne ne trouvera rien à y redire s'ils échouent.

J'éprouve une grande satisfaction devant cette solution : c'est bien qu'une situation puisse se dénouer aussi simplement, et cette simplicité séduit en moi le monstre qui aime empaqueter et jeter les problèmes. Et puis, ce n'est que justice.

Cerise sur le gâteau : je vais pouvoir passer quelques moments privilégiés avec Alex Doncevic.

Je commence par vérifier où il en est sur mon ordinateur, je suis l'avancement tous les quarts d'heure quand il devient évident qu'on va le relâcher. À 16 h 32, ses papiers sont presque signés et je descends nonchalamment jusqu'au parking pour me rendre devant la porte du centre de détention.

J'y arrive juste à l'heure, et des tas de gens m'ont devancé. Simeon sait vraiment comment donner une fête, surtout pour la presse, et tout le monde attend dans une immense cohue déchaînée. Les camionnettes, paraboles satellites et coiffures hors de prix se battent pour avoir leur place. Quand Doncevic sort en compagnie de Simeon, c'est un concert de caméras, de coups de coude, et la foule se précipite comme une meute de chiens sur un bout de viande.

Depuis ma voiture, je regarde Simeon prononcer une longue et émouvante déclaration, répondre à quelques questions, puis fendre la foule en remorquant Doncevic. Ils montent dans un 4×4 noir et démarrent. J'attends un moment, puis je les suis.

Filer une voiture est relativement simple, surtout à Miami, où la circulation est constamment dense et où les gens ont un comportement irrationnel. Comme c'est l'heure de pointe, c'est pire encore. Je n'ai qu'à rester légèrement en retrait en laissant deux ou trois voitures entre la mienne et leur Lexus. Le comportement de Simeon n'indique en rien qu'il se sait suivi. Bien sûr, même s'il m'a repéré, il ne peut que penser que je suis un journaliste qui espère voler un cliché de Doncevic pleurant de gratitude, et Simeon fera tout pour offrir son meilleur profil.

Je les suis sur North Miami Avenue, puis je laisse un peu de distance quand nous tournons sur la 40e rue nord-est. Je suis à peu près sûr de leur destination, à présent, et comme de bien entendu Simeon se gare devant le bâtiment où Deborah a fait la connaissance de mon nouvel ami Doncevic. Je continue mon chemin, fais le tour du pâté de maisons et repasse au moment où Doncevic descend de la voiture pour gagner le bâtiment.

Heureusement pour moi, je peux me garer à une place d'où je peux surveiller la porte. Je coupe le moteur et j'attends la tombée de la nuit, l'heure de Dexter. Et ce soir, enfin, après un long et morne séjour dans le quotidien, je vais jouer quelques mesures de mon menuet favori. Je me surprends à suivre avec impatience le coucher pompeux et interminable du soleil ; j'ai hâte qu'il fasse nuit. Je la sens qui arrive pour moi, qui s'apprête à m'envahir, qui déploie lentement ses ailes et détend des muscles restés trop longtemps immobiles pour se préparer à bondir...

Mon mobile sonne.

– C'est moi, annonce Rita.

– Évidemment, lui dis-je.

– Je crois que j'ai quelque chose de vraiment bien. Qu'est-ce que tu en dis ?

– Rien. Qu'est-ce qui est vraiment bien ?

– Quoi ? Oh, je pensais à ce dont nous avions parlé. À propos de Cody.

Je m'extirpe péniblement de l'obscurité qui montait en moi et j'essaie de me rappeler ce dont nous avons parlé à propos de Cody. Il était question de l'aider à sortir de sa coquille, mais je ne me rappelle pas que nous ayons rien décidé en dehors de quelques vagues platitudes destinées à réconforter Rita pendant que je dirigerais méticuleusement les pas de Cody sur la Voie de Harry.

– Ah, d'accord. Oui ? me contenté-je de répondre, dans l'espoir qu'elle m'en dise un peu plus.

– J'ai parlé avec Susan. Tu sais, celle qui habite au 137. Avec le gros chien.

– Oui. Je me rappelle le chien.

Je ne risque pas de l'oublier : il me déteste, comme tous les animaux domestiques. Ils sentent ce que je suis, même quand leurs maîtres n'en ont pas conscience.

– Et son fils, Albert ? Il est chez les scouts et ça lui fait énormément de bien. Je me suis dit que ce serait bien aussi pour Cody.

Au premier abord, l'idée ne rime à rien. Cody ? Chez les scouts ? C'est un peu comme servir du thé et des sandwichs au concombre à Godzilla. Mais alors que je bafouille une réponse, essayant de trouver autre chose qu'un refus scandalisé ou un fou rire, je me surprends à penser que ce n'est pas si idiot. En fait, cette suggestion est excellente et s'accorde parfaitement avec l'idée de faire fréquenter d'autres petits humains à Cody. Et du coup, pris en tenaille entre un refus agacé et un réel enthousiasme, je réponds :

– Wamahéoké.

– Dexter, tout va bien ?

– Je... euh, tu m'as pris de court. J'étais occupé. Mais je trouve que c'est une excellente idée.

– C'est vrai ? Tu le penses ?

– Absolument. C'est la solution rêvée pour lui.

– J'espérais que tu serais d'accord, puis j'ai eu des doutes. Et si... Mais tu le penses vraiment ?

C'est le cas, oui, et je finis par la convaincre. Mais il me faut plusieurs minutes, étant donné que Rita est capable de parler sans respirer et la plupart du temps sans finir sa phrase. Si bien qu'elle arrive à sortir une vingtaine de mots décousus quand j'en prononce un seul.

Le temps que je la convainque et que je raccroche, il commence à faire un peu plus sombre dehors, mais beaucoup moins en moi. Les premières notes de la Danse de Dexter sont assourdies, à présent, devenues indistinctes depuis la cacophonie de l'appel de Rita. Ça va revenir.

En attendant, histoire de m'occuper, j'appelle Chutsky.

– Salut, mon pote, dit-il. Elle a encore ouvert les yeux il y a quelques minutes. Les médecins disent qu'elle revient à elle.

– Merveilleux. Je vais passer un peu plus tard. Là, j'ai quelques petits trucs à régler.

– Il y a des gens de chez vous qui sont passés. Tu connais un certain Israel Salguero ?

Un vélo qui passe dans la rue cogne mon rétro et continue sa route.

– Oui, je le connais. Il est venu ?

– Oui. (Chutsky se tait, attend que je dise quelque chose, mais, comme je ne vois pas quoi, il finit par reprendre :) Il y a un truc chez ce mec.

– Il connaissait notre père.

– Mmm, mmm. Mais autre chose.

– Il est de l'Inspection des services. Il enquête sur le comportement de Deborah dans cette histoire.

– Celui de Deborah ? demande-t-il après un long silence.

– Oui.

– Elle s'est fait poignarder !

– Selon l'avocat, c'est de la légitime défense.

– L'enfoiré !

– Je suis sûr qu'il n'y a pas lieu de s'inquiéter. C'est la règle, il doit enquêter.

– Saloperie d'enfoiré. Et il vient ici ? Alors qu'elle est dans un putain de coma ?

– Il connaît Deborah depuis longtemps. Il est sûrement juste venu voir si elle allait mieux.

Très long silence.

– O.K., mon pote, si tu le dis. Mais je ne crois pas que je vais le laisser entrer la prochaine fois.

Je ne sais pas trop ce que va donner le crochet de Chutsky face au sang-froid imperturbable de Salguero, mais je me dis que ce sera intéressant. Chutsky, malgré son air bourru et faussement jovial, est un meurtrier sans état d'âme. Mais Salguero, à l'Inspection des services depuis des années, est à l'épreuve des balles. Si jamais ils devaient en venir aux mains, ce serait un sacré spectacle. Je réponds simplement :

– D'accord. On se voit tout à l'heure.

Maintenant que toutes ces petites questions humaines sont réglées, je me remets à l'affût. Des voitures passent. Des piétons. Je commence à avoir soif et je trouve une bouteille d'eau minérale à moitié pleine sur la banquette arrière. Enfin, la nuit tombe.

J'attends encore un peu que l'obscurité envahisse toute la ville et m'enveloppe moi aussi. C'est très agréable d'endosser ce costume, et l'impatience croît en moi, avec les encouragements du Passager noir qui me supplie de lui laisser la place au volant.

Je cède enfin.

Je glisse le fil de pêche en Nylon et le rouleau d'adhésif de plomberie dans ma poche, seuls outils à ma disposition dans la voiture pour le moment, et je descends.

J'hésite. Cela fait longtemps depuis la dernière fois, trop longtemps depuis le dernier méfait de Dexter. Je n'ai rien préparé, et ce n'est pas bien. Je n'ai pas de plan, et c'est pire encore. Je ne sais pas vraiment ce qui m'attend derrière cette porte ni ce que je compte faire une fois à l'intérieur. En proie un instant à l'incertitude, je reste à côté de la voiture et je me demande si je suis capable d'improviser ma Danse. L'hésitation ronge mon armure et je me retrouve le pied en l'air dans la nuit sans savoir ce qui m'attend.

Mais ce n'est que sottise, faiblesse et erreur – pas du tout Dexter. Le Vrai Dexter habite dans le Noir, il revient à la vie dans la nuit, prend du plaisir à jaillir de l'ombre. Qui est ce personnage qui ne sait sur quel pied danser ? Dexter n'hésite pas.

Je lève le nez et inspire une longue bouffée de l'air nocturne. Encore mieux : il n'y a qu'un petit croissant de lune jaunâtre, mais je m'ouvre à lui et il hurle à mon intention ; je sens la nuit pulser dans mes veines jusqu'au bout de mes doigts, vibrer sous la peau tendue de mon cou et tout change, tout redevient tel que ce doit être. Nous savons ce que nous devons faire et nous sommes prêts.

C'est le moment, c'est la nuit, c'est l'heure de la Danse de Dexter, et les pas vont nous revenir, comme toujours.

Au plus profond de moi, les ailes noires se déploient dans le ciel nocturne et nous entraînent.

Nous nous glissons dans la nuit tout autour du bâtiment pour inspecter soigneusement les environs. Tout au bout de la rue se trouve une impasse, et nous nous enfonçons dans l'obscurité pour rejoindre l'arrière du domicile de Doncevic. Un camion cabossé est garé devant un quai de chargement bien dissimulé à l'arrière. Un bref chuchotement du Passager : *Regarde, c'est comme cela qu'il faisait sortir les cadavres pour les transporter jusqu'à leur emplacement.* Et, bientôt, il va prendre le même chemin.

Nous revenons sur nos pas ; rien d'inquiétant dans les alentours. Un restaurant éthiopien au coin de la rue. De la musique qui beugle trois portes plus loin. Nous nous retrouvons devant le bâtiment. Nous sonnons. Il ouvre la porte, éprouve un bref instant de surprise avant que nous fondions sur lui. Il finit en un rien de temps à plat ventre par terre, le fil de pêche autour du cou, pendant que nous le bâillonnons et lui attachons poignets et chevilles. Quand il est immobilisé, réduit au silence, nous faisons un rapide tour du propriétaire : personne d'autre. En revanche, nous dénichons quelques articles intéressants, notamment de très jolis outils dans la salle de bains, juste à côté de la grande baignoire. Scies, cisailles et tout ce qu'il faut comme Joujoux pour Dexter. C'est bien le carrelage blanc que nous avons vu dans le film, à l'office de tourisme. C'est une preuve, nous avons maintenant toutes les preuves nécessaires, Doncevic est coupable. C'est lui qui était sur ce carrelage près de la baignoire, avec ces outils, en train de procéder à des actes impensables – précisément ceux auxquels nous pensons et que nous allons lui infliger.

Nous le traînons dans la salle de bains et le mettons dans la baignoire avant de nous arrêter un petit instant. Un faible et insistant chuchotement qui nous souffle que tout n'est pas « comme il faut » remonte le long de notre échine jusque dans nos dents. Nous faisons rouler Doncevic dans la baignoire, à plat ventre, et nous refaisons un petit tour rapide des lieux. Rien, personne, tout est au poil et la voix puissante du Passager noir noie le faible chuchotement et exige que nous reprenions notre Danse avec Doncevic.

Retour donc à la salle de bains pour nous mettre à la tâche. Nous nous dépêchons un peu, parce que nous sommes dans un lieu inconnu, sans véritable plan, et aussi parce que Doncevic prononce un mot bizarre avant que nous lui ôtions définitivement la faculté de parole. « Souris », dit-il. Cela nous fâche tellement que nous nous empressons de l'empêcher de dire quoi que ce soit de compréhensible. Mais nous faisons tout comme il faut, oh oui, et quand c'est terminé nous sommes satisfaits de ce travail bien fait. Tout s'est vraiment très bien passé et nous avons nettement progressé dans notre entreprise pour rétablir l'ordre des choses.

Et il demeurera ainsi, maintenant qu'il ne reste plus que quelques sacs-poubelle et une petite goutte du sang de Doncevic sur une lame de verre dans mon coffret en bois de rose.

Et, comme toujours, je me sens nettement mieux ensuite.

15

Le lendemain matin, tout part en eau de boudin. Je me rends au travail, fatigué mais satisfait d'avoir accompli avec bonheur mes corvées jusqu'à pas d'heure. Je viens de m'installer avec une tasse de café pour m'attaquer à la paperasse quand Vince Masuoka passe la tête par l'embrasure.

– Dexter.

– Le seul et unique ! m'exclamé-je avec la modestie exigée.

– Tu as entendu la nouvelle ? demande-t-il avec un sourire satisfait indiquant qu'il espère le contraire.

– J'entends tant de nouvelles, Vince. De quoi tu parles ?

– Du rapport d'autopsie.

Et comme, apparemment, il tient à rester agaçant le plus longtemps possible, il se tait et se contente de me regarder.

– Très bien, Vince, dis-je enfin. Quel est le rapport d'autopsie dont je n'ai pas entendu parler et qui va changer ma vie ?

– Quoi ?

– Je viens de te dire que je ne suis pas au courant.

– Tu sais, les cadavres décorés avec les fruits et tout le bataclan ?

– Ceux de South Beach et des Fairchild Gardens ?

– Oui. Ils ont été transportés à la morgue pour autopsie et à leur arrivée le légiste fait : « Super, les revoilà. »

Je ne sais pas si vous avez remarqué, mais il est tout à fait possible pour deux êtres humains de tenir un dialogue de sourds.

– Vince, s'il te plaît, utilise des mots simples et dis-moi ce que tu essaies de me faire comprendre avant que je te fracasse le crâne avec ma chaise.

– Je dis simplement, reprend-il (et là, c'est vrai et facile à comprendre pour l'instant), que le légiste a déclaré à la réception des quatre cadavres qu'on les avait volés à la morgue et qu'ils étaient revenus.

Le monde me paraît basculer légèrement, et un épais brouillard gris enveloppe tout et me suffoque.

– Les cadavres ont été volés à la morgue ?

– Ouais.

– Donc, ils étaient déjà morts, quelqu'un les a pris et a organisé toute cette mise en scène insensée ?

– Oui, j'ai jamais entendu un truc aussi dingue. Non, mais, voler des cadavres à la morgue et s'amuser avec comme ça ?

– Donc, celui qui les a volés ne les a pas tués.

– Non, c'étaient des victimes d'accidents qui attendaient dans leurs tiroirs.

Accident, c'est un mot affreux. Il représente tout ce que je combats depuis toujours : le hasard, le désordre, l'imprévu, donc, tout ce qui est dangereux. Ce mot me fera prendre un jour, parce que, malgré toutes les précautions du monde, quelque chose peut arriver malgré tout par accident, et dans ce monde où règnent le chaos et le hasard cela se produit toujours. Et c'est ce qui vient de se passer. Je viens de remplir la nuit dernière une demi-douzaine de sacs-poubelle avec les morceaux de quelqu'un qui était, plus ou moins « accidentellement », innocent.

– Donc, il ne s'agit pas de meurtres, finalement.

– C'est quand même un crime. Vol de cadavre, profanation, un truc de ce genre. Mise en péril de la santé publique. C'est forcément illégal.

– Traverser hors des clous aussi.

– Pas à New York, ils le font tout le temps.

Les incivilités du piéton new-yorkais ne parviennent pas à me réconforter. Plus j'y pense et plus je me rends compte que je suis sur le point de déraper dans les émotions humaines à cause de cette histoire. À mesure que passe la journée, une curieuse boule me noue la gorge, une vague sensation d'angoisse que rien ne dissipe, et je suis forcé de me poser la question : est-ce cela, la culpabilité ? Je veux dire, en admettant que j'aie une conscience, serait-elle troublée, en ce moment ? C'est très dérangeant et cela ne me plaît pas du tout.

C'est même tout à fait vain : après tout, Doncevic a poignardé Deborah, et s'il ne l'a pas tuée ce n'est pas faute d'avoir essayé. Il est coupable de quelque chose de fort mal, même si ce n'est pas de meurtre.

Dans ce cas, pourquoi « éprouverais-je » quelque chose ? C'est très bien qu'un être humain dise : « J'ai commis un acte qui me met mal à l'aise. » Mais comment moi, le froid Dexter, pourrais-je dire quoi que ce soit d'approchant ? Même si j'éprouve effectivement quelque chose, il y a de grandes chances pour que ce soit considéré comme mal par une très large majorité. Notre société ne voit pas d'un bon œil des émotions comme le « Besoin de Tuer », le « Plaisir de Découper », et, soyons réaliste, c'est plutôt de ce côté-là que je penche.

Non, il n'y a rien à regretter ici, ce n'est qu'une toute petite boucherie accidentelle et impulsive. Appliquer la logique froide de mon intelligence supérieure aboutit chaque fois à la même conclusion : Doncevic ne représente pas une grande perte pour quiconque et il a tout de même au moins essayé de tuer Deborah. Dois-je espérer qu'elle meure, simplement pour me sentir mieux ?

Mais cela me tracasse pendant toute la matinée, et même l'après-midi, lorsque je passe à l'hôpital durant ma pause-déjeuner.

– Salut, mon pote, fait Chutsky d'un air las. Pas beaucoup de changement. Elle a ouvert les yeux deux, trois fois. Je crois qu'elle reprend un peu de forces.

Je m'assois de l'autre côté du lit. Deborah n'a pas l'air tellement plus vaillante. Semblable. Pâle, respiration imperceptible, plus proche de la mort que de la vie. J'ai déjà vu ce genre d'expression, mais elle ne va pas à Deborah. Elle appartient à ceux que j'ai méticuleusement préparés et que je pousse sur la pente des ténèbres et du néant, en récompense des méfaits qu'ils ont commis.

Je l'ai vue pas plus tard qu'hier soir sur Doncevic, et même si je ne l'ai pas choisie avec soin je me rends compte que cette expression lui allait vraiment bien. C'est à cause de lui que ma sœur est dans cet état, et c'est bien suffisant. Il n'y a rien dans cette affaire qui puisse mettre mal à l'aise l'âme inexistante de Dexter. J'ai fait mon travail, extrait un individu néfaste de la cohue grouillante de l'humanité, et je l'ai prestement rangé dans quelques sacs-poubelle. Si mon geste s'est trouvé un peu improvisé et peu soigné, il n'en demeure pas moins légitime, comme diraient mes collègues de la police. Des gens comme Israel Salguero, qui n'auront désormais plus lieu de harceler Deborah et de causer du tort à sa carrière sous le simple prétexte que l'avocat au crâne luisant fait du tapage dans la presse.

En mettant un point final à l'existence de Doncevic, j'ai mis fin à cette sale histoire, et mon petit coin de monde s'en porte un tout petit peu mieux. Assis sur ma chaise à mâchonner un sandwich vraiment très mauvais, tout en bavardant avec Chutsky, j'ai même le droit de voir Deborah ouvrir les yeux pendant trois bonnes secondes. Je ne saurais dire si elle a eu conscience de ma présence, mais la vue de ses pupilles est très encourageante et je commence à mieux comprendre l'optimisme débridé de Chutsky.

Je retourne au travail ragaillardi. C'est très gratifiant de rentrer ainsi d'un déjeuner et cette sensation dure jusqu'au moment où j'arrive dans mon bureau et où je tombe sur l'inspecteur Coulter.

– Morgan, dit-il, assieds-toi.

Je trouve très gentil qu'il m'invite à prendre place dans mon propre fauteuil et j'obéis. Il me considère un long moment en mordillant un cure-dents qui pointe au coin de sa lèvre. Il a une silhouette de bouteille de Perrier et n'a jamais été vraiment attirant, mais, là, encore moins. Il a réussi à caler son imposant postérieur sur l'autre siège et, outre le cure-dents, il s'est attaqué à une bouteille familiale de soda au citron vert qui tache déjà le devant de son horrible chemise blanche. Cette allure, conjuguée au regard qu'il pose sur moi, comme s'il espérait que je fonde en larmes et avoue Dieu sait quoi, est extrêmement irritante. Résistant à la tentation de m'effondrer en larmes, je m'empare d'un rapport d'analyse et commence à le lire.

Au bout d'un moment, Coulter se racle la gorge.

– Bon, d'accord, dit-il. (Je hausse poliment les sourcils.) Il faut qu'on discute de ta déposition.

– Laquelle ?

– Celle qui concerne l'agression de ta sœur. Deux, trois trucs collent pas.

– D'accord.

– Bon, alors... euh... redis-moi ce que tu as vu.

– J'étais assis dans la voiture.

– À quelle distance ?

– Disons quinze mètres.

– Mmm, mmm. Comment ça se fait que tu l'aies pas accompagnée ?

– Eh bien, expliqué-je en songeant que ça ne le regarde pas du tout, je n'ai pas vu l'intérêt de le faire.

– Tu aurais pu l'aider, dit-il après un silence. Empêcher le mec de la poignarder.

– Peut-être.

– Tu aurais pu agir comme un équipier. (D'évidence, cette histoire de lien sacré le travaille toujours. Je me retiens de répondre, et il reprend, après un autre silence :) Donc, la porte s'ouvre, et, boum, il la plante ?

– La porte s'ouvre, et Deborah montre son badge, corrigé-je.

– Tu en es sûr ?

– Oui.

– Mais tu étais à quinze mètres ?

– J'ai de bons yeux, dis-je, en me demandant si tous mes visiteurs de la journée ont décidé de jouer à celui qui sera le plus pénible.

– O.K. Et ensuite ?

– Ensuite, raconté-je, revivant les faits dans un ralenti saisissant, Deborah tombe. Elle essaie de se relever, n'y arrive pas, et je me lance à son secours.

– Et ce mec, là, Dankawitz ou je sais pas quoi, il bouge pas ?

– Si. Il est rentré, mais il ressort juste quand j'arrive auprès de Deborah.

– Mmm, mmm... Combien de temps il a disparu ?

– Dix secondes maxi. En quoi c'est important ?

Coulter sort le cure-dents de sa bouche et l'observe. Apparemment, même lui trouve ce spectacle atroce, car il le jette dans ma corbeille. Qu'il manque, bien entendu.

– Voilà le problème : les empreintes sur le couteau sont pas les siennes.

Il y a un an, je me suis fait enlever une dent de sagesse et le dentiste m'a administré du protoxyde d'azote. L'espace d'un instant, j'ai éprouvé la même sensation d'étourdissement hébété qui me gagne à présent.

– Les... hum... empreintes ?

– Ouais, dit-il avant de prendre une petite lampée de soda. On les a prises quand on l'a écroué. Naturellement. (Il s'essuie les lèvres d'un revers de main.) Et on les a comparées à celles du couteau. Eh bien, elles correspondent pas. Alors là, je me dis, merde. C'est pas possible !

– Naturellement.

– Du coup, je me suis dit qu'ils étaient peut-être deux, parce que, sinon, ça peut pas coller, pas vrai ? (Il hausse les épaules et, hélas pour tout le monde, sort un autre cure-dents de sa poche de chemise et entreprend de le mâchouiller.) C'est pour ça que je suis venu te redemander ce que tu avais vu.

Il pose sur moi un regard d'abruti forcené qui m'oblige à fermer les yeux pour pouvoir réfléchir. Je me repasse mentalement la scène : Deborah sur le seuil, la porte qui s'ouvre. Deborah qui montre son badge et qui s'effondre brusquement. Sauf que je vois seulement le type de profil, sans plus de précision. La porte s'ouvre, Deborah montre son badge, le profil. Non, rien de plus. Pas d'autre détail. Cheveux noirs et chemise claire, mais la moitié des gens sont comme ça, y compris le Doncevic que j'ai assommé peu après.

Je rouvre les yeux.

– Je crois que c'est le même type, dis-je. (Malgré mes réticences, je poursuis. Après tout, même s'il est repoussant, c'est le représentant de la Vérité, de la Justice et de l'Américanité.) Mais, pour être honnête, je ne peux pas en être totalement sûr. Tout s'est passé trop vite.

Coulter mord son cure-dents. Je le vois s'agiter au coin de ses lèvres un moment, le temps qu'il se rappelle comment on fait pour parler.

– Donc, ils auraient pu être deux.

– Je suppose, oui.

– Le premier la poignarde, s'enfuit en paniquant, l'autre panique aussi, sort voir, et tu lui en colles une.

– C'est possible.

– Deux, répète-t-il.

Ne voyant pas l'intérêt de répondre deux fois à la même question, j'attends en regardant le cure-dents tressauter. Si j'ai éprouvé tout à l'heure un vague sentiment de malaise, ce n'est rien à côté du tourbillon qui s'agite en moi. Si les empreintes de Doncevic ne sont pas celles du couteau, c'est qu'il n'a pas poignardé Deborah ; élémentaire, mon cher Dexter. Et s'il n'a pas poignardé Deborah, il était innocent et j'ai commis une très grosse erreur.

Cela ne devrait pas me tracasser. Dexter fait ce qu'il doit faire et sa seule raison d'agir contre ceux qui le méritent est le Code de Harry. Pour le Passager noir, je pourrais choisir les victimes au hasard. Nous serions tout aussi agréablement repus. Ma manière de choisir repose simplement sur la logique glaciale du couteau imposée par Harry.

Mais il est possible que la voix de Harry soit plus enracinée encore en moi que je ne le pense, car l'idée que Doncevic puisse être innocent me fait déraper. Et, avant même que je réussisse à reprendre le contrôle de cette déplaisante situation, je m'aperçois que Coulter me dévisage.

– Oui..., dis-je, sans bien savoir ce que cela signifie.

Coulter balance à nouveau son cure-dents mutilé dans la corbeille. Qu'il manque de nouveau.

– Alors où est l'autre mec ? demande-t-il.

– Je n'en sais rien, réponds-je.

Mais j'ai vraiment envie de le découvrir.

16

J'ai parfois entendu mes collègues déclarer qu'ils avaient le « bourdon » et je me suis toujours considéré comme béni de ne pas pouvoir être victime d'une affection dotée d'un nom aussi peu séduisant. Mais les dernières heures de ma journée de travail ne peuvent être décrites d'aucune autre manière. Dexter le Découpeur, Dexter le Duc destructeur, Dexter le Dur, le Vif et le Totalement Dénué d'Âme – Dexter a le bourdon. C'est désagréable, évidemment, mais en raison de la nature même de cet état je n'ai pas l'énergie de réagir. Je reste à mon bureau à bousiller des trombones en regrettant de ne pas pouvoir faire disparaître aussi aisément les images qui défilent dans ma tête : Deborah qui tombe, mon pied frappant la tempe de Doncevic, le couteau brandi, la scie que j'abaisse...

Le bourdon. C'est à la fois idiot, gênant et débilitant. O.K., dans les faits, Doncevic était en quelque sorte innocent. J'ai commis une malencontreuse petite erreur. Et alors ? Personne n'est parfait. Pourquoi prétendre que je le suis ? Vais-je vraiment m'imaginer que je m'en veux d'avoir pris la vie d'un innocent ? Ridicule. Et puis, qui est innocent, après tout ? Doncevic s'amusait avec des cadavres et a coûté au tourisme et au budget de la ville des millions de dollars. Des tas de gens à Miami auraient été ravis de le tuer, ne serait-ce que pour arrêter cette hémorragie financière.

Le seul problème, c'est que l'une de ces personnes n'est pas moi.

Je ne suis pas grand-chose, je le sais. Je n'ai jamais prétendu posséder de véritable humanité et je ne me répète pas que ce que je fais est juste simplement parce que mes compagnons de jeu sont taillés dans la même étoffe. En fait, je suis relativement sûr que le monde se porterait bien mieux sans moi. Notez bien, je n'ai jamais été très pressé d'améliorer le monde de ce côté-là non plus. Je tiens à rester en vie le plus longtemps possible, parce que, quand on meurt, soit tout s'arrête pour de bon, soit une brûlante surprise attend Dexter. Et l'alternative ne paraît pas très séduisante.

Je ne me fais donc aucune illusion sur ma valeur dans ce bas monde. Je fais mon boulot, sans espérer de remerciements. Mais jusqu'à présent, et cela depuis la première fois, je me suis conformé aux règles édictées par saint Harry, mon père adoptif quasi parfait. Cette fois-ci, je les ai enfreintes et, pour des raisons qui me restent obscures, je me dis que je mérite d'être capturé et châtié.

Je lutte donc contre le bourdon jusqu'à la fin de ma journée de travail puis, sans être pour autant requinqué, je retourne à l'hôpital. Les embouteillages n'arrangent rien. Tout le monde a l'air de jouer son rôle sans montrer la moindre sincérité dans sa fureur meurtrière. Une femme me coupe la route et me balance une demi-orange sur le pare-brise, un homme en camionnette essaie de me faire quitter la route, mais ils ne mettent pas vraiment de cœur à l'ouvrage.

Quand j'arrive dans la chambre de Deborah, je trouve Chutsky en train de ronfler bruyamment dans son fauteuil. Je m'assois donc un peu et regarde les paupières de Deborah tressaillir. Je me dis que c'est probablement bon signe, qu'elle est en sommeil paradoxal, donc, qu'elle se rétablit. Je me demande ce qu'elle pensera de ma petite bévue quand elle se réveillera. Vu son attitude juste avant de se faire poignarder, je doute qu'elle se montre très compréhensive. Après tout, elle est tout autant sous l'emprise de Harry que moi, et si elle a du mal à tolérer mes actes, pourtant revêtus du sceau de l'approbation paternelle, elle n'acceptera pas quelque chose sortant des limites strictes qu'il a fixées.

Debs peut aussi ne jamais l'apprendre. Ce n'est pas compliqué, étant donné que je lui ai toujours tout caché jusqu'à récemment. Mais, et je ne sais pas pourquoi, cela ne me réconforte pas tellement, cette fois. Après tout, j'ai commis ce geste pour elle, c'est la première fois que j'agis sur une noble impulsion, et cela a très mal tourné. Ma sœur fait un piètre Passager noir.

Debs bouge une main, c'est juste un tressaillement, et ses paupières s'ouvrent. Ses lèvres s'écartent légèrement et je suis certain qu'elle pose brièvement son regard sur moi. Je me penche vers le lit, elle me regarde, puis ses paupières se referment.

Elle se remet lentement, elle va s'en sortir, j'en suis sûr. Cela risque de prendre des semaines plutôt que des jours, mais tôt ou tard elle quittera cet abominable lit en acier, retournera travailler et redeviendra elle-même. Et là... Que fera-t-elle de moi ?

J'ai le désagréable pressentiment que ce ne sera plaisant ni pour elle ni pour moi ; car nous vivons encore tous les deux dans l'ombre de notre père et je sais pertinemment ce qu'il dirait.

Il dirait que c'est mal, parce que ce n'est pas ainsi qu'il a planifié la vie de Dexter, comme je me le rappelle, oh, très bien.

Harry avait généralement l'air très heureux quand il rentrait du travail. Je ne crois pas qu'il était réellement heureux, bien sûr, mais il en avait toujours l'apparence, et c'est l'une des premières grandes leçons qu'il m'a apprises : conformer son visage aux circonstances. Cela peut sembler évident et secondaire, mais, pour un monstre en herbe qui commençait à peine à comprendre qu'il était différent, c'était une leçon vitale.

Je me rappelle que j'étais assis dans le grand banyan de notre jardin, un après-midi, parce que, en toute honnêteté, c'est ce que faisaient les autres gosses du quartier, même passé l'âge de grimper aux arbres. C'étaient des endroits très agréables pour s'installer, avec leurs grosses branches horizontales, et ils servaient de cabanes à tous les moins de dix-huit ans.

J'étais donc assis dans le mien cet après-midi-là, espérant que le reste du voisinage me prendrait pour un gosse normal. J'étais à l'âge où tout commence à changer et je remarquais que je changeais d'une manière très particulière. Par exemple, contrairement aux autres garçons, je n'étais pas dévoré du désir de voir sous la jupe de Bobbie Gelber. Et puis...

Quand le Passager noir a commencé à chuchoter ses vilaines pensées, je me suis rendu compte que c'était une Présence qui avait toujours été là. Alors que mes camarades de classe commençaient à se prêter des numéros de *Hustler*, il me faisait faire des rêves inspirés de, disons, *Vivisection Magazine*. Et bien que les images qui me venaient aient été troublantes au début, elles semblèrent peu à peu de plus en plus naturelles, inévitables, désirables et enfin nécessaires. Une autre voix, tout aussi puissante, me disait que c'était mal, insensé et très dangereux. Et, la plupart du temps, les deux voix aboutissaient à un match nul et je me bornais à rêver, exactement comme tous les garçons de mon âge.

Mais, par une merveilleuse nuit, les deux factions chuchotantes se sont alliées quand je me suis rendu compte que Buddy, le chien des Gelber, empêchait maman de dormir avec ses aboiements incessants. Et ce n'était pas bien. Maman se mourait d'un mal mystérieux et incurable appelé lymphome, et elle avait besoin de sommeil. Je me suis rendu compte que ce serait une excellente chose de pouvoir aider maman à dormir et les deux voix ont acquiescé – l'une, un peu réticente, bien sûr, mais l'autre, la Noire, avec un enthousiasme qui m'a fait tourner la tête.

Et c'est ainsi que Buddy, le petit chien grande gueule, lança Dexter sur sa voie. Ce fut maladroit, bien sûr, et beaucoup plus bâclé que je ne l'avais prévu, mais aussi tellement agréable, si juste et nécessaire...

Durant les mois suivants je fis quelques autres expériences mineures ; prudemment espacées, avec un choix plus méticuleux de camarades de jeu, car je compris vite qu'on se poserait forcément des questions si tous les animaux domestiques du voisinage disparaissaient. Il y eut un chien égaré, un petit tour à vélo dans un autre quartier, et le jeune Luke Darkwalker poursuivit sa route, apprenant progressivement à devenir celui que je suis. Et, comme j'éprouvais un véritable attachement pour mes petites expérimentations, je les ensevelissais à portée de main, derrière des buissons dans notre jardin.

Aujourd'hui, je ne serais pas aussi imprudent. À l'époque, tout semblait très innocent et merveilleux, et je voulais jeter un coup d'œil aux buissons et m'ébattre de temps en temps dans la douce chaleur de mes souvenirs. Et c'est ainsi que je commis ma première erreur.

Cet après-midi-là, donc, j'étais dans le banyan quand Harry gara la voiture, en descendit et resta un long moment auprès de la voiture, les yeux fermés, sans rien faire.

Puis il rouvrit les yeux et changea d'expression. Il s'avança vers la porte tandis que je sautais de l'arbre pour courir à sa rencontre.

– Dexter ! Comment s'est passée ta journée à l'école ?

– Bien. On a étudié le communisme.

– C'est un sujet qu'il faut connaître, opina-t-il. Quelle est la capitale de la Russie ?

– Moscou. Avant, c'était Saint-Pétersbourg.

– Vraiment ? Et pourquoi l'avoir changée ?

– Maintenant, ils sont athées. Ils ne peuvent pas avoir un saint quelque chose, parce qu'ils ne croient pas en Dieu.

Il posa une main sur mon épaule et nous remontâmes vers la maison.

– Ça ne doit pas être marrant, dit-il.

– Est-ce que tu as... euh... combattu des communistes ? demandai-je, n'osant pas prononcer le mot « tué » qui me brûlait les lèvres. Quand tu étais dans les marines ?

– Eh oui. Le communisme est une menace pour notre mode de vie. C'est pourquoi il est important de le combattre.

Nous étions sur le seuil et il me poussa doucement devant lui, dans l'odeur de café fraîchement moulu que Doris, ma mère adoptive, préparait toujours pour lui. Elle n'était pas encore trop mal en point et pouvait encore se lever ; elle l'attendait dans la cuisine.

Ils observèrent le rituel du café en discutant, comme tous les jours, et c'était un tableau digne de Norman Rockwell, si parfait que je l'aurais certainement oublié s'il n'y avait eu un incident plus tard dans la soirée.

Doris était déjà au lit. Elle se couchait de bonne heure depuis qu'elle avait augmenté les doses d'analgésiques. Harry, Deborah et moi étions devant la télé, comme d'habitude. Nous regardions une sitcom, je ne sais plus laquelle. Il y en avait tellement à l'époque qu'on aurait pu toutes les réunir sous le titre commun de *La Minorité rigolote et le Blanc*. L'objectif principal de ces séries était apparemment de nous apprendre que, malgré nos petites différences, nous étions, en fait, semblables. Je guettais un signe qui m'indiquerait que j'étais de la partie, mais pas un seul de ces héros ne découpait jamais un voisin. Pourtant, tout le monde avait l'air d'aimer la série. Deborah s'esclaffait régulièrement et Harry arborait en permanence un sourire satisfait ; et moi je m'efforçais de garder profil bas et de m'adapter à cette hilarité.

Mais au milieu de la scène capitale, celle où nous allions apprendre que nous étions semblables et nous étreindre, on sonna à la porte. Harry fit une grimace, mais il se leva et alla ouvrir, tout en gardant un œil sur la télé. Comme j'avais déjà deviné comment se terminerait l'épisode et que je n'étais pas particulièrement touché par ces débordements d'affection artificiels, je le suivis du regard. Il alluma l'éclairage extérieur, jeta un coup d'œil au judas, puis il ouvrit.

– Gus ! s'étonna-t-il. Entre.

Gus Rigby était le plus vieil ami de Harry dans la police. Ils avaient été témoins à leurs mariages respectifs, et Harry était le parrain de sa fille, Betsy. Depuis son divorce, Gus venait toujours chez nous pour les fêtes et les anniversaires, et il apportait toujours une tarte au citron vert.

Mais, là, il n'avait pas l'air d'humeur très sociable, et pas de tarte à la main. Il semblait en colère et à bout de nerfs.

– Il faut qu'on parle, dit-il en entrant aussitôt.

– De quoi ? demanda Harry, qui était resté à la porte.

– Otto Valdez est dans la nature.

– Comment il est sorti ?

– Grâce à l'avocat qu'il s'est payé. Abus d'autorité, selon lui.

– Tu n'y es pas allé de main morte avec lui, Gus.

– C'est un violeur d'enfants ! Tu aurais voulu que je l'embrasse ?

– O.K., concéda Harry en verrouillant la porte. De quoi devons-nous parler ?

– Il s'en prend à moi, maintenant. Le téléphone sonne et personne ne parle, j'entends juste une respiration. Mais je sais que c'est lui. Et j'ai trouvé un mot devant chez moi. Chez moi, Harry.

– Que dit le lieutenant ?

– Non, je veux m'en occuper moi-même. Discrètement. Et j'ai besoin de ton aide.

Avec le merveilleux à-propos qui n'arrive que dans la vraie vie, l'épisode toucha à sa fin et les rires enregistrés éclatèrent en écho aux dernières paroles de Gus. Deborah se mit à rire elle aussi et leva le nez.

– Salut, oncle Gus.

– Bonsoir, Debbie. Tu es plus belle de jour en jour.

Debs se renfrogna. Déjà, à l'époque, cela lui déplaisait d'être jolie et qu'on la complimente à ce sujet.

– Merci, marmonna-t-elle.

– Viens dans la cuisine, dit Harry en entraînant Gus.

Je savais pertinemment qu'il l'y emmenait pour que Deborah et moi n'entendions pas ce qui se dirait, et tout naturellement cela me donna envie d'en savoir plus. Et Harry avait précisé : « Restez ici et n'écoutez pas... » Oh, ce ne serait pas grand-chose de tendre juste un petit peu l'oreille !

Je quittai donc ma place d'un air dégagé pour me rendre aux toilettes. Dans le couloir, je me retournai : Deborah étant déjà absorbée par l'émission suivante, je m'enfonçai dans la pénombre et écoutai.

– ... tribunal s'en occupera, disait Harry.

– Comme il l'a fait jusqu'à maintenant ? s'emporta Gus, que je n'avais jamais vu si énervé. Enfin, Harry, ne fais pas l'idiot !

– Nous ne sommes pas des justiciers, Gus.

– Eh bien, peut-être qu'on devrait, voilà.

Il y eut un silence. J'entendis le réfrigérateur s'ouvrir et le bruit d'une bière qu'on décapsule. Un silence s'ensuivit.

– Écoute, Harry, reprit enfin Gus, on est flics depuis longtemps.

– Ça va faire vingt ans.

– Et depuis le premier jour, ça ne t'a pas frappé que le système ne fonctionne pas ? Que les plus gros enfoirés du monde trouvent toujours le moyen de passer entre les mailles du filet pour se retrouver en liberté dans les rues ? Hein ?

– Ça ne signifie pas que nous ayons le droit de...

– Alors qui l'a, ce droit, Harry ? Si ce n'est pas nous, qui ?

Une autre longue pause. Puis Harry prit la parole, à mi-voix, et je dus tendre l'oreille pour saisir ce qu'il disait.

– Tu n'étais pas au Vietnam. Là-bas, j'ai appris que certains sont capables de tuer de sang-froid et d'autres pas. C'est le cas de la plupart des gens. Ça a des conséquences néfastes.

– Qu'est-ce que tu me dis, là ? Que tu es d'accord avec moi, mais que tu ne peux pas le faire ? S'il y a quelqu'un qui le mérite, Harry, c'est bien Otto Valdez...

– Qu'est-ce que tu fais ? demanda la voix de Deborah, à quelques centimètres de mon oreille.

Je fis un tel bond que je me cognai le crâne au mur.

– Rien.

– Drôle d'endroit, pour rien faire, répondit-elle.

Comme elle n'avait pas l'air de vouloir partir, je décidai que c'en était terminé et retournai au pays des zombies devant la télé. J'en avais certainement assez entendu pour comprendre ce qui se tramait : le gentil tonton Gus voulait tuer quelqu'un et demandait à Harry de l'aider. Mon cerveau était pris dans un tourbillon d'excitation, je voulais à tout prix trouver le moyen de les convaincre de me laisser les aider – ou au moins de les regarder. Où était le mal ? C'était presque un devoir de citoyen !

Mais Harry refusa d'aider Gus et un peu plus tard celui-ci repartit, l'air complètement abattu. Harry vint nous retrouver et passa une bonne demi-heure à essayer de reprendre son masque de père de famille comblé.

Deux jours plus tard, on trouva le corps d'oncle Gus. Il avait été mutilé, décapité et apparemment torturé.

Et trois jours plus tard, à mon insu, Harry découvrit mon petit mémorial canin sous les buissons du jardin. Durant les quinze jours suivants, je le surpris à m'observer bizarrement à plusieurs reprises. J'ignorais alors pourquoi, et ce fut assez intimidant, mais j'étais beaucoup trop bête pour formuler une phrase comme : « Papa, pourquoi me regardes-tu avec cette expression-là ? »

Quoi qu'il en soit, la raison se fit rapidement jour. Trois semaines après la mort prématurée de Gus, Harry et moi partîmes camper sur Elliott Key, et en quelques phrases simples, commençant par « Tu es différent, mon garçon », Harry changea le cours de ma vie pour toujours.

Son plan. Ce qu'il avait prévu pour Dexter. La feuille de route parfaitement planifiée, saine et sensée qui me permettrait d'être éternellement et merveilleusement moi.

Et, à présent, je me suis écarté de la Voie, j'ai pris un petit raccourci dangereux. Je le vois d'ici secouer la tête et poser son regard bleu glacier sur moi.

– Il va falloir te dresser, aurait-il dit.

17

Je suis ramené dans le présent par un ronflement de Chutsky particulièrement sonore, au point qu'une infirmière passe la tête dans la chambre, puis vérifie tous les cadrans et les voyants de l'appareillage avant de repartir avec un dernier regard sur nous, comme si nous avions fait exprès des bruits horribles pour déranger ses délicats appareils.

Deborah bouge légèrement une jambe, juste assez pour prouver qu'elle est en vie, et je sors complètement de ce bref voyage dans mes souvenirs. Quelqu'un est réellement coupable d'avoir poignardé ma sœur. C'est tout ce qui compte. C'est une grosse pièce de puzzle que je dois retrouver afin de la remettre bien proprement à sa place, car l'idée qu'il reste quelque chose d'inachevé et d'impuni me donne des envies de nettoyage de cuisine et de ménage dans la chambre. C'est une image de désordre, clairement et simplement, et je n'aime pas ça.

Une autre pensée pointe son nez. J'essaie de la chasser, mais elle ne cesse de revenir en frétillant de la queue et en quémandant une caresse. Je m'exécute et m'aperçois que c'est une pensée bienvenue. Je ferme les yeux afin de me remémorer la scène. La porte s'ouvre et reste ouverte tandis que Deborah montre son badge et s'écroule. Elle est toujours ouverte quand j'arrive auprès de ma sœur...

... ce qui signifie que quelqu'un d'autre peut très bien avoir été à l'intérieur en train de regarder. En d'autres termes, quelqu'un pourrait bien savoir à quoi je ressemble. Un deuxième type, comme l'a suggéré Coulter. C'est un peu insultant de devoir admettre qu'un crétin comme lui peut avoir vu juste, mais après tout Isaac Newton n'a pas balayé l'idée de la gravité simplement parce que la pomme avait un QI très bas.

Et, heureusement pour mon amour-propre, je suis en avance sur Coulter, parce que je connais peut-être le nom de cette deuxième personne. Nous étions venus interroger un certain Brandon Weiss concernant les menaces lancées contre l'office de tourisme et nous sommes tombés sur Doncevic. Il est donc possible que les deux aient habité ensemble...

Un autre petit train entre en tchoutchoutant dans la gare : Arabelle, la femme de ménage de chez Joe's, avait vu deux touristes gays avec des caméras. Et j'avais vu deux hommes correspondant à ce signalement en train de filmer la foule aux Fairchild Gardens. C'est le film arrivé à l'office de tourisme qui a mis tout cela en branle chez moi. Rien n'est définitif, mais c'est certainement un joli début, et je suis content de moi, car cela prouve qu'une certaine partie des facultés mentales de CyberDexter reviennent.

Si l'on pousse un peu plus loin, si cet hypothétique Weiss a suivi l'affaire dans les médias, ce qui est fort probable, il doit savoir qui je suis et me considérer comme un interlocuteur intéressant, dans la stricte acception dextérienne du terme. Dextéreuse ? Non, trop proche de dextrose, et cette pensée n'a rien de sucré : elle implique qu'il faudra que je réussisse à me défendre quand il viendra ou si je le laisse faire. Dans un cas comme dans l'autre, ce sera un beau gâchis, il y aura un cadavre et beaucoup de battage médiatique, le tout lié à mon identité secrète, Dexter de Jour, ce que je préfère éviter autant que possible.

Cela me laisse une seule solution : le trouver le premier.

Ce n'est pas une tâche insurmontable. J'ai passé toute ma vie d'adulte à devenir expert pour retrouver des choses – et des gens – avec un ordinateur. En fait, comme c'est ce talent particulier qui nous a mis, Debs et moi, dans ce pétrin, il y a une certaine symétrie dans le fait que ce même talent me permette d'en sortir.

Très bien : au travail ! Le moment est venu de sonner le clairon et de m'atteler à mon fidèle ordinateur.

Et, comme toujours lorsque j'atteins le stade où je dois entreprendre une action décisive, tout arrive en même temps.

Je m'apprête à me lever quand Chutsky ouvre soudain les yeux.

– Oh, tiens, au fait, le docteur a dit...

Et il est coupé par la sonnerie de mon téléphone. Et alors que je vais répondre, un médecin entre en disant : « Nous y voilà » aux deux internes qui le suivent.

Ensuite, tout est très confus et j'entends en même temps le médecin, le téléphone et Chutsky : « Hé, vieux, c'est le toubib – scouts et la copine d'Astor a les oreillons – les centres nerveux supérieurs semblent réagir à... »

Une fois de plus, je suis ravi d'être anormal, car tout être humain ordinaire aurait probablement balancé sa chaise sur le médecin avant de filer à toutes jambes en hurlant. Au lieu de quoi, j'adresse un petit signe à Chutsky, tourne le dos aux médecins et me concentre sur le téléphone.

– Excuse-moi, je ne t'ai pas entendue. Tu peux répéter ?

– Je disais que ce serait bien utile que tu rentres. Si tu n'es pas trop occupé. Parce que Cody a sa première activité chez les scouts ce soir et la copine d'Astor, Lucy, a les oreillons. Du coup, Astor ne peut aller chez elle et l'un de nous doit la garder. Alors j'ai pensé... Sauf si tu es retenu au travail ?

– Je suis à l'hôpital.

– Oh, bon, alors, c'est... Elle va mieux ?

Je jette un coup d'œil au trio de médecins. Ils sont penchés sur un dossier qui doit concerner Deborah.

– Je crois qu'on va le savoir bientôt. Les médecins sont là.

– Bon, alors si... Je devrais pouvoir juste... Je veux dire, Astor peut aller aussi à l'acti des scouts si...

– Je vais conduire Cody là-bas. Laisse-moi juste le temps de parler aux médecins avant.

– Tu es sûr ? Parce que si... enfin, tu vois...

– Je vois, dis-je, alors que je ne vois rien du tout. J'arrive bientôt.

– D'accord. Bisous.

Je raccroche et me tourne vers les médecins. L'un des internes a soulevé l'une des paupières de Deborah et éclaire son œil avec une petite torche. Le vrai médecin le regarde faire, dossier à la main.

– Excusez-moi, dis-je.

– Oui, et il lève les yeux avec un sourire artificiel beaucoup moins réussi que les miens.

– C'est ma sœur.

– Vous êtes de la famille, très bien.

– Il y a une amélioration ?

– Eh bien, les fonctions nerveuses supérieures semblent revenir, et les réflexes sont bons. Il n'y a ni fièvre ni infection, donc, le diagnostic semble incliner vers une amélioration de son état dans les prochaines vingt-quatre heures.

– C'est bien, dis-je, plein d'espoir.

– Cependant, je me dois de vous avertir, continue-t-il avec un pli soucieux tout aussi artificiel. Elle a perdu une énorme quantité de sang et cela peut provoquer des lésions cérébrales irrémédiables.

– Mais il est encore trop tôt pour se prononcer ?

– Oui, opine-t-il vigoureusement. Exactement.

– Merci, docteur, dis-je, en le contournant pour rejoindre Chutsky, qui s'est levé et réfugié dans un coin pour les laisser accéder au lit.

– Elle ira bien. Ne te laisse pas affoler par ces gars, elle va se remettre parfaitement. Oublie pas que j'ai fait venir Teidel. (Il baisse la voix.) Je ne veux pas les offenser, mais Teidel est carrément meilleur. Il m'a complètement retapé et j'étais dans un état pire que le sien. Et je n'ai pas eu de séquelles neurologiques.

Si j'en juge par son enthousiasme niais, je n'en suis pas si sûr, mais cela ne vaut pas la peine d'argumenter.

– Parfait. Je repasserai plus tard. J'ai un drame à la maison.

– Ah bon ? s'inquiète-t-il. Tout le monde va bien ?
– Oh oui, c'est juste les scouts qui m'inquiètent.
Et, bien que j'aie dit cela pour faire de l'esprit, n'est-ce pas amusant de voir combien ces petites blagues se révèlent souvent pleines de vérité ?

18

Le groupe de scouts que Rita a déniché pour Cody se réunit à l'école élémentaire Golden Lakes, à quelques kilomètres de chez nous. Nous y arrivons un peu en avance et nous attendons dans la voiture pendant que Cody considère avec indifférence une poignée de garçons de son âge qui s'engouffrent dans l'école avec leurs uniformes bleus. Je le laisse regarder en me disant qu'une petite préparation ne nous fera pas de mal.

Quelques voitures arrivent. D'autres garçons en bleu se précipitent dans le bâtiment, apparemment impatients de se retrouver. En voyant ce spectacle, n'importe qui aurait chaud au cœur, à condition d'en avoir un. D'ailleurs, un père filme cette scène avec un Caméscope depuis sa voiture. Cody et moi nous contentons de regarder.

– Ils sont tous pareils, murmure Cody.

– En apparence, seulement. C'est quelque chose que tu dois apprendre à faire. (Il me regarde d'un air perplexe.) C'est exactement comme enfiler un de ces uniformes. Quand on ressemble aux autres, les gens vous croient pareil. Tu vas y arriver.

– Pourquoi ?

– Cody, nous en avons déjà parlé : c'est important d'avoir l'air normal. (Il acquiesce.) Cela va te permettre de comprendre comment te comporter avec les autres gosses. Ça fait partie de ton entraînement.

– Et le reste ? demande-t-il, avec l'empressement qu'il a déjà montré et qui me rappelle qu'il a besoin de la clarté limpide de la lame.

– Si tu réussis ça, nous ferons le reste.

– Une bête ?

Je le regarde. Je vois la lueur froide dans ses petits yeux bleus et je sais qu'il ne pourra pas revenir en arrière. Je n'ai plus qu'à espérer qu'il suivra la longue et difficile formation que j'ai subie.

– Très bien, dis-je enfin. Peut-être qu'on pourra avec une bête.

Il me considère un long moment, puis il hoche la tête, et nous descendons de voiture pour suivre la meute dans la cafétéria.

À l'intérieur, les autres garçons – et une fille – gambadent dans tous les sens en faisant beaucoup de tapage. Cody et moi restons calmement assis sur nos petites chaises en plastique devant une table tout juste assez haute pour vous massacrer les rotules si vous essayez de la contourner. Il regarde froidement les bruyants ébats des autres sans manifester le désir de s'y joindre. Or il est beaucoup trop jeune pour jouer les solitaires qui ruminent dans leur coin : il faut lui faire endosser son déguisement.

– Cody. (Il lève vers moi un visage indifférent.) Regarde les autres enfants.

Il cligne des paupières, puis il tourne la tête pour regarder le reste de la salle. Il les observe sans un mot pendant une minute et se retourne vers moi.

– O.K., dit-il à mi-voix.

– La différence, c'est seulement qu'ils courent partout et s'amusent et toi, non.

– Non.

– Alors tu vas te faire repérer. Il faut que tu fasses semblant de t'amuser.

– Je sais pas comment, dit-il, ce qui représente une longue phrase pour lui.

– Mais il faut que tu apprennes. Il faut que tu ressembles à tous les autres, sinon...

– Eh bien, eh bien, qu'est-ce qui ne va pas, mon petit ? entonne une voix.

Un gros bonhomme insupportablement chaleureux et vêtu d'un bermuda s'approche et pose les mains sur ses genoux pour se baisser et regarder Cody sous le nez. Il fait péter aux coutures son uniforme de chef scout, et le spectacle de ses jambes poilues et de son gros ventre est très dérangeant.

– Tu ne fais pas ton timide, tout de même, hein ? continue-t-il avec un sourire insoutenable.

Cody le fixe sans ciller un long moment, et le sourire du type commence à faiblir.

– Non, répond finalement Cody.

– Eh bien, tant mieux, dit l'homme en se redressant et en reculant.

– Il n'est pas timide, il est juste un peu fatigué, ce soir, expliqué-je.

L'homme braque son sourire sur moi, me toise et tend la main.

– Roger Deutsch, dit-il. Je suis le chef de troupe. J'aime bien faire un peu connaissance avec tout le monde avant de commencer.

– Dexter Morgan. Lui, c'est Cody.

Deutsch lui tend la main.

– Bonjour, Cody. Content de faire ta connaissance.

Cody regarde la grosse paluche, puis me regarde. Je hoche la tête et il pose sa petite main dedans.

– Bonjour, dit-il.

– Alors, reprend Deutsch sans perdre un instant, qu'est-ce qui t'amène au scoutisme, Cody ?

Cody me jette un coup d'œil de biais. Je souris, et il se retourne vers Deutsch.

– Pour m'amuser, répond-il avec une tête d'enterrement.

– Super ! s'exclame Deutsch. Chez les scouts, il faut s'amuser. Mais il faut aussi être sérieux. Tu vas pouvoir apprendre tout un tas de trucs sympas. Il y a quelque chose de précis que tu voudrais apprendre, Cody ?

– Découper des bêtes, déclare Cody – et je me retiens de ne pas tomber de ma chaise.

– Cody, enfin !

– Non, ne vous inquiétez pas, monsieur Morgan. Nous faisons des tas d'activités. Nous pouvons commencer par la sculpture sur savon et continuer par les animaux en bois découpé. (Un clin d'œil à Cody.) Si vous redoutez de le laisser manier une lame, ne vous inquiétez pas, nous veillerons à ce qu'il ne se fasse pas mal.

Cela ne me paraît pas judicieux de dire que ce n'est pas que Cody se blesse qui m'inquiète. Il sait déjà très bien de quel côté saisir un couteau et enfoncer la lame. Mais je suis à peu près certain que Cody ne va pas apprendre chez les scouts le genre de découpe d'animaux qu'il espère – du moins pas avant d'atteindre un certain âge. Je me contente donc de déclarer :

– Nous en parlerons avec maman et nous verrons ce qu'elle dira.

– Super, fait Deutsch. En attendant, ne sois pas timide. Saute dans le groupe à pieds joints.

Cody me regarde, puis finit par acquiescer.

– Très bien, dit Deutsch en se redressant enfin. Eh bien, mettons-nous au travail, à présent.

Il me salue, puis il se retourne pour battre le rappel de ses troupes.

Cody secoue la tête en marmonnant. Je me penche vers lui.

– Quoi ?

– À pieds joints.

– C'est juste une expression.

– Elle est idiote.

Deutsch traverse la salle en demandant le silence et appelle tous les gamins, qui se rassemblent devant lui. Le moment est venu pour Cody de sauter, même s'il n'y met d'abord qu'un pied.

– Allez, dis-je, en me levant et en lui tendant la main. Tout ira bien.

Cody n'a pas l'air convaincu, mais il se lève et regarde le groupe de garçons normaux qui convergent vers Deutsch. Il se redresse autant qu'il peut, respire un bon coup, murmure un « O.K. » et va les rejoindre.

Je le regarde se faufiler précautionneusement dans le groupe et prendre place, tout seul, bravement. Cela ne va pas être facile – ni pour lui ni pour moi. Il aura naturellement du mal à s'adapter à un groupe avec lequel il n'a rien en commun. C'est un louveteau qui essaie de se faire pousser une toison d'agneau et d'apprendre à bêler. Il suffit qu'il hurle à la lune ne serait-ce qu'une fois pour que tout tombe à l'eau.

Et moi, alors ? Je ne peux être que spectateur et éventuellement lui donner quelques directives à chaque étape. Je suis passé par une phase semblable et je me rappelle encore combien cela avait été douloureux de se rendre compte que les rires, l'amitié, le partage, tout cela était pour toujours réservé aux autres et que je n'éprouverais jamais rien de tel. Pis encore, quand j'ai compris que tout cela m'était extérieur, j'ai été obligé de faire semblant, d'apprendre à offrir le masque du bonheur afin de dissimuler le vide mortel qui régnait en moi.

Et je me rappelle l'insupportable gaucherie de ces premières années ; les atroces premières tentatives de rire, toujours au mauvais moment, et qui sonnaient tellement faux. Même parler naturellement aux autres, sans peine, des sujets qu'il fallait, et avec les sentiments artificiels adéquats, j'avais dû l'apprendre. Lentement, douloureusement, péniblement, en observant comment les autres se tiraient de cette corvée sans effort, et j'avais souffert d'autant plus d'être privé de cette grâce et de cette aisance d'expression. C'est peu de savoir rire. On en a à peine conscience, sauf quand on doit l'apprendre en suivant l'exemple des autres, comme moi.

Et comme Cody va être contraint de le faire à présent. Et ce n'est que le début, la première étape, la plus facile sur la Voie de Harry. Ensuite, il faudra faire semblant, tout le temps, avec pour seule récompense à en attendre les quelques trop rares et brefs interludes de réalité tranchante comme un rasoir. Et je transmets tout cela à Cody, ce petit être abîmé qui se tient un peu trop droit et qui guette d'un regard trop forcé l'infime détail confirmant qu'il fait partie de ce groupe – et qu'il ne trouvera jamais.

Ai-je vraiment le droit de le forcer à se couler dans ce moule de souffrance ? Simplement parce que j'en suis passé par là, cela signifie-t-il qu'il y est lui aussi obligé ? Car, si je suis honnête avec moi-même, cela ne fonctionne pas très bien pour moi, ces derniers temps. La Voie de Harry, qui semblait si claire, si nette et si astucieuse, a dévié vers les buissons.

Est-ce vraiment ce que je veux pour Cody ?

Je le regarde suivre les autres dans le Salut au Drapeau et je ne trouve aucune réponse là-dedans.

C'est donc un Dexter fort pensif qui rentre à la maison.

– Comment ça s'est passé ? lui demande Rita, qui nous attend à la porte, l'air inquiète.

– Bien, fait Cody avec une tête qui dit tout le contraire.

– Ç'a été, dis-je d'un ton un peu plus convaincant. Et ça ira de mieux en mieux.

– Faut bien, murmure Cody.

Le regard de Rita passe de l'un à l'autre.

– Je ne... je veux dire... Il a... Tu as... Cody, tu vas continuer ?

Cody me regarde, et je vois presque une petite lame affûtée étinceler dans ses yeux.

– Oui, dit-il à sa mère.

– C'est merveilleux, dit-elle, soulagée. Vraiment, ça l'est. Je sais que tu... tu vois.

– J'en suis sûr, opiné-je.

Mon mobile sonne.

– Allô ?

– Elle s'est réveillée, dit Chutsky. Et elle a parlé.

– J'arrive tout de suite.

19

J'ignore à quoi je m'attendais à mon arrivée à l'hôpital, mais je n'y ai pas droit. Deborah n'est pas assise dans son lit en train de faire des mots croisés, son iPod sur les oreilles. Elle est toujours allongée, inerte, entourée du bourdonnement des appareils. Et Chutsky est toujours assis dans la même position de suppliant dans le même fauteuil, sauf qu'il a réussi à se raser et à changer de chemise entre-temps.

– Salut, mon pote ! s'écrie-t-il pendant que je m'approche du lit. On est sur la bonne voie. Elle m'a regardé et elle a prononcé mon prénom. Elle va se remettre complètement.

– Génial. (Je ne suis pas sûr que prononcer un prénom monosyllabique signifie que ma sœur ait brusquement retrouvé toutes ses facultés.) Que disent les médecins ?

– Les conneries habituelles. De ne pas avoir trop d'espoir, trop tôt pour être sûr, réponse nerveuse, bla-bla-bla. Mais ils ne l'ont pas vue se réveiller, et moi si. Elle m'a regardé dans les yeux et j'ai bien vu. Elle est consciente, mon pote. Elle va s'en sortir.

Comme je ne vois pas trop quoi répondre, je marmonne une phrase de circonstance et je m'assois. J'ai beau attendre très patiemment pendant deux heures et demie, Debs ne saute pas de son lit pour faire des étirements. Elle ne réitère même pas le petit numéro des yeux qui s'ouvrent et du prénom. Du coup, je rentre chez moi me coucher sans partager les certitudes magiques de Chutsky.

Le lendemain matin, en arrivant au bureau, je suis déterminé à me mettre immédiatement au travail et à en apprendre le maximum sur Doncevic et son mystérieux complice. Mais j'ai à peine le temps de poser ma tasse de café sur mon bureau que je reçois une visite du Fantôme de Noël-Qui-A-Super-Mal-Tourné, en la personne d'Israel Salguero. Il entre sans un mot et s'assoit discrètement sur la chaise en face de moi. Je perçois dans son arrivée une sorte de menace veloutée que j'aurais admirée si elle ne m'était pas destinée. Nous nous regardons un moment, puis il hoche la tête et m'annonce :

– J'ai connu votre père.

J'opine et je prends l'énorme risque de boire une gorgée de café sans le quitter des yeux.

– C'était un bon flic, un type bien.

Il a une voix douce qui s'accorde bien à sa manière silencieuse de se mouvoir, avec un léger accent que possèdent beaucoup d'Américains d'origine cubaine de sa génération. C'est vrai qu'il a bien connu Harry, lequel avait beaucoup d'estime pour lui. Mais c'est du passé, et Salguero est maintenant un lieutenant de l'Inspection des services aussi craint que respecté, et rien de bon ne peut sortir d'une enquête qu'il mènerait sur moi ou Deborah.

Jugeant qu'il vaut sûrement mieux attendre qu'il en vienne au but de sa visite, s'il y en a un, je bois une autre gorgée de café. Il est nettement moins bon qu'avant l'arrivée de Salguero.

– J'aimerais pouvoir éclaircir cette histoire le plus rapidement possible, dit-il. Je suis convaincu que ni vous ni votre sœur n'avez quoi que ce soit à vous reprocher.

– Non, bien sûr, réponds-je, me demandant pourquoi je ne me sens pas rassuré – à moins que ce ne soit parce que je me suis efforcé durant toute ma vie de passer inaperçu et que je ne suis pas très à l'aise à l'idée qu'un enquêteur chevronné se mette en devoir de la scruter de près.

– Si vous jugez utile de me communiquer quoi que ce soit, ma porte vous est toujours grande ouverte.

– Merci beaucoup.

Et comme il ne semble pas y avoir grand-chose de plus à dire, je me tais. Salguero me dévisage un moment, puis il hoche la tête, se lève et glisse vers la porte. Je reste à me demander dans quel pétrin au juste les Morgan sont plongés. Il me faut quelques minutes et un bon café pour chasser cette visite de ma tête et me concentrer sur l'ordinateur.

Et, là, quelle surprise !

Par réflexe, je jette un coup d'œil à ma messagerie avant de me mettre au travail. Je trouve deux mémos du service exigeant mon inattention immédiate, une publicité me promettant plusieurs centimètres de quelque chose d'indéterminé et un message sans titre que je manque d'effacer avant de voir l'adresse de l'expéditeur : bweiss@aol.com.

Ce n'est pas très normal, mais il me faut un moment pour accuser le coup, et mon doigt reste littéralement suspendu au-dessus de ma souris quand un déclic se fait.

Bweiss. Le nom m'a l'air familier. Peut-être est-ce « Weiss, prénom initiale B », comme beaucoup d'adresses mail. Ce serait logique. Et si c'est le B de Brandon, ce le serait encore plus. Car c'est précisément le nom de la personne sur laquelle je m'apprête à me renseigner.

Comme c'est aimable à lui de prendre contact !

J'ouvre le mail avec un intérêt soutenu, très impatient de découvrir ce qu'il peut bien avoir à me dire. Mais, à ma grande déception, rien. Je ne trouve qu'un lien Internet, souligné et en lettres bleues, en plein milieu de la page, sans le moindre commentaire.

http://www.youtube.com/watch?v=99lrj?42n

Voilà qui est très intéressant. Brandon souhaite partager avec moi ses vidéos. Mais de quel genre ? Peut-être s'agit-il de son groupe de rock préféré ? Ou bien d'un montage d'extraits de sa série télé favorite ? Ou d'autres images du genre de celles qu'il a envoyées à l'office de tourisme ? Voilà qui serait attentionné.

Et c'est avec un petit frisson de plaisir qui réchauffe l'emplacement où devrait se trouver mon cœur que je clique sur le lien et attends impatiemment l'ouverture de la fenêtre. J'appuie enfin sur PLAY.

D'abord, l'écran est tout noir. Puis une image pleine de grain apparaît, et ensuite un carrelage blanc filmé depuis une caméra fixée quelque part au plafond : le même angle que dans la vidéo envoyée à l'office de tourisme. Je suis un peu déçu : il m'envoie une copie d'un truc que j'ai déjà vu. Mais, soudain, j'entends un froissement. Quelque chose bouge dans le coin de l'écran. Une silhouette sombre entre dans le champ et laisse tomber quelque chose sur le carrelage.

Doncevic.

Et la silhouette sombre ? Dexter le Délicieux Dandy. Évidemment.

Mon visage n'est pas visible, mais aucun doute n'est possible. C'est bien mon dos, ma coupe à dix-sept dollars, le col de ma magnifique chemise noire soulignant ma précieuse nuque...

Ma déception cède la place à l'angoisse.

Je regarde ce Dexter du Passé se redresser, regarder autour de lui – sans tourner le visage vers la caméra, heureusement. Petit Malin. Dexter sort du champ. Le tas dans la baignoire bouge légèrement, puis Dexter revient et s'empare de la scie. La lame se met à tourner, le bras se lève...

Cut. Noir. Fin de la vidéo.

Je reste frappé d'une muette stupeur pendant de longues minutes. Du bruit dans le couloir. Quelqu'un entre dans le labo, ouvre un tiroir, le referme, ressort. Le téléphone sonne ; je ne réponds pas.

C'est moi. Sur YouTube. Dans toute ma splendeur et en couleurs, avec un peu de grain. Dexter le Danseur damné, désormais vedette d'un classique mineur du cinéma. Souris à la caméra, Dexter ! Fais un petit signe au gentil public. Je n'ai jamais été très fana des films maison, et celui-ci me laisse plus froid que jamais. Mais je figure dans l'un d'eux, et en plus il est posté sur YouTube pour que le monde entier puisse le voir et l'admirer. Je n'arrive pas à m'y faire. Mes pensées tournent en boucle. C'est moi ; ça ne peut pas être moi, mais ça l'est ;

il faut que je réagisse, mais que puis-je faire ? Je ne sais pas, mais quelque chose – parce que c'est bien moi...

On ne pourra pas nier que l'affaire devient intéressante, n'est-ce pas ?

D'accord, c'est bien moi. D'évidence, il y avait une caméra dissimulée quelque part au-dessus de la baignoire. Weiss et Doncevic s'en servaient pour leurs travaux décoratifs et elle y était encore quand je suis entré. Ça signifie que Weiss est toujours dans les parages...

Mais non, pas du tout. C'est ridiculement simple de connecter une caméra à Internet et de la contrôler à distance par ordinateur. Weiss peut se trouver n'importe où et avoir récupéré la vidéo pour me l'envoyer...

Moi, ce précieux anonyme, Dexter le Très Modeste, qui œuvre dans l'ombre et ne recherche pas la moindre publicité de ses bonnes actions. Mais bien sûr, dans la hideuse clameur des médias qui avait accueilli toute cette histoire, y compris l'agression de Deborah, mon nom avait sûrement dû apparaître quelque part. Dexter Morgan, petit génie effacé de la police scientifique, frère de la presque assassinée. Il avait suffi d'une image, une seule, aux infos pour qu'il puisse me voir.

Une horrible boule glacée commence à se former dans mon ventre. C'est vraiment trop facile. Si simple qu'un décorateur dérangé a pu deviner qui j'étais et ce que je suis. À force d'avoir été trop longtemps un petit malin, je me suis habitué à être le seul tigre dans la forêt. Et j'ai oublié que, lorsqu'il n'y a qu'un tigre, c'est diablement facile pour le chasseur de suivre sa piste.

Et c'est ce qu'il a fait. Il m'a suivi jusqu'à mon antre et a filmé Dexter en pleine action.

Presque à contrecœur, je clique de nouveau et me repasse la vidéo.

C'est toujours moi. En plein dans l'écran. Moi.

Je respire un bon coup et je laisse l'oxygène opérer sa magie sur mon cerveau – ou du moins ce qu'il en reste. C'est un problème, c'est certain, mais il a sa solution, comme tous les autres. Il est temps d'appliquer la logique, de lancer à plein régime le bio-ordinateur glacial de Dexter. Alors : que veut ce type ? Pourquoi a-t-il agi ainsi ? Il cherche clairement à provoquer une réaction chez moi, mais laquelle ? Le plus évident est qu'il veut se venger. J'ai tué son ami – équipier ? amant ? Peu importe. Il veut que je sache qu'il sait ce que j'ai fait, et...

Et il m'a envoyé la vidéo, à moi, pas à quelqu'un qui pourrait vraisemblablement réagir, comme l'inspecteur Coulter. Cela signifie qu'il s'agit d'un défi personnel, qu'il n'a pas l'intention de le rendre public, du moins pas tout de suite.

Sauf que c'est public : la vidéo est sur YouTube, et il ne va pas s'écouler longtemps avant que quelqu'un tombe dessus par hasard. Donc, il y a un facteur temps. En conséquence, quel message m'adresse-t-il ? Trouve-moi avant qu'on te trouve, toi ?

Pour le moment, ça va. Et après ? Un duel comme dans les bons vieux westerns – scie électrique à dix pas ? Ou bien cherche-t-il seulement à me torturer, à m'obliger à le poursuivre jusqu'à ce que je commette une erreur ou qu'il se lasse et envoie tout aux infos du soir ?

C'est suffisant pour provoquer un semblant de panique chez l'homme du commun. Mais moi, Dexter, je suis fait d'un bois autrement plus solide. Il veut que je le recherche ? Mais il ignore que je suis docteur ès recherche. Si je suis moitié aussi bon que je m'autorise modestement à l'avouer, je vais le trouver plus vite qu'il ne se l'imagine. Très bien. Weiss veut faire joujou ? Je vais jouer.

Mais nous allons jouer selon les règles de Dexter, pas selon les siennes.

20

Commencer par le commencement a toujours été ma devise, principalement parce que cela tombe sous le sens – après tout, si on commençait par le milieu ou la fin, que deviendrait le début ? Cependant, les clichés sont là pour rassurer les esprits faibles, pas pour donner du sens. Et comme je me sens un peu faiblard entre les oreilles en ce moment, je trouve un peu de consolation à cette pensée tout en récupérant le dossier de Brandon Weiss.

Il n'y a pas grand-chose : une contravention pour stationnement interdit, qu'il a payée, et la plainte déposée contre lui par l'office de tourisme. Pas de mandat pour quoi que ce soit, aucun permis particulier hormis pour conduire, pas de permis de port d'arme – ou de port de scie électrique. Son adresse est celle que je connais, là où Deborah a été poignardée. En fouillant un peu plus, j'en trouve une ancienne à Syracuse, dans l'État de New York. Et, auparavant, il était à Montréal, au Canada. Une rapide vérification indique qu'il est encore de nationalité canadienne.

Pas de véritable piste ici. Rien qui mérite le statut d'indice. Je ne m'attendais pas à grand-chose, mais mon travail et mon père adoptif m'ont enseigné que l'acharnement est parfois récompensé. Et je ne fais que commencer.

L'étape suivante, trouver son adresse mail, est un peu plus difficile. Grâce à quelques manipulations un peu illégales, je pirate la liste des abonnés d'AOL et j'en découvre un peu plus.

L'adresse du quartier Arts déco est toujours donnée comme son domicile, mais figure également un numéro de mobile. Je le note en cas de besoin pour plus tard. En dehors de cela, rien d'utile ici non plus. C'est étonnant, vraiment, qu'une entreprise comme AOL oublie de poser des questions simples et vitales comme : « Où vous cacheriez-vous si Dexter vous traquait ? »

Cela dit, tout ce qui en vaut la peine est ardu – encore un cliché aussi idiot que fascinant. Après tout, respirer est relativement facile, en général, et je crois que beaucoup de scientifiques reconnaîtront que c'est fort utile. En tout cas, je n'obtiens aucune véritable information dans les dossiers d'AOL, hormis le numéro de mobile, qui me servira en dernier recours. Le fichier de la compagnie de téléphone risque de ne pas être plus bavard qu'AOL, mais il y a une chance que je puisse localiser l'appareil lui-même, petit truc que j'ai déjà mis en pratique quand j'ai presque sauvé le sergent Doakes de sa rectification chirurgicale.

Sans raison particulière, je retourne sur YouTube. Peut-être que j'ai envie de me revoir encore une fois, détendu et en train d'être moi-même. Après tout, je ne me suis jamais vu ainsi et je n'ai jamais pensé me voir. Dexter en action, comme lui seul peut le faire. Je regarde à nouveau la vidéo en m'émerveillant de ma grâce naturelle. De quel merveilleux style je fais preuve quand je manie ma scie. Splendide ! Un véritable artiste. Je devrais tourner plus souvent.

Et, là, une autre pensée émerge dans mon cerveau, qui se ranime lentement. À côté de l'écran figure une autre adresse mail. Je ne connais pas très bien YouTube, mais je sais qu'une adresse mail conduit quelque part. Je clique donc dessus et aussitôt apparaît un fond orange : je suis sur la page personnelle d'un utilisateur YouTube. Et en grandes lettres de feu, le haut de la page proclame : LE NOUVEAU MIAMI. Je descends dans la fenêtre jusqu'à une case intitulée VIDÉOS (5), avec une rangée de cinq vignettes. Celle où figure mon dos est la numéro 4.

Dans un souci de méthode et pour ne pas me contenter de revoir ma captivante performance, je clique sur la première, qui montre un visage d'homme grimaçant de dégoût. La vidéo commence par l'apparition du titre en lettres flamboyantes : LE NOUVEAU MIAMI – N° 1.

Arrive ensuite un très beau plan de luxuriante végétation tropicale – une rangée de magnifiques orchidées, un vol d'oiseaux se posant sur un petit lac – puis la caméra recule pour découvrir le cadavre que nous avons trouvé aux Fairchild Gardens. Un horrible gémissement s'élève hors champ et une voix un peu étranglée s'exclame : « Oh, mon Dieu ! » Puis la caméra suit une personne de dos tandis qu'un cri perçant déchire les haut-parleurs. Je le trouve étrangement familier et, l'espace d'un instant, perplexe, je mets la vidéo sur pause. Et je saisis : c'est le même hurlement qu'on entend dans la vidéo que nous avons vue à l'office de tourisme. Pour une raison étrange, Weiss a utilisé le même ici. Peut-être pour respecter son style, comme McDonald utilise toujours le même clown.

Je remets la vidéo en route : la caméra traverse la foule sur le parking des Fairchild Gardens, filmant des visages tantôt choqués, tantôt dégoûtés ou simplement curieux. Et, là encore, l'écran tourbillonne et, sur le fond tropical du début, aligne une mosaïque d'expressions variées tandis qu'un slogan s'y superpose.

LE NOUVEAU MIAMI : PARFAITEMENT NATUREL

En tout cas, cela dissipe tous les doutes que j'aurais pu avoir sur la culpabilité de Weiss. Je suis tout à fait certain que les autres vidéos vont montrer les autres victimes, assorties de plans de foule. Mais, histoire d'être exhaustif, je décide de les regarder dans l'ordre toutes les cinq...

Mais attendez un peu : il ne devrait y avoir que trois spots, un pour chacun des sites que nous avons découverts. Si j'y ajoute celui de la grande performance de Dexter, cela fait quatre. Et la cinquième, alors ? Se pourrait-il que Weiss ait ajouté quelque chose de plus personnel pouvant me donner un indice pour le localiser ?

Un grand bruit retentit dans le labo, et Vince Masuoka beugle un « Yo, Dexter ! » qui me fait refermer promptement la fenêtre de mon navigateur. Ce n'est pas simplement la fausse modestie qui me retient de partager avec lui mon merveilleux travail d'acteur. C'est surtout que l'expliquer serait beaucoup trop compliqué. Et, au moment où disparaît la fenêtre, Vince entre dans mon petit bureau avec son matériel.

– Tu ne réponds plus à ton téléphone ?

– Je devais être aux toilettes.

– Pas de repos pour les braves, dit-il. Viens, on a du boulot.

– Ah bon ? Quoi donc ?

– Je ne sais pas, mais les gars en tenue sur le site sont au bord de la crise. C'est vers Kendall.

Certes, il arrive constamment des choses affreuses à Kendall, mais peu d'entre elles requièrent mon attention professionnelle. Rétrospectivement, j'aurais dû être plus curieux, mais sur le moment je suis encore distrait par la découverte de mon statut involontaire de vedette sur YouTube, et j'ai vraiment envie de voir les autres vidéos. Je pars donc avec Vince en échangeant des banalités, tout en me demandant ce que Weiss peut bien avoir révélé dans la dernière vidéo, que je n'ai pas encore vue. Je suis vraiment sous le choc quand je reconnais l'endroit où Vince se gare.

Nous sommes sur le parking d'un très grand bâtiment public que j'ai déjà vu. Et la veille seulement, quand j'ai emmené Cody à sa première réunion de scouts.

Nous sommes devant l'école élémentaire Golden Lakes.

C'est sûrement fortuit. Des gens se font régulièrement tuer, même dans les écoles élémentaires, et penser qu'il s'agit d'autre chose que d'une de ces amusantes coïncidences qui rend la vie si piquante reviendrait à croire que le monde entier tourne autour de Dexter. C'est exact, dans une certaine mesure, mais je ne suis pas assez dérangé pour prendre cela au pied de la lettre.

C'est donc un Dexter médusé et un peu troublé qui suit Vince, passe sous la bande jaune et gagne l'entrée latérale du bâtiment, où a été découvert le corps. Et alors que j'approche de l'endroit strictement surveillé où il gît dans toute sa gloire, j'entends un bizarre sifflement un peu bête, et je me rends compte qu'il vient de moi. Car, malgré le masque transparent collé sur son visage, malgré la cavité béante remplie d'accessoires de scouts, et malgré le fait qu'il est totalement impossible que j'aie raison, je reconnais le cadavre à trois mètres.

C'est Roger Deutsch, le chef scout de Cody.

21

Le corps a été disposé le long du mur de refend à côté de la porte qui ferme l'issue de secours de la cafétéria de l'école. C'est l'une des femmes de service sortie fumer une cigarette qui l'a trouvé et il a fallu la mettre sous calmants, ce que je n'ai aucune peine à comprendre quand je découvre le spectacle. Après l'avoir examiné de plus près, c'est tout juste si je n'ai pas moi aussi besoin de calmants.

Le cou de Roger Deutsch est ceint d'une lanière où pend un sifflet. Comme pour les autres victimes, les entrailles ont été enlevées et la cavité a été remplie d'articles intéressants : dans son cas, un uniforme de scout, un livre multicolore intitulé *Manuel des scouts* et d'autres objets. J'aperçois notamment le manche d'une hachette et un couteau de poche marqué du logo des scouts. Et, en me penchant, je vois également une photo pleine de grain, imprimée sur du papier ordinaire, barrée de la légende SOYEZ PRÊTS. Sur le cliché flou, pris à une certaine distance, apparaissent plusieurs garçons et un adulte qui entrent dans le même bâtiment. Et, bien que ce soit impossible à prouver, je sais très bien qui sont l'adulte et l'un des enfants.

Moi et Cody.

Impossible de se méprendre sur sa silhouette familière. Ni sur le sens du message.

C'est très bizarre de me retrouver agenouillé devant une photo floue de moi avec Cody et de me demander si on risque de me voir la prendre. Je n'ai encore jamais dissimulé de preuves, mais il faut dire que je n'ai encore jamais figuré dessus non plus. Et il est clair que ceci m'est destiné. SOYEZ PRÊTS, et une photo. C'est un avertissement, un défi. Je sais qui tu es et je sais comment t'atteindre. Me voici.

SOYEZ PRÊTS.

Et je ne le suis pas. Je ne sais pas encore où peut se trouver Weiss et j'ignore ce qu'il compte faire, où et quand, mais je sais qu'il a quelques points d'avance sur moi et qu'il vient de faire considérablement monter les enchères. Ce n'est pas un cadavre volé, et il n'est pas anonyme. Weiss a tué Roger Deutsch, il ne s'est pas contenté de charcuter son cadavre. Et il a choisi soigneusement et délibérément sa victime de manière à me viser.

C'est une menace complexe, en plus. Car la photo y ajoute une autre dimension : elle signifie « Je peux t'atteindre », « Je peux atteindre Cody » ou « Je peux simplement dévoiler au grand jour ce que toi et moi savons sur toi ». Et, pour ne rien arranger, je sais que si je suis démasqué et balancé en taule Cody n'aura plus aucune protection contre les éventuels agissements de Weiss.

J'observe la photo, cherchant à déterminer si on peut m'identifier et si cela vaut la peine de prendre le risque de la subtiliser pour la détruire. Mais, avant que j'aie pu me décider, une invisible aile noire me frôle le visage et hérisse les poils de ma nuque.

Le Passager noir est resté bien silencieux depuis le début, se contentant de ricaner sous cape de temps à autre sans fournir la moindre observation pertinente. Mais, là, le message est clair et il fait écho à celui de la photo : SOIS PRÊT. TU N'ES PAS SEUL. J'ai alors la certitude que quelque part quelque chose m'observe en nourrissant des pensées malsaines, comme un tigre à l'affût de sa proie.

Lentement, prudemment, comme si j'avais juste oublié quelque chose dans la voiture, je me lève et retourne vers l'endroit où nous nous sommes garés. Je marche d'un air détaché tout en scrutant le parking ; sans rien chercher en particulier, je joue juste Dexter le Débile, qui trottine tout à fait normalement, et sous mon sourire nonchalant et distrait je fulmine, je cherche ce qui est en train de m'observer.

Et je trouve.

Là-bas, dans la rangée la plus proche, à une trentaine de mètres, meilleur point de vue, une petite voiture couleur bronze. À travers le pare-brise, quelque chose scintille : le soleil sur l'objectif d'une caméra.

Toujours aussi nonchalant et aux aguets, même si une lame commence à percer dans la noirceur qui bouillonne en moi, je m'avance vers la voiture. J'aperçois l'éclair de l'objectif qui se baisse, puis un pâle visage d'homme, et les ailes noires se mettent à battre avec violence durant une interminable seconde...

... et la voiture démarre, quitte en marche arrière son emplacement dans un petit crissement de pneus, avant de disparaître dans la circulation. Bien que j'aie tenté un sprint, je n'ai pu voir que la première moitié de la plaque d'immatriculation : OGA et trois chiffres, j'ignore lesquels, même s'il me semble que le deuxième est un 3 ou un 8.

Mais, avec le signalement de la voiture, c'est suffisant. Je vais enfin trouver à quel nom elle est enregistrée. Pas celui de Weiss, impossible. Personne n'est aussi stupide à notre époque, où les enquêtes policières pullulent dans les médias. Mais j'ai un petit espoir. Il est parti à toute vitesse pour ne pas se faire démasquer, et cette fois j'ai peut-être eu de la chance.

Je m'immobilise un instant, le temps que le vent déchaîné qui m'agite se calme et redevienne une petite créature enroulée sur elle-même qui ronronne doucement. Mon cœur bat comme rarement en journée, et je me rends compte que c'est très bien que Weiss ait détalé aussi vite. Après tout, qu'aurais-je pu faire d'autre ? Le sortir de sa voiture et le découper proprement en douze morceaux ? Ou le faire arrêter et jeter dans la voiture de patrouille pour qu'il puisse raconter à qui voudrait l'entendre tout ce qu'il sait de Dexter ?

Non, c'est parfait qu'il ait pris la fuite. Je vais le retrouver, et ce sera selon mes règles, à l'abri commode d'une nuit que j'ai hâte de voir arriver.

Je respire un bon coup, reprends ma plus belle simulation de sourire et retourne vers le tas de viande qui a brièvement été le chef scout de Cody.

Vince Masuoka est accroupi devant lui, mais, au lieu de s'activer utilement, il se contente de regarder cet étalage d'un air perplexe.

– Qu'est-ce que tu crois que ça veut dire ? demande-t-il en me voyant arriver.

– Aucune idée. Je vais juste analyser les traces de sang. Ce sont les inspecteurs qui sont payés pour deviner ce que ça veut dire.

Vince penche la tête et me regarde comme si j'avais sorti une énormité.

– Tu savais que c'était l'inspecteur Coulter qui était chargé de l'enquête ?

– Peut-être qu'ils le paient pour autre chose, alors.

Une petite lueur d'espoir naît en moi. J'avais oublié ce détail, qui a pourtant son importance. Avec Coulter chargé de l'enquête, je peux avouer le meurtre, lui montrer une vidéo accablante de moi en flagrant délit, et il trouvera toujours le moyen de ne rien prouver.

Je me remets donc au travail avec un semblant de bonne humeur, tempéré par une sincère impatience d'en finir au plus vite pour retourner à mon ordinateur traquer Weiss. Heureusement, il n'y a pas grand-chose à analyser ici en fait de traces de sang – Weiss est le genre de maniaque de la propreté que j'admire –, donc, pratiquement rien à faire. Je règle tout en un rien de temps et mendie une place dans une voiture de patrouille qui rentre. Le chauffeur, un gaillard aux cheveux blancs nommé Stewart, me parle de l'équipe des Dolphins pendant tout le trajet, sans vraiment se soucier de mon silence.

Mais, le temps d'arriver, j'ai appris des tas de choses fascinantes sur la prochaine saison de football, ce que nous aurions dû faire entre-temps, que nous avons mystérieusement réussi à merdouiller une fois de plus et qui va nous valoir une nouvelle saison de scandaleuses déconfitures. Je remercie Stewart pour la course et ces précieuses informations, et je file retrouver mon ordinateur.

Le fichier des immatriculations est l'un des outils de base du quotidien policier, autant dans la réalité qu'à l'écran, et c'est avec un petit frémissement de honte que je m'y attelle. Tout semble vraiment trop facile, comme si c'était tout droit sorti d'une niaise série télé. Bien sûr, si cela me permet de trouver Weiss, j'aurai moins l'impression de tricher, mais pour le moment j'ai vraiment envie de trouver un indice qui me permette de déployer ma ruse véritable. Mais nous travaillons avec les outils qu'on nous donne en espérant qu'on nous demandera plus tard de formuler des critiques constructives.

En un quart d'heure, j'ai passé au peigne fin toute la base de données de la Floride et trouvé trois voitures couleur bronze dont l'immatriculation comporte les lettres OGA. L'une d'elles est enregistrée à Kissimmee, ce qui fait un peu loin. L'autre est une Rambler de 1963, et je suis pratiquement sûr que j'aurais remarqué un modèle aussi rare.

Cela nous laisse la numéro trois, une Honda de 1995, enregistrée au nom de Kenneth A. Wimble, sur la 98e rue nord-ouest à Miami Shores. C'est un quartier modeste et relativement proche du quartier Arts déco, où Deborah a été poignardée. Cela ne fait pas très loin à pied ; donc, par exemple, si la police débarque dans votre petit nid de la 40e rue nord-est, vous pouvez facilement vous esquiver par-derrière et trouver quelques rues plus loin une voiture sans surveillance.

Mais ensuite ? Si vous êtes Weiss, où conduisez-vous cette voiture ? À mon avis, loin de l'endroit où vous l'avez trouvée. En conséquence, le dernier endroit au monde serait la maison de la 98e rue.

Sauf s'il y a un lien quelconque entre Weiss et Wimble. Ce serait dès lors tout à fait naturel d'emprunter la voiture d'un ami. *C'est juste pour faire un petit carnage, mon pote ; je te la rapporte dans deux heures.*

Pour une raison que je ne m'explique pas, nous ne disposons pas d'un fichier national des amis. On aurait pu penser que le gouvernement l'aurait trouvé indispensable dans le cadre du

Patriot Act et l'aurait fait passer en force au Congrès. En tout cas, cela me faciliterait bien la tâche en ce moment. Mais pas de veine. Si Weiss et Wimble sont effectivement copains, je vais devoir m'en rendre compte par moi-même en leur rendant une petite visite. Ce n'est de toute façon qu'une mesure de vigilance élémentaire. Mais, avant, je veux voir si je ne trouve rien sur Kenneth A. Wimble.

Une rapide vérification dans le fichier montre qu'il n'a aucun casier, du moins pas sous ce nom. Il paie ses factures, même si celle de gaz est souvent réglée en retard. En fouinant un peu, du côté des impôts, je découvre qu'il est free lance et exerce en tant que monteur vidéo.

Une coïncidence est toujours possible. Il survient quotidiennement des événements improbables et étranges, et nous les acceptons en nous grattant le crâne comme des péquenots perdus dans une grande ville et en nous extasiant. Mais, là, ça dépasse les bornes. Je traque un rédacteur pub qui a laissé une piste semée de vidéos et celle-ci me conduit à un monteur. Et, comme il arrive parfois à un enquêteur chevronné de devoir accepter que ce qu'il trouve n'est pas une coïncidence, je murmure à mi-voix : « Ah, ah ! » Je trouve aussi que ça fait très pro.

Wimble est impliqué dans cette affaire, complice de Weiss pour la fabrication et l'envoi des vidéos et, on peut donc le présumer, la mise en scène des cadavres et enfin le meurtre de Roger Deutsch. Dès lors, quand Deborah vient frapper chez lui, Weiss file chez son autre complice, Wimble. Un endroit où se cacher, une petite voiture couleur bronze à emprunter, et hop, on continue.

Très bien, Dexter. À cheval et en route. Nous savons où il est et le moment est arrivé de le pincer. Avant qu'il décide de publier mon nom et ma photo en une du *Miami Herald*. On y va. Allez !

Dexter ? Tu es là, mon vieux ?

Je suis là. Mais je me rends soudain compte, assez curieusement, que Deborah me manque vraiment. Voilà le genre de chose que je devrais faire avec elle – après tout, il fait jour et ce n'est pas véritablement le Domaine de Dexter. Dexter a besoin de l'obscurité pour s'épanouir et devenir le vrai boute-en-train de la soirée qu'il est au fond. Lumière du jour et traque ne font pas bon ménage. Avec le badge de Deborah, je pourrais rester caché, mais sans... Je ne suis pas vraiment inquiet, bien sûr, mais un peu mal à l'aise.

Cependant, je n'ai pas le choix. Deborah est à l'hôpital, Weiss et son cher ami Wimble se fichent de moi dans une maison de la 98e rue et le grand jour fait hésiter Dexter. Non, ça ne va pas. Du tout.

On se lève, on respire, on s'étire. Retournons, retournons à la brèche, cher Dexter. Cent fois sur le métier remettons notre ouvrage. Lève-toi et va. Je m'exécute, mais, alors que je gagne ma voiture, je ne parviens pas à dissiper mon malaise.

Il dure tout le long de la route jusqu'à la 98e rue, malgré l'apaisante violence de la circulation. Quelque chose cloche et Dexter se jette dedans. Mais cela reste un peu diffus, je continue en me demandant ce qui me tracasse dans un coin de ma tête. Est-ce juste la peur d'être en plein jour ? Ou bien mon subconscient me souffle-t-il que j'ai manqué un détail important qui va me retomber dessus dans pas longtemps ? Je ressasse tout cela mentalement et j'aboutis toujours à la même conclusion : tout est très simple, parfaitement logique, cohérent et correct, je n'ai d'autre choix qu'agir au plus vite, et pourquoi s'inquiéter ? Depuis quand Dexter a-t-il le choix ? Et, d'ailleurs, a-t-on vraiment le choix dans la vie, à part opter pour une glace plutôt que pour une tarte ?

Mais je sens tout de même des doigts invisibles me chatouiller la nuque quand je me gare à faible distance de chez Wimble. Pendant de longues minutes, je reste dans la voiture à observer sa maison.

La voiture couleur bronze est garée juste devant. Aucun signe de vie et pas le moindre entassement de morceaux de cadavres au pied des poubelles. Rien d'autre qu'une calme maison dans un quartier ordinaire de Miami, chauffée par le soleil de la mi-journée.

Et je me rends compte que plus je reste dans la voiture moteur éteint, plus je suis en train de cuire. Si je continue, une croûte dorée va se former sur ma peau. Je suis peut-être tiraillé par le doute, mais il faut que je me bouge tant qu'il reste encore assez d'air respirable dans la voiture.

Je descends et reste immobile à cligner des yeux dans la lumière et la chaleur écrasante, puis je m'éloigne de chez Wimble. Lentement, l'air détaché, je fais le tour du pâté de maisons pour inspecter l'arrière. Il n'y a pas grand-chose à voir. Une haie doublée d'un grillage dissimule la maison. Je termine mon tour, retraverse la rue et regagne ma voiture.

Je me replante là, toujours ébloui, avec la sueur qui me coule dans le dos, sur le front et dans les yeux. Je ne peux pas rester bien longtemps sans attirer l'attention. Je dois agir – soit m'approcher de la maison, soit remonter en voiture et rentrer chez moi pour guetter mon apparition aux infos du soir. Mais, avec cette petite voix agaçante qui continue de me souffler que quelque chose cloche, je m'attarde, jusqu'à ce que je sente un déclic en moi et que je cède. Très bien. Laissons les choses se faire, puisqu'il le faut. Cela vaut mieux que de rester à compter les gouttelettes de sueur qui tombent sur le sol.

Finalement, je me rappelle un détail utile et j'ouvre mon coffre. J'y ai laissé une planchette porte-formulaire. Elle s'est révélée précieuse durant mes précédentes enquêtes sur le quotidien des méchants. J'ai aussi une cravate à clip. D'expérience, on peut aller n'importe où, de jour comme de nuit, sans que personne ne pose de questions, avec une cravate à clip et un porte-formulaire. Par chance, aujourd'hui, j'ai mis une chemise. J'arrime la cravate, m'arme de ma planchette et d'un stylo, et je remonte la rue vers la maison de Wimble. Je suis un employé ordinaire venu faire son travail.

Un coup d'œil en haut de la rue : elle est arborée, et plusieurs jardins abritent des arbres fruitiers. Parfait : aujourd'hui, je serai l'inspecteur Dexter, du service d'inspection des arbres. Cela va me permettre d'approcher la maison sous le couvert d'une activité à peu près logique.

Et ensuite ? Puis-je vraiment entrer et prendre Weiss par surprise, en plein jour ? Le soleil éclatant laisse penser que ce sera peu probable. Il n'y a pas de réconfortante obscurité ni d'ombres propices à la dissimulation. Je suis bien visible, totalement à découvert, et, si Weiss jette un coup d'œil par sa fenêtre et me reconnaît, la partie est pliée avant même d'avoir commencé.

Mais ai-je le choix ? C'est lui ou moi, et si je n'agis pas lui peut faire des tas de choses, à commencer par me dénoncer, puis s'en prendre à Cody, à Astor ou à Dieu sait qui. Il faut que je prenne les devants et l'arrête.

Et, alors que je me redresse pour reprendre mon chemin, une pensée très malvenue surgit : est-ce ainsi que me considère Deborah ? Me perçoit-elle comme une sorte de sauvage obscénité qui se fraie un chemin à coups de lame avec une férocité aveugle ? Est-ce pour cela qu'elle est si mécontente de moi ? Parce qu'elle s'est forgé l'image d'un monstre insatiable ? C'est si pénible à envisager que, l'espace d'un instant, je suis paralysé. C'est injuste, totalement infondé. Bien sûr que je suis un monstre, mais pas de cette espèce-là. Je suis soigné, concentré, poli et très soucieux de ne pas gêner les touristes en laissant traîner des morceaux de cadavres. Comment peut-elle ne pas s'en rendre compte ? Comment pourrais-je lui faire comprendre la beauté bien ordonnée de ce que Harry a conçu pour moi ?

Et la première réponse qui me vient est : impossible, tant que Weiss restera en vie et en liberté. Car dès que mon visage passera aux infos c'en sera fini de ma vie et Deborah n'aura pas plus de choix que moi. Pas plus que je n'en ai pour l'instant. Soleil ou pas, je dois agir – vite et bien.

Je respire un bon coup et m'approche de la maison voisine de Wimble en scrutant ostensiblement les arbres et en gribouillant sur ma planchette. Je remonte lentement l'allée. Personne ne se jetant sur moi avec une machette entre les dents, je redescends, marque une pause, puis continue vers chez Wimble.

Il y a des arbres douteux à inspecter ici aussi ; je lève la tête, prends des notes et remonte tranquillement l'allée. Pas un bruit ni un mouvement dans la maison. Même si je ne sais pas ce que j'espère y voir, je m'approche, je scrute, bien au-delà des arbres. J'examine soigneusement la maison, remarquant que tous les stores sont baissés. Impossible de voir de chaque côté. Je suis assez haut dans l'allée pour repérer une porte à l'arrière dominant deux marches en ciment. Je m'avance dans cette direction, l'air très détaché, guettant le moindre bruit ou un éventuel « Attention ! Le voilà ! ». Toujours rien. Je fais mine de remarquer un arbre au fond, près d'une citerne de gaz et à cinq, six mètres de la porte. Je m'en approche.

Toujours rien. Je griffonne. Il y a une lucarne en haut de la porte, sans rideau. Je monte les deux marches et jette un coup d'œil à l'intérieur. C'est un couloir sombre, qui abrite un lave-linge et un séchoir, quelques balais et serpillières accrochés au mur. Je pose la main sur la poignée et la tourne très lentement, sans un bruit. Ce n'est pas fermé. Je respire un bon coup... et je manque de sauter au plafond en entendant à l'intérieur un épouvantable hurlement suraigu. C'est un cri de douleur horrifié, un appel au secours capable de mettre en action même Dexter le Détaché. Et j'ai déjà un pied à l'intérieur quand un petit point d'interrogation apparaît dans ma tête et que je me dis : *Mais je connais ce cri.* Et, alors que mon second pied pénètre à son tour dans la maison : *Ah bon ? Mais d'où ça ?* la réponse arrive promptement, ce qui est réconfortant : c'est le même cri qui figure dans les vidéos LE NOUVEAU MIAMI concoctées par Weiss.

Donc, c'est un cri enregistré.

Donc, il est destiné à m'attirer à l'intérieur.

Donc, Weiss est prêt et m'attend.

Ce n'est pas vraiment flatteur pour moi, étant donné que je suis exceptionnel, mais le fait est que je m'immobilise un quart de seconde pour admirer la célérité et la clarté de mon processus de pensée. Puis, heureusement pour moi, j'obéis à la voix qui piaille soudain en moi : *Cours, Dexter, cours !* Et je fonce hors de la maison et dévale l'allée juste à temps pour voir la voiture couleur bronze démarrer en trombe.

C'est alors qu'une main géante se lève derrière moi et me plaque sur le sol, qu'un souffle brûlant me cingle et que la maison de Wimble disparaît dans un nuage de flammes et de débris.

22

– C'est le gaz, me dit Coulter.

Je suis adossé à l'ambulance, un pack de glace sur le crâne. Mes blessures sont bénignes, tout bien considéré, mais, comme elles sont sur moi, elles ont l'air importantes et elles m'ennuient, tout comme l'attention qu'on me porte. De l'autre côté de la rue, les pompiers continuent de sonder et d'inspecter les vestiges encore fumants de la maison de Wimble. Elle n'a pas été complètement détruite, mais toute la partie centrale s'est écroulée du sol au plafond et elle a sûrement perdu beaucoup de sa valeur en entrant dans la catégorie « Maison de charme – très aérée –, travaux à prévoir ».

– Alors, dit Coulter, il laisse fuir le gaz du radiateur dans la pièce insonorisée, balance un truc pour mettre le feu, on ne sait pas encore quoi, et il fout le camp avant que ça pète. (Il marque une pause pour boire une longue gorgée de son inséparable soda au citron vert. Je regarde sa pomme d'Adam tressauter. Il reprend son souffle, fourre l'index dans le goulot de la bouteille et s'essuie les lèvres sur son avant-bras en me regardant comme si je l'empêchais de se servir d'un Kleenex.) Pourquoi il a une pièce insonorisée, à ton avis ?

Je secoue la tête et je m'arrête aussitôt. Ça fait mal.

– Il était monteur vidéo. Il devait en avoir besoin pour enregistrer.

– Enregistrer. Pas découper les gens.

– Exact.

Coulter secoue la tête. Apparemment, lui, ça ne lui fait pas mal, parce qu'il continue un moment en considérant la maison encore fumante.

– Bon, alors tu étais sur les lieux pour quoi ? J'ai pas tout compris de ce côté-là, Dex.

Tu penses bien. Je me suis donné beaucoup de mal pour éluder toutes les questions sur ce point en me prenant la tête, en clignant des paupières et en hoquetant comme si une affreuse douleur me saisissait à chaque fois qu'on abordait le sujet. Évidemment, je sais que, tôt ou tard, je vais devoir fournir une réponse satisfaisante, et le plus délicat, c'est bien le « satisfaisant ». Certes, je peux prétendre que je rendais visite à ma grand-mère malade, mais le problème, avec ce genre de réponse, c'est que les flics vérifient et, hélas, Dexter n'a pas de grand-mère malade ni d'autre raison valable de se trouver ici lors de l'explosion, et j'ai nettement l'impression que prétendre une coïncidence ne va pas non plus me mener bien loin.

Dès le moment où je me suis relevé en titubant pour aller m'appuyer à un arbre et m'extasier de pouvoir encore bouger tous mes abattis, pendant qu'on me pansait et que j'attendais l'arrivée de Coulter, durant toutes ces longues minutes devenues des heures, je n'ai pas réussi à trouver une explication à peu près crédible. Et avec Coulter qui me cloue avec son regard noir, je me rends compte que mon heure est venue.

– Bon, alors ? Tu étais là pour quoi ? Prendre ton linge ? Tu es livreur de pizzas à mi-temps ? Alors ?

C'est l'un des chocs les plus violents d'une journée déjà très éprouvante que d'entendre Coulter faire vaguement montre d'esprit. Je l'ai toujours considéré comme un gros tas effroyablement terne et abruti, tout juste capable de remplir un PV d'accident de la route, et voilà qu'il fait de spirituelles remarques sur un ton pince-sans-rire très professionnel. Et, s'il y parvient, je dois envisager qu'il saura additionner deux et deux et aboutir à moi. Je passe donc en vitesse de croisière et j'opte pour la tactique éprouvée du gros mensonge enveloppé d'une petite touche de vérité.

– Écoutez, inspecteur, dis-je d'une voix tremblante et pâteuse que je trouve très honorable. (Puis je ferme les yeux et je prends une profonde inspiration. Du cent pour cent cérémonie des oscars, si vous voulez mon avis.) Je suis désolé, je suis encore un peu embrouillé. Il paraît que j'ai subi une légère commotion.

– C'était avant d'arriver ici, Dex ? Ou bien tu peux encore te rappeler la raison de ta venue ici ?

– Je me souviens, dis-je à contrecœur. C'est juste que...

– Tu ne te sens pas très bien.

– Oui, c'est ça.

– Je veux bien le comprendre. (L'espace d'un instant, totalement irrationnel, je me dis qu'il va me lâcher. Mais non.) Ce que je ne pige pas, continue-t-il de plus belle, c'est ce que tu foutais ici quand cette putain de baraque a pété.

– Ce n'est pas facile à dire.

– Je m'en doute. Vu que tu l'as pas encore dit. Tu comptes le faire, Dex ? (Il sort son index de la bouteille, prend une gorgée, refourre son doigt dedans. La bouteille à moitié pleine pendouille au bout comme un répugnant appendice.) Tu vois, faut que je sache, parce qu'on vient de me dire qu'il y a un corps là-dedans.

Un petit séisme m'ébranle les cervicales et se répand jusqu'à mes talons.

– Un corps ? répété-je avec l'esprit incisif dont je suis coutumier.

– Ouais, un corps.

– Tu es en train de me dire : un mort ?

Coulter hoche la tête, l'air amusé, et je me rends compte avec stupeur que nous avons inversé les rôles et que c'est moi le crétin.

– Ouais, c'est ça. Il était dans la maison quand elle a pété, on peut donc en déduire qu'il a des chances d'être mort. En plus, il ne risquait pas de filer, étant donné qu'il était ligoté. Qui irait ligoter un mec quand une maison est censée exploser, je te le demande ?

– Mmm... euh, ce doit être l'assassin.

– Mmm, mmm... Donc, d'après toi, c'est l'assassin qui l'a tué, c'est ça ?

– Euh, oui.

Et, malgré le sang qui me martèle les tempes, je vois bien que j'ai l'air aussi idiot que peu convaincant.

– Mmm, mmm... Mais pas toi, c'est ça ? Je veux dire, c'est pas toi qui as ligoté le mec avant de balancer un Cohiba ou un truc de ce genre ?

– Écoute, j'ai vu le type s'enfuir en voiture quand la maison a explosé.

– Et c'était qui, ce mec, Dex ? Non, mais, si tu avais un nom, des fois. Parce que ça nous aiderait pas mal, là.

C'est peut-être la commotion qui gagne du terrain, mais une affreuse paralysie me foudroie. Coulter soupçonne quelque chose, et, même si je suis relativement innocent dans cette affaire, la moindre enquête peut comporter des conclusions déplaisantes pour Dexter. Coulter ne m'a toujours pas quitté des yeux et il n'a toujours pas cillé, il faut que je lui dise quelque chose, mais, même si j'ai subi une légère commotion, je suis conscient que je ne peux pas lui donner le nom de Weiss.

– Je... elle... la voiture était enregistrée sous le nom de Kenneth Wimble, avancé-je.

– Le même qui possède la maison.

– Oui, c'est ça.

Il continue de hocher mécaniquement la tête comme si cela tenait debout, puis :

– Mais oui. Alors, d'après toi, Wimble ligote ce mec – dans sa propre maison – puis il fait sauter sa propre maison et fout le camp dans sa voiture, genre pour une station balnéaire en Caroline du Nord, par exemple ?

De nouveau, je me rends compte que j'ai sous-estimé ce type, et ce n'est pas très plaisant. Je croyais avoir affaire à Bob l'éponge, mais il se révèle plutôt un Columbo, il dissimule un esprit plus vif que ne le laisserait penser son allure de balourd. Moi qui porte un déguisement depuis toujours, je me suis fait piéger par un costume mieux taillé, et en voyant dans l'œil de Coulter l'étincelle d'intelligence jusque-là cachée je me rends compte que Dexter est en danger. Il va falloir beaucoup d'astuce et d'habileté, et quand bien même je ne suis pas certain que cela suffise.

– Je ne sais pas où il est parti, dis-je.

Ce n'est pas terrible, comme début, mais je ne trouve rien de mieux.

– Évidemment. Et tu ne sais pas non plus qui c'est, hein ? Parce que tu me le dirais, sinon.

– Oui, je le dirais.

– Mais tu n'en as pas la moindre idée.

– Non.

– Super. Alors si tu me disais ce que tu fichais ici, à la place ?

Et nous y revoilà. La boucle est bouclée, retour à la grande question. Si j'y réponds correctement, tout est pardonné ; et si je ne réagis pas d'une façon qui satisfait mon ami soudain futé il y a une forte possibilité qu'il n'en reste pas là et fasse dérailler le Dexter Express. Je suis dedans jusqu'au cou et j'ai le cerveau qui gonfle à force d'essayer de percer vainement le brouillard.

– C'est... C'est... (Je baisse les yeux, puis je me détourne, en quête des mots adéquats pour un terrible et embarrassant aveu.) C'est ma sœur, dis-je finalement.

– Comment ça, ta sœur ?

– Deborah. Ta coéquipière. Deborah Morgan. Elle est en réanimation à cause de ce type et je...

Je laisse ma phrase en suspens, l'air très convaincant, et j'attends s'il va l'achever ou si ses fines remarques n'étaient qu'une coïncidence.

– Je le savais, avoue-t-il. (Il prend une autre gorgée de soda, renfonce son doigt dans le goulot et laisse à nouveau la bouteille pendouiller.) Alors tu as trouvé ce mec comment ?

– À l'école élémentaire, ce matin, dis-je. Il filmait depuis sa voiture. J'ai relevé le numéro et retrouvé l'adresse.

– Mmm, mmm... Et au lieu d'en parler, à moi ou au lieutenant, ou même à l'agent de la circulation devant l'école, tu t'es dit que tu allais t'en occuper tout seul.

– Oui.

– Parce que c'est ta sœur.

– Je voulais, tu vois...

– Le tuer ? demande-t-il d'un ton qui me glace.

– Non, juste... juste...

– Lui lire ses droits ? Le menotter ? Lui poser quelques questions bien senties ? Faire sauter la baraque ?

– Je crois, réponds-je comme si j'avouais à contrecœur quelque horrible vérité, que je voulais, tu vois, lui faire passer un sale quart d'heure.

– Mmm, mmm... Et après ?

Je hausse les épaules, comme un ado surpris avec un préservatif à la main.

– L'emmener au poste.

– Et pas le tuer ? demande-t-il en haussant ses sourcils broussailleux.

– Non, comment pourrais-je, euh...

– Ne pas lui planter une lame dans le bide en lui disant que c'est pour avoir poignardé ta sœur ?

– Enfin, inspecteur... Je...

Je ne papillonne pas des paupières, mais je m'efforce d'avoir l'air du rat de bibliothèque qu'on attend de moi.

Et Coulter se contente de me dévisager pendant une longue et interminable minute.

– Je sais pas, Dex. Mais ça colle pas, quoi.

– Comment ça ? demandé-je d'un air décontenancé pas totalement simulé.

Il boit une autre goulée.

– Tu suis toujours les règles. Ta sœur est flic. Ton père était flic. Jamais tu as eu le moindre ennui, jamais. Tu es un vrai boy-scout. Et maintenant tu décides de jouer les Rambo ? (Il me gratifie d'une grimace comme si on avait mis de l'ail dans son soda.) Il y a un truc qui m'échappe. La pièce manquante du puzzle, tu vois.

– C'est ma sœur, dis-je faiblement.

– Ouais, ça, j'ai pigé. Autre chose ?

Je sens un piège qui se referme sur moi au ralenti pendant que des trucs énormes et lourds sifflent autour de moi. J'ai la tête comme une pastèque et la langue pâteuse, et toute ma légendaire intelligence m'a abandonné. Coulter me regarde secouer mollement et douloureusement la tête, et je me dis : *Ce type est vraiment très dangereux.* Mais tout ce que je parviens à articuler, c'est :

– Désolé.

– Je crois que Doakes avait peut-être vu juste sur ton compte, dit-il, en se détournant pour aller rejoindre les pompiers.

Eh bien, le nom de Doakes est la cerise sur le gâteau de cette conversation parfaitement enchanteresse. Je me retiens tout juste de secouer la tête, mais la tentation est forte, car il me semble que ce qui était encore quelques jours plus tôt un univers sensé et bien ordonné vient soudain de basculer dans une spirale incontrôlable. D'abord, je tombe dans un piège et je manque de finir transformé en Torche inhumaine, puis un type que je considère comme de la piétaille dans la guerre contre l'intelligence se révèle être un agent secret. Pour couronner le tout, il est apparemment de mèche avec ce qui reste de mon ennemi juré, le sergent Doakes. Et il semble bien près de prendre la relève dans la poursuite du pauvre et persécuté Dexter. Où cela va-t-il nous mener ?

Et, comme si ce n'était pas déjà la cata – à mon avis, ça l'est –, je suis toujours menacé par Weiss et j'ignore quel est son plan d'attaque.

Au final, je me dis que ce serait le moment idéal pour être quelqu'un d'autre. Malheureusement, c'est un tour de passe-passe que je n'ai pas encore réussi à maîtriser. N'ayant rien d'autre à faire hormis penser au déluge qui est en train de fondre sur moi de toutes parts, je regagne ma voiture. Évidemment, puisque je n'ai pas encore assez souffert, une mince et spectrale silhouette surgit sur le trottoir et m'emboîte le pas.

– Vous étiez là quand c'est arrivé, dit Israel Salguero.

– Oui, dis-je, en me demandant si la prochaine étape est la chute d'un satellite sur mon crâne.

Il s'immobilise. Je me retourne.

– Vous savez que je n'enquête pas sur vous, dit-il.

Je trouve cela très agréable à entendre, mais, étant donné la tournure des dernières heures, je préfère me contenter d'acquiescer.

– Mais apparemment, ce qui s'est produit ici est lié à l'agression de votre sœur sur laquelle j'enquête. (Je suis content de n'avoir rien dit. Tellement, d'ailleurs, que j'estime plus prudent de continuer d'observer le silence.) Vous savez que l'une des choses les plus importantes que je suis chargé de découvrir, c'est la moindre activité de justicier à laquelle se livrerait tout membre de la police.

– Oui, dis-je.

Après tout, un seul mot. Il hoche la tête. Il ne m'a toujours pas quitté du regard.

– Votre sœur a une carrière très prometteuse devant elle. Ce serait dommage qu'elle pâtisse de quoi que ce soit de ce genre.

– Elle est encore dans le coma, dis-je. Elle n'a rien fait.

– Non, elle n'a rien fait, convient-il. Mais vous ?

– J'essayais juste de trouver le type qui l'a poignardée, dis-je. Je n'ai rien fait de mal.

– Bien sûr.

Il attend que je continue, mais comme je ne dis rien, après une éternité, il sourit, me donne une petite tape sur le bras et va retrouver Coulter, qui continue de boire son soda. Je les vois discuter, se tourner vers moi, puis vers la maison calcinée. En me disant que cet après-midi ne m'apportera rien de plus, je pars d'un pas lourd vers ma voiture.

Un débris de la maison est venu étoiler mon pare-brise. Je réussis à ne pas fondre en larmes. Je rentre chez moi avec mon pare-brise craquelé et une migraine tenace.

23

Rita n'est pas là quand j'arrive, puisque je suis rentré un peu en avance à cause de mon après-midi explosif. La maison semble bien vide et je reste dans l'entrée un instant pour écouter ce silence louche. Un tuyau goutte au fond de la maison, puis la climatisation se déclenche, mais ce ne sont pas des bruits de la vie et j'ai l'impression d'avoir débarqué dans un film où tout le monde a été enlevé par des extraterrestres. La bosse sur mon crâne continue de m'élancer, je me sens fatigué et très seul. Je me laisse tomber sur le canapé comme si je n'avais plus de squelette qui me soutienne.

Je reste allongé un moment dans une sorte de parenthèse au milieu de toute cette urgence. Je sais que je dois agir au plus vite, retrouver Weiss et l'affronter sur son territoire, mais sans savoir pourquoi je suis incapable de bouger et la petite voix aigre qui m'a poussé jusqu'ici ne me semble plus très persuasive en cet instant, comme si elle aussi avait besoin d'un peu de repos. Je reste donc allongé, à plat ventre, en essayant de retrouver le sentiment d'urgence qui m'a abandonné, mais je n'éprouve rien à part lassitude et douleur. C'est comme si quelqu'un me criait : « Attention, derrière toi ! Il est armé ! » et que je marmonnais : « Dis-lui de prendre un ticket et de faire la queue. »

Je me réveille, je ne sais pas très bien quand, devant une immensité bleue totalement incompréhensible, jusqu'au moment où je me ressaisis. C'est Cody, à vingt centimètres de ma tête, revêtu de son uniforme de scout tout neuf. Je me redresse, ce qui me fait épouvantablement mal au crâne.

– Eh bien, dis-je en le toisant, tu en as, un air officiel.

– Trop nul. Le bermuda.

Je regarde sa chemisette et son short bleu foncé, sa petite casquette et son foulard autour du cou, et je trouve malvenu de s'en prendre au bermuda.

– Qu'est-ce que tu lui reproches ? Tu en portes tout le temps.

– C'est un uniforme, répond-il, comme si c'était un scandaleux outrage à la dignité humaine.

– Des tas de gens portent des uniformes, dis-je, en cherchant désespérément dans ma tête endolorie un exemple.

– Qui ? demande-t-il, dubitatif.

– Eh bien, le facteur... (Je m'empresse de me taire : le regard qu'il me lance est plus éloquent que tout ce qu'il pourrait dire.) Et puis les... euh... les soldats anglais en portaient, en Inde, dis-je.

Je rame. Il me considère un moment sans un mot, comme si je l'avais cruellement laissé tomber au pire moment de sa vie. Et, avant que je trouve un autre brillant exemple, Rita surgit à son tour.

– Oh, Cody, tu ne l'as pas réveillé, quand même ? Bonjour, Dexter, nous avons fait des courses, nous avons tout ce dont Cody aura besoin pour les scouts, il n'aime pas le bermuda, parce que Astor lui a fait une réflexion... mon Dieu, qu'est-ce qui t'est arrivé à la tête ? débite-t-elle en passant par deux octaves et huit émotions sans jamais reprendre son souffle.

– Ce n'est rien, c'est juste la chair qui a été un peu entamée.

J'ai toujours rêvé de prononcer cette phrase, même si je ne vois pas du tout ce qu'elle veut dire. Dans les blessures, la chair est toujours entamée, non ? Même quand la blessure la traverse et atteint l'os ?

Quoi qu'il en soit, Rita réagit avec un agréable étalage d'inquiétude, envoie illico Cody et Astor chercher de la glace, un édredon et une tasse de thé avant de se jeter à côté de moi sur le canapé et d'exiger que je lui raconte ce qui est arrivé à ma pauvre tête. Je lui donne tous les détails croustillants – en omettant deux, trois trucs sans intérêt, comme la raison de ma présence dans une maison qu'on a fait exploser pour essayer de me tuer. Et, à mesure que je lui explique, je vois avec consternation ses yeux s'agrandir et s'embuer, puis des larmes inonder ses joues. C'est vraiment tout à fait flatteur de songer qu'une simple égratignure peut provoquer un tel déploiement d'effets hydrotechniques, mais en même temps je ne sais pas trop comment je dois réagir.

Heureusement pour ma réputation de disciple de la Méthode, Rita ne me laisse aucun doute sur la conduite à tenir.

– Tu dois rester ici te reposer. Pas de bruit, du repos, quand on a une bosse comme ça. Je vais te préparer un bouillon.

J'ignorais que le bouillon était recommandé pour les bosses, mais Rita a l'air très sûre d'elle et, après m'avoir gentiment caressé le visage et déposé un baiser aux alentours de la bosse, file dans la cuisine, où elle se lance dans un fracas d'ustensiles qui dégage très vite une odeur d'ail, d'oignon, puis de poulet, et je dérive dans un demi-sommeil où les vagues pulsations de mes tempes s'éloignent et m'entourent d'un cocon douillet, presque agréable. Je me demande si Rita m'apporterait du bouillon si j'étais arrêté. Si Weiss a quelqu'un qui lui en apporte. J'espère que non : je commence à ne pas beaucoup l'aimer et il ne mérite sûrement pas de bouillon.

Astor apparaît brusquement près de moi et interrompt ma rêverie éveillée.

– Maman dit que tu as pris un coup sur la tête.

– Oui, c'est vrai.

– Je peux voir ? demande-t-elle. (Je suis tellement touché par sa sollicitude que je me penche pour lui montrer la bosse et les cheveux collés de sang séché.) Ça n'a pas l'air très grave, dit-elle, l'air un peu déçue.

– Ça ne l'est pas.

– Alors tu ne vas pas mourir, n'est-ce pas ? demande-t-elle poliment.

– Pas encore. Pas avant que tu aies terminé tes devoirs.

Elle hoche la tête et jette un regard vers la cuisine.

– Je déteste les maths.

Puis elle s'en va dans le couloir, probablement pour aller détester les maths de plus près.

Je rêvasse encore un peu. Le bouillon finit par arriver, et, si je n'irais pas jusqu'à garantir que cela fait du bien à ma bosse, cela ne me fait en tout cas pas de mal. Comme je l'ai déjà dit, dans une cuisine, Rita peut accomplir des exploits hors de portée du commun des mortels, et après un grand bol de son bouillon de poule je commence à penser que le monde, d'un point de vue général, mérite une dernière chance. Elle ne cesse de s'empresser autour de moi, ce qui n'est pas ce que je préfère, mais pour l'heure cela me semble assez apaisant et je la laisse retaper les coussins, me tamponner le front avec un linge frais et me masser la nuque une fois le bouillon englouti.

Il ne faut pas longtemps avant que la soirée se termine, et les enfants viennent nous souhaiter bonne nuit. Rita les emmène au lit et les borde pendant que je gagne en titubant la salle de bains pour me brosser les dents. Au moment où je commence à acquérir un bon rythme de brossage, je surprends mon reflet dans le miroir. J'ai les cheveux hirsutes, une ecchymose sur une joue et le vide pétillant de mes yeux me paraît creux. Je ferais une sale photo d'identité judiciaire, le genre où l'écroué qui commence tout juste à se dégriser tente de se rappeler ce qu'il a fait et comment on l'a pincé. J'espère que ce n'est pas un funeste présage.

Bien que la soirée n'ait été occupée à rien de plus exténuant qu'à paresser et sommeiller sur le canapé, je suis vaincu par la fatigue, et le brossage de dents épuise ce qui me reste d'énergie. J'arrive tout de même à gagner le lit en ne comptant que sur mes forces et je m'affale sur les oreillers en pensant que je vais me laisser emmener au pays des songes et m'inquiéter de tout le reste demain matin. Malheureusement, Rita a prévu autre chose.

Quand le murmure des prières du soir s'est tu dans la chambre des enfants à l'autre bout du couloir, je l'entends aller dans la salle de bains et faire couler l'eau. Je suis presque endormi quand les draps se soulèvent et qu'une chose qui sent agressivement l'orchidée vient se glisser auprès de moi.

– Comment tu te sens ? demande-t-elle.

– Beaucoup mieux, dis-je (Et pour la remercier comme elle le mérite :) Le bouillon m'a fait du bien.

– Tant mieux, dit-elle en posant sa tête sur ma poitrine.

Un moment, je sens son souffle sur ma peau et je me demande si je vais pouvoir dormir avec le poids de sa tête qui me comprime les côtes. Puis le rythme de sa respiration se fait saccadé et je me rends compte qu'elle pleure.

Il y a peu de choses au monde qui me paraissent plus énigmatiques que les larmes d'une femme. Je sais que je suis censé avoir des gestes réconfortants avant d'aller abattre le dragon qui a provoqué les pleurs ; mais d'après mon expérience, dans les relations limitées que j'ai eues avec des femmes, les larmes ne sortent jamais quand il faudrait et ne sont jamais causées par ce que l'on croit. En conséquence, on en est réduit à des options idiotes comme tapoter la tête et dire « Allons, allons », dans l'espoir que, tôt ou tard, elle va vous dévoiler ce qui a motivé tout ce numéro.

Mais Dexter a l'esprit d'équipe et je passe donc mon bras autour de ses épaules, pose ma main sur l'arrière de sa tête et déclare : « Ce n'est rien. » J'ai beau trouver cela idiot, je trouve que c'est nettement mieux que « Allons, allons ».

Et, fidèle à elle-même, Rita me fait une réponse tout à fait imprévisible :

– Je ne peux pas te perdre.

Je n'ai aucunement prévu d'être perdu et je le lui dirais bien volontiers, mais elle est lancée, et les sanglots muets qui agitent son corps font couler un petit filet d'eau salée sur ma poitrine.

– Oh, Dexter, pleure-t-elle. Qu'est-ce que je ferais si je te perdais aussi ?

Et là, avec ce mot, « aussi », je viens de rejoindre une communauté aussi inconnue qu'inattendue, probablement celle des gens que Rita a imprudemment oubliés dans un endroit où elle pouvait facilement les égarer, mais elle ne m'explique pas du tout comment j'ai réussi à faire partie de ce groupe, ni même qui ils sont. Veut-elle parler de son premier mari, le drogué qui les a battus et fait souffrir, Cody, Astor et elle, jusqu'à ce qu'ils soient assez traumatisés pour devenir ma famille idéale ? Il est en prison, à présent, et je conviens qu'être perdu de cette façon est une mauvaise idée. Ou bien s'agit-il d'une autre ribambelle de personnes égarées qui ont glissé à travers les mailles du filet de la vie de Rita et été emportées par les averses de l'infortune ?

Et, comme si j'avais besoin qu'on me prouve encore que ses pensées lui sont dictées par un faisceau laser depuis le vaisseau-amiral en orbite au-delà de Pluton, Rita commence à faire glisser son visage le long de ma poitrine, puis de mon ventre, toujours sanglotante, voyez-vous, et laissant une traînée de larmes qui refroidissent rapidement.

– Ne bouge pas, renifle-t-elle. Il ne faut pas faire d'efforts quand on a eu une commotion.

Je vous le disais : on ne sait jamais quel va être le programme quand une femme se met en mode larmes.

24

Au milieu de la nuit, je me réveille avec cette interrogation : *Mais qu'est-ce qu'il veut ?* Je ne sais pas pourquoi je ne me suis pas posé la question avant, ni pourquoi elle me vient maintenant, alors que je suis allongé dans mon lit douillet, à côté d'une Rita qui ronflote doucement. Mais la voici qui surgit à la surface du lac Dexter et je dois m'en occuper. Mon cerveau est encore un peu engourdi, comme s'il était rempli de sable mouillé, et pendant quelques minutes je reste allongé, juste capable de me répéter : *Qu'est-ce qu'il veut ?*

Que veut Weiss ? Il ne rassasie pas le Passager noir de son côté, j'en suis presque certain. Je n'ai ressenti aucune empathie au contact de Weiss ou de ses œuvres, ce qui serait ordinairement le cas s'il était une véritable Présence.

Et sa manière de procéder, en utilisant des cadavres au lieu de les fabriquer lui-même – jusqu'au meurtre de Deutsch –, plaide en faveur d'une recherche innovante.

Mais laquelle ? Il tourne des vidéos de cadavres. Des vidéos de gens qui regardent des cadavres. Et il m'a filmé en pleine action – un film sans valeur, oui, mais tout cela ne rime à rien pour moi. Où est le plaisir, là-dedans ? Je n'en vois aucun – et cela m'empêche de m'immiscer dans l'esprit de Weiss pour le comprendre. Avec les psychopathes ordinaires, bien insérés socialement, qui tuent parce qu'ils le doivent et tirent un plaisir simple, honnête de leur travail, je n'ai jamais eu ce problème. Je ne les comprends que trop bien, puisque je suis comme eux.

Mais avec Weiss aucune ressemblance, rien qui suscite l'empathie, et à cause de cela j'ignore où il compte aller et ce qu'il va faire. J'ai le très désagréable pressentiment que cela ne va pas me plaire, mais je ne sais pas ce que ce sera, et cela ne me dit rien qui vaille.

Je reste un moment allongé à y penser – ou du moins à essayer, car le fier *HMS Dexter* n'est pas encore à toute vapeur. Rien ne me vient. Je ne sais pas ce qu'il veut. Coulter est sur mes talons. Tout comme Salguero, et bien sûr Doakes n'a jamais renoncé. Debs est toujours dans le coma.

Point positif, le bouillon de Rita était très bon. Elle est vraiment gentille avec moi, elle mérite mieux, même s'il est clair qu'elle ne s'en doute pas. Elle croit apparemment à sa réussite, entre moi, les enfants et notre récent voyage à Paris. Et, bien que sa vie ait l'apparence du bonheur, la vérité est tout autre. Elle est comme une maman brebis dans une meute de loups qui ne voit autour d'elle que des toisons de laine blanche, alors qu'en réalité la meute se pourlèche les babines en attendant qu'elle tourne le dos. Dexter, Cody et Astor sont des monstres. À Paris, les gens parlent vraiment français, comme elle s'y attendait. Mais Paris cache aussi sa propre espèce de monstre, comme l'a révélé notre bref interlude culturel dans la galerie d'art. C'était quoi, le titre ? *La Jambe de Jennifer*. Très intéressant : après ma longue expérience dans ce domaine, j'ai enfin réussi à trouver quelque chose qui me surprenne et c'est pour cette raison que j'éprouve désormais une certaine tendresse pour Paris.

Entre Jennifer et sa jambe, le numéro excentrique de Rita et les activités de Weiss, ces derniers temps, la vie est pleine de surprises qui se résument à ceci : les gens méritent ce qui leur arrive, non ?

Ça ne change pas grand-chose, mais je trouve cette pensée très réconfortante et je finis par m'endormir.

Le lendemain matin, mon esprit s'est considérablement éclairci. Je ne saurais dire si c'est grâce aux attentions de Rita ou à mon métabolisme naturellement alerte. Quoi qu'il en soit, je saute du lit armé d'un cerveau en excellent état de marche, tout est parfait.

Cependant, l'inconvénient, c'est qu'un cerveau efficace, vu la situation dans laquelle je me trouve, est contraint de lutter contre une déferlante de panique, une envie de faire ses valises et de filer vers la frontière. Mais, même avec la totalité de mes facultés mentales, je ne vois pas quelle frontière pourrait me protéger du pétrin dans lequel je me trouve.

Malgré tout, puisque la vie nous offre peu de choix et que la plupart sont atroces, je pars au travail, bien décidé à traquer Weiss et à ne me reposer que lorsque je l'aurai coincé. Je ne comprends toujours pas le bonhomme ni ses agissements, mais cela ne m'empêchera pas de le trouver. Oui, en effet : Dexter est un croisement entre le limier et le bouledogue, et quand je suis sur une piste mieux vaut se rendre et s'épargner toute fatigue inutile. Je me demande s'il y a moyen de le faire savoir à Weiss.

J'arrive un peu en avance, ce qui me permet de boire un café qui en a presque le goût. Je l'apporte à mon bureau, prends place devant mon ordinateur et m'attelle à ma tâche. Ou, plus exactement, je me mets en devoir de fixer l'écran en essayant de trouver la bonne manière de procéder. J'ai déjà épuisé presque toutes les possibilités et j'ai l'impression d'être dans une impasse. Weiss a toujours un temps d'avance sur moi, et je dois reconnaître qu'il peut se trouver n'importe où à présent ; terré quelque part ou même de retour au Canada, comment savoir ? Et j'ai beau affirmer que mon cerveau a recouvré toutes ses facultés, il ne me propose aucune solution.

C'est alors qu'au loin, sur l'un des sommets enneigés, à l'horizon de mon esprit, un fanion est hissé sur un mât et claque au vent. Je scrute le lointain pour tenter de distinguer ce qui est écrit dessus : *Cinq.*

Un bien joli nombre, cinq. J'essaie de me rappeler si c'est un nombre premier et je m'aperçois que j'ai oublié ce que cela signifie. Mais c'est un nombre bienvenu, car je viens de me rappeler pourquoi il est important, nombre premier ou pas.

Il y a cinq vidéos sur la page YouTube de Weiss. Une pour chacun des sites où Weiss a exposé ses décorations de cadavres, une me montrant en action... et une autre que je n'ai pas encore vue parce que Vince est entré pour m'emmener sur un crime. Ce ne peut pas être une autre pub pour le NOUVEAU MIAMI montrant le cadavre de Deutsch, puisque Weiss était encore en train de filmer quand je suis arrivé sur les lieux. C'est donc autre chose. Et, bien que je ne m'attende pas vraiment à ce que celle-ci me dise comment trouver Weiss, elle m'apprendra certainement quelque chose.

Je me connecte donc avec empressement sur YouTube, sans me laisser décourager par le fait que je me suis déjà regardé sur ce site plus de fois que la modestie ne le permet. J'arrive sur la page NOUVEAU MIAMI qui n'a pas changé, toujours avec son fond orange et ses lettres flamboyantes. Et sur la colonne de droite, proprement disposée, apparaît la galerie des vignettes des cinq vidéos.

La cinquième et dernière ne présente qu'un fond noir. Je clique dessus. Une grosse ligne blanche apparaît à l'écran en partant de la gauche, avec une sonnerie de trompettes curieusement familière. Puis un visage surgit : Doncevic, souriant, les cheveux hérissés, et une voix commence à chanter : *Voici l'histoire...* et je comprends pourquoi cela m'a paru familier.

C'est le générique de *The Brady Bunch.*

La musique atrocement enjouée m'agresse les oreilles pendant que la voix poursuit : « Voici l'histoire d'un type nommé Alex qui était seul, qui s'ennuyait et qui cherchait... du changement. » Puis les trois premiers cadavres décorés apparaissent à gauche du visage jovial de Doncevic, qui les regarde et sourit tandis que la chanson continue. Les cadavres aussi sourient, grâce à leurs masques en plastique.

La petite ligne parcourt de nouveau l'écran et la voix continue : « C'est l'histoire d'un type appelé Brandon qui avait beaucoup de loisirs. » La photo d'un autre homme apparaît au milieu – Weiss ? Il a la trentaine, à peu près le même âge que Doncevic, mais il ne sourit pas, et la chanson continue : « C'est l'histoire de deux types qui vivaient ensemble, quand brusquement Brandon se retrouva tout seul. » Trois vignettes apparaissent sur la droite de l'écran, et dans chacune figure une silhouette sombre et floue tout aussi familière que la chanson, mais pour une raison bien différente : ce sont des extraits de la vidéo de Dexter en action.

La première montre le corps de Doncevic dans la baignoire. La deuxième le bras de Dexter qui brandit la scie, et la troisième la scie qui s'attaque à Doncevic. Les trois extraits de deux secondes tournent en boucle, pendant que la chanson continue.

Au milieu, Weiss regarde droit devant lui tandis que la voix entonne : « Et, un beau jour, Brandon Weiss coincera ce type et je vous assure qu'il y passera. Tu ne pourras pas m'échapper, parce que tu m'as rendu fou furieux. » Et cela se termine sur Weiss qui chante : « Fou furieux. Fou furieux. En tuant Alex... tu m'as rendu... fou furieux. »

Mais, au lieu de se conclure par un large sourire avant de passer à un premier écran de pubs, le visage de Weiss grandit pour occuper tout l'écran et annoncer : « J'aimais Alex et tu me l'as pris, alors qu'on avait à peine commencé. Dans un sens c'est très amusant, parce qu'il disait qu'on ne devrait tuer personne. Moi je trouvais que ce serait plus... authentique... (Un petit rire amer, puis :) C'est Alex qui a eu l'idée de voler des cadavres à la morgue pour que nous n'ayons à tuer personne. Et quand tu me l'as pris, tu m'as privé de la seule chose qui pouvait m'empêcher de tuer. » Il continue de fixer l'objectif en silence, puis, à mi-voix, il ajoute : « Merci. Tu as raison. C'est très marrant. Je vais continuer un peu. (Une espèce de sourire lui tord les lèvres, comme s'il trouvait quelque chose d'amusant mais qu'il n'avait pas envie de rire.) Tu sais, je t'admire, d'une certaine manière. »

Et l'écran devient tout noir.

Quand j'étais beaucoup plus jeune, je me pensais handicapé par l'absence d'émotions. Je voyais l'immense barrière entre moi et l'humanité, cette muraille de sentiments que je n'éprouverais jamais, et cela me dépitait. Mais l'un de ces sentiments était la culpabilité – l'un des plus répandus et des plus puissants, d'ailleurs –, et en voyant Weiss me dire que c'est moi qui l'ai transformé en tueur je m'aperçois aussi que je devrais éprouver une certaine culpabilité. Et je suis bien content de n'en ressentir aucune.

C'est plutôt un soulagement. Des vagues fraîches qui déferlent sur moi et balaient la tension qui me nouait. Je suis vraiment soulagé, parce qu'à présent je sais ce qu'il veut. Moi. Il ne l'a pas dit en ces termes, mais le message est clair : *Tu es le prochain sur la liste*. Le soulagement se change en un sentiment de froide urgence : des serres se crispent et se détendent dans l'obscurité alors que le Passager noir perçoit le défi lancé par Weiss et le relève.

Cela aussi, c'est un grand soulagement. Jusqu'à présent, le Passager est resté silencieux, n'ayant rien à dire sur les cadavres volés, même quand ils étaient transformés en meubles de jardin ou en corbeilles de fruits. Il y a maintenant une menace, un autre prédateur flaire notre piste et menace notre territoire. Et c'est une intrusion que nous ne pouvons autoriser, non. Weiss a annoncé qu'il allait venir – et enfin, enfin, le Passager se réveille de sa sieste et affûte ses crocs. Nous sommes prêts.

Mais prêts à quoi ? Je n'imagine pas un seul instant que Weiss va prendre la fuite. Ce n'est même pas envisageable. Que compte-t-il faire, alors ?

Le Passager souffle une réponse, évidente. J'en reconnais la justesse, parce que c'est ce que nous aurions fait. Et Weiss me l'a laissé entendre en disant : *J'aimais Alex et tu me l'as pris...* Il compte donc s'en prendre à un de mes proches. En déposant la photo sur le cadavre de Deutsch, il m'a même prévenu. Ce sera Cody et Astor, parce qu'il m'atteindra là où je l'ai frappé, et cela va également me mener à lui, me faire suivre ses règles.

Mais comment compte-t-il s'y prendre ? C'est la grande question, et il me semble que la réponse est assez évidente. Jusqu'à présent, Weiss a été très direct – il n'y a rien de franchement subtil à faire exploser une maison. Il va agir vite, quand il sentira que la chance est de son côté. Et, comme je sais qu'il me surveille, j'en déduis qu'il connaît mon emploi du temps quotidien – et celui des enfants. Ils sont plus vulnérables quand Rita va les chercher à l'école, qu'ils sortent d'un environnement sûr pour se retrouver plonger dans le chaos de Miami : pendant ce temps, je suis loin, au travail, et il aura le dessus sur une femme relativement frêle, pas méfiante pour un sou. Il parviendra à lui prendre au moins un des deux enfants.

Il faut donc que je sois sur le terrain le premier, avant Weiss, et que je guette son arrivée. C'est un plan simple, mais non sans risques : je peux très bien me tromper. Mais le Passager opine du chef, et comme il se trompe rarement je me résous à quitter le bureau de bonne heure, juste après le déjeuner, afin de me poster devant l'école pour intercepter Weiss.

Et une fois de plus, alors que je m'apprête à bondir à la gorge de mon ennemi... mon mobile sonne.

– Salut, mon pote, dit Chutsky. Elle est réveillée et elle te demande.

25

Deborah a quitté les soins intensifs, et j'éprouve un sentiment de confusion en voyant la chambre vide. J'ai déjà vu cette scène dans une demi-douzaine de films où le héros contemple un lit d'hôpital vide et comprend que son ancien occupant est décédé ; mais, comme je suis sûr que Chutsky m'aurait précisé que Debs était morte, je redescends le couloir jusqu'à l'accueil.

La réceptionniste me fait attendre tout en s'affairant à des tâches mystérieuses à son ordinateur, répondant au téléphone et bavardant avec deux infirmières accoudées à son comptoir. L'atmosphère de panique à peine maîtrisée dont tout le monde témoignait récemment dans le service a disparu, remplacée par un intérêt obsessionnel pour les téléphones et les ongles. Finalement, la femme admet qu'il y a une infime possibilité de trouver Deborah dans la chambre 235, au deuxième étage. Cela paraît si logique que je la remercie et me mets en route.

La 235 étant effectivement au deuxième, juste à côté de la 233, c'est avec le sentiment que l'ordre règne en ce monde que j'entre et trouve Deborah assise dans son lit, Chutsky assis à côté, dans la posture où je l'avais laissé la dernière fois. Deborah ouvre un œil, me regarde et esquisse un demi-sourire rien que pour moi.

– Elle est vivante, elle vit, dis-je en m'asseyant, jugeant que c'est une phrase de circonstance.

– Dex, répond-elle d'une voix rauque.

Elle essaie de sourire à nouveau, mais c'est encore pire que la première fois, et elle renonce en fermant les yeux et en s'enfonçant dans la neige des oreillers.

– Elle a pas encore trop de forces, dit Chutsky.

– C'est ce qu'il m'a semblé.

– Alors, euh... il faut pas la fatiguer ni rien, a dit le docteur.

Je ne sais pas si Chutsky s'imaginait que je proposerais une partie de volley, mais j'acquiesce et me contente de tapoter la main de ma sœur.

– C'est bien de te revoir, sœurette. On était inquiets.

– Je me sens..., dit-elle faiblement.

Mais elle s'arrête ; elle ferme les yeux et laisse échapper un râle ; Chutsky se précipite et lui glisse un petit glaçon entre les lèvres.

– Voilà, essaie pas de parler pour le moment.

Debs avale la glace mais lui fait une grimace.

– Je vais bien, dit-elle. (C'est très exagéré. La glace semble lui faire du bien, et quand elle reprend la parole sa voix est moins éraillée.) Dexter, dit-elle un peu trop fort, comme quelqu'un qui crierait dans une église. (Elle secoue faiblement la tête et, à ma grande stupéfaction, je vois une larme perler au coin de son œil – phénomène que je n'ai pas vu chez elle depuis ses douze ans. Elle roule sur sa joue et tombe sur l'oreiller où elle disparaît.) Merde, fait-elle. Je me sens tellement...

Elle agite faiblement la main à laquelle Chutsky ne se cramponne pas.

– C'est normal, dis-je. Tu as frôlé la mort.

Elle reste silencieuse un long moment, les yeux clos, et finit par dire à mi-voix :

– Je ne veux plus faire ça.

J'interroge Chutsky du regard. Il hausse les épaules.

– Faire quoi, Debs ? demandé-je.

– Flic.

Qu'elle ne veuille plus être policière ? C'est aussi ahurissant que si la lune présentait sa démission.

– Deborah.

– Ça rime à rien. Je me retrouve ici... Pourquoi ? (Elle rouvre les yeux, me fixe et secoue la tête.) Pourquoi ?

– C'est ton métier.

J'avoue que ce n'est pas très émouvant, mais je ne trouve rien de mieux sur le moment et je ne pense pas qu'elle ait envie d'un sermon sur la Vérité, la Justice et l'Amérique.

Elle n'a apparemment pas non plus envie qu'on lui dise que c'est son métier, car elle me fusille du regard avant de tourner la tête et de fermer les yeux.

– Merde.

– Alors, alors, fait depuis la porte une grosse voix joviale avec un fort accent des Caraïbes, ces messieurs doivent sortir. (Je lève le nez : une grosse infirmière enjouée est entrée et fond rapidement sur nous.) La dame doit se reposer, et elle ne va pas pouvoir si vous faites les vilains.

« Les vilains ». L'espace d'une seconde, je trouve cela tellement attendrissant que je ne me rends pas compte qu'elle est en train de me flanquer dehors.

– Je viens d'arriver, dis-je.

Elle se plante devant moi en croisant les bras.

– Alors vous allez économiser les sous du parking, parce que vous devez partir tout de suite. Allez, messieurs, dit-elle en se tournant vers Chutsky. Tous les deux.

– Moi aussi ? répond-il, surpris.

– Oui, vous aussi, dit-elle en agitant un index énorme. Vous êtes là depuis trop longtemps déjà.

– Mais je dois rester.

– Non, il faut partir. Le docteur veut qu'elle se repose un peu. Toute seule.

– Vas-y, murmure Debs. (Chutsky la regarde, peiné.) Ça va aller. Pars.

Chutsky nous regarde tour à tour.

– D'accord, dit-il finalement. (Il se baisse pour l'embrasser sur la joue et elle se laisse faire.) Bon, mon pote, me dit-il, je crois qu'on nous fout dehors.

Nous partons pendant que l'infirmière se met en devoir de tabasser les oreillers comme s'ils avaient fait une bêtise.

– Je suis un peu inquiet, me dit Chutsky alors que nous attendons l'ascenseur.

– Pourquoi ? Tu veux parler de... séquelles neurologiques ?

J'entends encore Deborah me dire qu'elle veut rendre son tablier, et cela lui ressemble si peu que je suis moi aussi un peu inquiet. L'horrible image d'une Debbie réduite à l'état de légume dans un fauteuil et moi lui faisant manger sa bouillie me hante encore.

– Pas tout à fait. Plutôt des séquelles psychologiques.

– Comment ça ?

– Je sais pas, dit-il avec une grimace. C'est peut-être le choc. Mais elle a l'air... pleurnicharde. Angoissée. Pas elle-même, tu vois.

Je n'ai jamais été poignardé, n'ai jamais été exsangue, mais il me semble qu'être angoissé et pleurer est une réaction relativement raisonnable.

– Elle ne m'a pas tout de suite reconnu, poursuit-il en entrant dans l'ascenseur. La première fois qu'elle a ouvert les yeux.

– Je suis sûr que c'est normal, dis-je, alors que je n'en sais rien du tout. Après tout, elle était dans le coma.

– Elle m'a regardé droit dans les yeux, continue-t-il sans relever. Elle a eu l'air, je sais pas, d'avoir peur de moi. Genre qui vous êtes et qu'est-ce que vous faites ici ?

En toute honnêteté, je me pose ces questions depuis un an, mais je m'abstiens de le lui dire.

– Je suis sûr qu'il faut du temps pour..., commencé-je.

– Qui vous êtes ? me coupe-t-il en fixant le panneau de commandes. Je suis à son chevet depuis le début, je l'ai pas laissée seule plus de cinq minutes d'affilée. Et elle sait pas qui je suis.

Les portes s'ouvrent, mais il ne remarque rien.

– Eh bien..., commencé-je, espérant le tirer de sa torpeur.

– Allons prendre un café, dit-il, en se décidant à sortir et en bousculant trois personnes en blouse verte.

Nous gagnons une petite cafétéria au rez-de-chaussée, où il parvient à obtenir deux cafés relativement vite, sans que personne n'essaie de passer devant lui ou de lui donner des coups de coude dans les côtes. Je me sens donc un peu supérieur : il est évident qu'il n'est pas natif de Miami. Cependant, je reconnais qu'il est efficace, et nous allons nous installer à une petite table dans un coin.

Chutsky ne me regarde pas, ni autre chose, d'ailleurs. Il reste perdu dans le vague, sans la moindre expression. Comme je ne sais pas quoi dire, nous observons ce silence gênant entre potes pendant un bon moment, puis il finit par articuler :

– Et si elle m'aime plus ?

J'ai toujours tenté de rester modeste, notamment en ce qui concerne mes propres talents : je sais très bien que je ne suis doué que pour une ou deux choses, et que conseiller les amoureux transis n'en fait pas partie. Comme je ne comprends vraiment rien à l'amour, il me paraît un peu injuste d'exiger de moi une opinion sur son éventuelle disparition.

Cependant, il semble nécessaire que je me manifeste et, résistant à la tentation de dire : « Je ne sais vraiment pas si elle t'a jamais aimé », je fouille dans mon sac de clichés et j'en sors :

– Bien sûr qu'elle t'aime. Elle vient de frôler la mort. Il lui faut du temps pour se remettre.

Chutsky attend que je développe, mais je n'ai rien de plus.

– J'espère que tu as raison, dit-il, en se réfugiant dans son café.

– Bien sûr que oui. Laisse-lui le temps d'aller mieux. Tout ira bien.

Comme je ne suis pas instantanément foudroyé sur place, je me dis qu'il est possible que j'aie raison.

Nous finissons nos cafés dans un silence relatif, Chutsky ruminant la possibilité de ne plus être aimé, et moi guettant midi qui approche sur la pendule, heure à laquelle je dois partir pour me mettre à l'affût de Weiss. Du coup, c'est dans une ambiance moins potes que je finis de vider ma tasse avant de me lever.

– Je repasserai plus tard, dis-je.

Chutsky se contente de hocher la tête et de boire une gorgée de café.

– O.K., mon pote. À plus.

26

Le quartier de Golden Lakes enfreint bravement le canon de l'urbanisme de Miami : bien que comportant le mot *lakes*, c'est-à-dire lacs, il en abrite en fait plusieurs, et l'un d'eux jouxte l'extrémité du terrain de jeux de l'école. Cela dit, il n'a rien de *golden*, doré, il est plutôt d'un vert sale, mais on ne peut nier que c'est réellement un lac ou au moins une grande mare. Cependant, comme je me doute qu'il serait difficile de vendre un quartier baptisé « Mare vert sale », peut-être que les promoteurs savent ce qu'ils font, après tout – et ce serait là une violation supplémentaire de la coutume.

J'arrive à Golden Lakes bien avant la fin de la journée d'école et j'en fais le tour plusieurs fois, pour repérer éventuellement Weiss. Il n'y a personne. La rue côté est se termine à l'endroit où le lac touche pratiquement la clôture. Laquelle est haute, grillagée, et fait le tour complet de l'école, même du côté du lac, au cas, j'en suis sûr, où une grenouille hostile tenterait de pénétrer dans les lieux. Juste à côté, au bout du terrain de jeux, se trouve une grille solidement fermée par une chaîne et un gros cadenas.

La seule entrée se trouve devant l'école, surveillée par un garde dans une guérite avec une voiture de police garée à côté. Essayer d'entrer durant les horaires scolaires, c'est rencontrer le garde ou le flic. Aux heures où les parents viennent déposer ou prendre leurs enfants, ce sont des centaines d'enseignants, mamans et agents de la circulation qui vous arrêteraient, ou qui rendraient l'opération bien trop difficile et hasardeuse.

Il s'agit donc pour Weiss de se poster de bonne heure. Pour moi, de deviner où. Je coiffe mon Chapeau à Penser à Mal et je refais lentement le tour des lieux. Si je voulais enlever quelqu'un, comment m'y prendrais-je ? D'abord, il faudrait que ce soit à l'entrée ou à la sortie des cours, puisqu'il serait trop difficile de passer la sécurité en dehors de ces heures. Cela signifie donc à la grille, et c'est bien sûr pour cette raison qu'elle est très sécurisée, avec tout ce qu'il faut, depuis le flic en poste jusqu'au méchant prof de travaux manuels.

Évidemment, si vous parvenez à entrer avant et à frapper pendant que toute la surveillance se concentre sur la grille, cela facilite grandement les choses. Mais, pour cela, il faut passer le grillage à un endroit écarté ou qui permette de gagner l'intérieur de l'école assez vite sans être repéré.

Mais, d'après ce que je constate, il n'y a aucun endroit de ce genre. Je refais le tour des lieux. Rien. Le grillage est éloigné des bâtiments, de tous les côtés, sauf sur le perron. L'unique point faible paraît être la mare. Il y a un bosquet de pins et des buissons entre l'eau et le grillage, mais tout cela se trouve beaucoup trop loin des bâtiments. Impossible de passer le grillage et de traverser tout le terrain de jeux sans être à découvert.

Quant à moi, je ne peux pas refaire le tour sans éveiller les soupçons. Je me gare donc dans une rue au sud de l'école et je réfléchis. Mon raisonnement méthodique m'a amené à penser que Weiss allait tenter de s'en prendre aux enfants ici, cet après-midi, et cette logique glacée et impeccable est soutenue par un brûlant et indiscutable coup d'ailes du Passager noir. Mais comment ? De la voiture, je regarde l'école, et j'ai la forte impression que, quelque part dans les parages, Weiss est en train d'en faire autant. Il ne va tout de même pas enfoncer le grillage en espérant s'en tirer à bon compte... Il a passé du temps à observer, à prendre note des détails, et il a un plan. Et moi je n'ai qu'une demi-heure pour le deviner et trouver comment le faire échouer.

Je contemple le bosquet d'arbres près du lac. C'est le seul endroit où l'on puisse se cacher. Mais à quoi bon, si la cachette s'arrête devant le grillage ? C'est alors que quelque chose attire mon regard sur la gauche.

Une camionnette blanche stoppe devant la grille cadenassée et quelqu'un en descend, vêtu d'une chemise vert clair, d'une casquette assortie et d'une caisse à outils, bien visible. La silhouette s'approche de la grille, pose sa caisse et s'agenouille devant la chaîne.

Évidemment. La meilleure manière d'être invisible, c'est d'être parfaitement visible. Je fais partie du décor ; ma présence est normale. Je suis juste là pour réparer le grillage et ce n'est pas la peine de faire attention à moi, ha, ha !

Je démarre. Lentement, je refais le tour, l'œil rivé sur la tache verte, et je sens des ailes glacées se déployer dans mon dos. Je le tiens – à l'endroit précis où il est censé être. Mais, bien sûr, je ne peux pas me garer et lui sauter dessus. Il me faut approcher prudemment, en partant du principe qu'il connaît ma voiture et qu'il ouvre grands les yeux pour guetter l'arrivée éventuelle de Dexter.

Ralentis et réfléchis, alors. Ne compte pas simplement sur les ailes noires pour enjamber tous les obstacles. Regarde attentivement et prends note ; par exemple, Weiss tourne le dos à la camionnette – qui est garée en travers, avant la clôture, ce qui empêche de voir la mare. Parce que, évidemment, rien ne peut survenir de ce côté.

Cela implique donc que Dexter va y aller.

À faible allure et en prenant grand soin de n'attirer l'attention de personne, je fais demi-tour et retourne vers le côté sud de l'école. Je suis le grillage jusqu'au bout, là où la route se termine et où commence le lac. Je me gare devant la barrière métallique, invisible de Weiss, toujours posté devant la grille cadenassée, et je descends. Je gagne prestement l'étroit sentier entre le lac et le grillage, puis je fonce.

Dans l'école, la cloche sonne. Les cours sont finis pour la journée, et Weiss doit agir maintenant. Il est toujours agenouillé devant le cadenas. Comme je ne vois pas de coupe-boulons entre ses mains, il va lui falloir quelques minutes pour crocheter ou couper le cadenas. Une fois à l'intérieur, il n'aura qu'à longer le grillage d'un pas dégagé en faisant semblant de l'inspecter. J'atteins le bosquet d'arbres que je traverse rapidement. J'enjambe précautionneusement des détritus – cannettes de bière, bouteilles de soda en plastique, os de poulet et autres articles moins ragoûtants – et j'arrive au bout. Je marque une petite pause pour m'assurer que Weiss est toujours en train de tripoter le cadenas. Le van me bloque la vue, mais je constate que la grille est toujours fermée. Je prends une longue bouffée d'obscurité que je laisse m'envahir, puis je sors dans le soleil.

Je passe par la droite, courant presque, pour le prendre par-derrière. Sans un bruit, prudemment, sentant les ailes noires se déployer tout autour de moi, je fais le tour de la camionnette et m'arrête en voyant la silhouette agenouillée devant le grillage.

L'homme regarde par-dessus son épaule et m'aperçoit.

– Qu'est-ce qu'il y a ? demande-t-il.

Il a la cinquantaine, il est noir, et ce n'est pas du tout Weiss.

– Oh, réponds-je avec ma finesse habituelle, bonjour !

– Ces satanés mômes ont mis de la superglu dans le cadenas, explique-t-il, en reprenant sa tâche.

– Mais qu'est-ce qu'ils ont dans le crâne ? dis-je poliment.

Je n'ai pas le temps de le deviner, car de l'autre côté du terrain de jeux, dans la rue à l'entrée de l'école, j'entends des coups de Klaxon suivis d'un fracas métallique. Et tout près de moi, dans ma tête, en fait, j'entends une voix qui siffle : *Crétin !* Sans prendre le temps de me demander comment je sais que c'est Weiss qui a embouti Rita, j'escalade d'un bond le grillage et traverse le terrain en courant.

– Hé ! crie l'homme derrière moi.

Mais pour une fois j'oublie les bonnes manières et je n'attends pas ce qu'il a à me dire.

Évidemment que Weiss n'allait pas fracturer le cadenas. Il n'en avait pas besoin. Évidemment qu'il n'avait pas besoin d'entrer dans l'école, d'essayer de duper ou de vaincre des hordes d'enseignants circonspects et d'enfants déchaînés. Il lui suffisait de se poster dans le flot de la circulation, comme un requin aux abords du récif qui attend que Nemo pointe son nez. Évidemment.

Je cours à perdre haleine. Le terrain est un peu inégal, mais l'herbe est tondue et je garde l'allure. Je suis en train de me féliciter de mon excellente forme et de ma rapidité quand je lève un instant le nez pour voir ce qui se passe. Ce n'est pas une bonne idée : je me prends aussitôt le pied dans une racine et je m'étale à une vitesse remarquable. Je me roule en boule, fais une sorte de saut périlleux et demi et j'atterris sur le dos sur un truc volumineux. Je me relève et reprends ma course, boitillant légèrement à cause de l'entorse que je viens de me faire, avec la vague image d'un nid de fourmis de feu que j'ai proprement aplati.

Je me rapproche. Des éclats de voix alarmées, la panique dans la rue, puis un cri de douleur. Je ne vois rien de plus qu'un fouillis de voitures et de gens attroupés qui se dévissent le cou pour regarder au milieu de la chaussée. Je passe la grille, gagne le trottoir et arrive devant l'école. Je suis obligé de ralentir pour traverser la foule d'écoliers, d'enseignants et de parents rassemblés devant l'entrée, mais j'atteins enfin la rue. Je reprends ma course pour couvrir les derniers mètres et gagner l'endroit où la circulation s'est arrêtée et agglutinée autour de deux voitures qui se sont emboîtées. L'une d'elles est la Honda couleur bronze de Weiss. L'autre, celle de Rita.

Weiss ne se trouve nulle part. Mais Rita est appuyée contre le pare-chocs de sa voiture, l'air hébétée, Cody pendu à une main et Astor à l'autre. En les voyant ensemble, sains et saufs, je ralentis. Elle lève les yeux vers moi, sans changer d'expression.

– Dexter... Mais qu'est-ce que tu fais là ?

– J'étais juste dans le quartier. Hou là. (Et ce hou là n'est pas un effet de style : dans mon dos, des dizaines de fourmis de feu que j'ai dû ramasser décident de me piquer toutes en même temps.) Tout le monde va bien ? demandé-je en me débattant pour arracher ma chemise.

Ils me regardent faire d'un air un peu atterré.

– Toi, tu vas bien ? demande Astor. Je demande ça, parce que tu es en train d'enlever ta chemise au milieu de la rue.

– J'ai des fourmis de feu partout dans le dos, dis-je en me fouettant avec la chemise, ce qui ne sert à rien du tout.

– Un type nous est rentré dedans avec sa voiture et a essayé de prendre les enfants, m'informe Rita.

– Oui, je sais, dis-je en faisant des contorsions qu'un bretzel m'envierait.

– Comment ça, tu sais ?

– Il s'est enfui, dit une voix derrière nous. À toute vitesse. (Je m'interromps dans ma chasse aux fourmis pour voir un flic en tenue encore hors d'haleine d'avoir couru après Weiss. Il est assez jeune, l'air sportif, et son badge annonce LEAR. Il s'arrête et me regarde.) Les vêtements ne sont pas facultatifs, ici, mon vieux.

– Fourmis de feu, réponds-je. Rita, tu peux me donner un coup de main, s'il te plaît ?

– Vous connaissez ce type ? lui demande le flic.

– C'est mon mari, répond-elle.

Elle lâche les enfants, un peu à contrecœur, et entreprend de me claquer le dos.

– Bon, dit Lear. Quoi qu'il en soit, le type s'est enfui. Il a foncé vers la voie express et les galeries marchandes. J'ai appelé le central, ils sont en alerte, mais... Je dois dire qu'il courait bien vite pour quelqu'un qui avait un crayon enfoncé dans la jambe.

– Mon crayon, précise Cody, avec un petit sourire que je ne lui ai jamais vu.

– Et moi, je lui ai donné un grand coup de poing entre les cuisses, dit Astor.

Je les regarde. Ils ont l'air si contents d'eux ; et, en toute franchise, je le suis aussi. Weiss a fait le pire – et ils ont juste renchéri. Mes petits prédateurs. C'est tout juste si je n'en oublie pas la douleur fulgurante des piqûres. Mais tout juste, étant donné que les tapes de Rita n'arrangent rien du tout.

– Vous avez là de vrais petits scouts, dit Lear en regardant les enfants d'un air à la fois approbateur et légèrement inquiet.

– C'est que Cody, répond Astor. Et il a fait qu'une réunion.

Lear ouvre la bouche, se rend compte qu'il n'a rien à lui répondre, et la referme.

– Le remorqueur va être là dans quelques minutes, m'annonce-t-il. L'équipe médicale voudra vérifier que tout le monde va bien.

– On va bien, dit Astor.

– Bon, alors, si vous voulez bien rester avec votre famille, je vais peut-être aller faire la circulation ?

– Oui, on peut se débrouiller, affirmé-je.

Lear interroge Rita du regard.

– Oui, pas de problème, dit-elle.

– Parfait. Les fédéraux voudront sûrement vous voir, à cause de la tentative d'enlèvement.

– Oh, mon Dieu ! s'exclame Rita, comme si entendre le mot rendait l'acte encore plus réel.

– Je pense que c'était un malade mental, suggéré-je, plein d'espoir.

C'est vrai, j'ai assez de problèmes comme ça sans que le FBI vienne fourrer son nez dans mes histoires de famille.

Lear ne se laisse pas impressionner et me regarde sévèrement.

– C'est une tentative d'enlèvement d'enfants. Les vôtres. (Il me fixe longuement pour s'assurer que je comprends, puis il se tourne vers Rita.) Et, surtout, laissez-vous tous examiner par les secouristes. Et vous, me demande-t-il, vous pourriez peut-être vous rhabiller ?

Sur ce, il gagne la rue et commence à s'agiter dans l'espoir de faire circuler tout le monde.

– Je crois que je les ai toutes eues, dit Rita avec une dernière claque. Donne-moi ta chemise. (Elle la prend, la secoue et me la rend.) Vooilà, tu ferais mieux de la remettre.

Et, bien que j'aie du mal à imaginer pourquoi tout Miami s'obstine soudain à combattre la nudité partielle, je remets ma chemise après l'avoir examinée soigneusement au cas où elle abriterait encore des fourmis.

Entre-temps, Rita a déjà repris les enfants par la main.

– Dexter... Tu as dit... comment tu pouvais... je veux dire... Comment se fait-il que tu sois là ?

Je ne sais pas trop quelle réponse satisfaisante lui fournir, et malheureusement, cette fois, je ne peux pas me prendre la tête dans les mains en gémissant, puisque j'ai déjà utilisé le truc la veille. Cela risque de ne pas bien passer si je déclare que le Passager noir et moi étions sûrs que Weiss viendrait ici tenter d'enlever les enfants parce que nous aurions nous-mêmes agi ainsi. J'opte donc pour une version un peu diluée de la vérité.

– C'est... euh, c'est le type qui a fait exploser la maison hier. J'ai eu l'intuition qu'il essaierait encore. (Rita se contente de me fixer.) Je veux dire, d'enlever les enfants pour s'en prendre à moi.

– Mais tu n'es même pas un vrai policier, dit Rita d'un ton un peu scandalisé, comme si une règle élémentaire venait d'être bafouée. Pourquoi s'en prendre à toi ?

Ce n'est pas mal vu, en particulier puisque dans son univers – et, d'un point de vue général, dans le mien aussi – les experts judiciaires en traces de sang ne sont généralement pas impliqués dans des vendettas.

– Je pense que c'est lié à Deborah. (Après tout, elle, c'est une vraie flic et elle n'est pas là pour me contredire.) C'est quelqu'un qu'elle recherchait quand elle a été poignardée, et j'étais là.

– Et maintenant il s'en prend à mes enfants ? Parce que Deborah a essayé de l'arrêter ?

– C'est ainsi qu'est fait l'esprit des criminels. Il ne fonctionne pas comme le tien.

Évidemment, il fonctionne, en revanche, comme le mien, et pour le moment mon esprit criminel pense à ce que Weiss a bien pu laisser dans sa voiture. Il n'avait pas prévu de s'enfuir à pied : il est fort possible qu'il y ait dans le véhicule un indice quelconque sur ses prochains agissements. Et ce n'est pas tout : peut-être aussi un indice affreux qui pointerait un index ensanglanté vers moi. Du coup, je me rends compte qu'il faut que je fouille sa voiture au plus vite, pendant que Lear est occupé et avant que d'autres flics arrivent sur les lieux.

Voyant que Rita continue de me regarder sans comprendre, j'explique :

– Il est fou. Nous ne comprendrons peut-être jamais ce qu'il a dans le crâne. (Comme elle a l'air à peu près convaincue, jugeant qu'une sortie rapide est souvent l'argument le plus convaincant, je désigne la voiture de Weiss.) Je vais regarder s'il a laissé quoi que ce soit d'important. Avant que le remorqueur arrive.

Je laisse Rita à sa voiture pour gagner la portière ouverte de celle de Weiss.

À l'avant, je trouve l'habituel assortiment de détritus. Des emballages de chewing-gum sur le tapis de sol, une bouteille d'eau minérale sur le siège, un cendrier rempli d'une poignée de *quarters* pour les parcmètres. Pas de couteau de boucher, de scie à os ou de bombe. Rien d'intéressant. Je m'apprête à me glisser à l'intérieur pour ouvrir la boîte à gants quand je remarque un gros carnet sur la banquette arrière. C'est un cahier d'esquisses d'où dépassent plusieurs feuilles volantes, le tout maintenu par un gros élastique. Au même instant, j'entends la voix du Passager noir qui s'écrie : *Touché !*

Je sors de la voiture et essaie d'ouvrir la portière arrière. Elle s'est coincée à la suite du choc. Je m'agenouille donc sur le siège avant et me penche pour récupérer le cahier. Une sirène retentit dans la rue et je ressors de la voiture pour rejoindre Rita, le cahier serré contre ma poitrine.

– Qu'est-ce que c'est ? demande-t-elle.

– Je ne sais pas. Regardons.

Et, en toute innocence, j'enlève l'élastique. Une feuille volante s'en échappe et Astor saute dessus.

– Dexter, on dirait toi.

– C'est impossible, dis-je, en lui prenant la feuille.

Mais ça l'est. C'est un joli dessin, très bien exécuté, qui représente un homme à partir de la taille, prenant ironiquement une pose de héros à la Rambo, et tenant à la main un grand couteau ruisselant de sang. Aucun doute n'est possible.

C'est bien moi.

27

Je n'ai que quelques secondes pour admirer cette magnifique ressemblance. Presque simultanément :

– Cool, fait Cody.

– Montre, demande Rita.

Et, pour couronner le tout, l'ambulance arrive. Dans la confusion qui s'ensuit, je réussis à glisser le portrait dans le cahier et à pousser ma petite famille vers les ambulanciers pour un bref mais complet examen. Bien que réticents à l'admettre, ils ne trouvent pas le moindre membre coupé, crâne en moins ou organe interne abîmé, et sont finalement obligés de laisser tout le monde partir, sans oublier de nous signaler avec gravité quels symptômes à guetter au cas où.

Les dégâts de la voiture de Rita étant purement esthétiques – un phare cassé et un pare-chocs enfoncé –, je fais monter tout le monde dedans. En principe, Rita devrait les déposer à des activités extrascolaires et retourner au travail, mais comme il existe une loi tacite qui vous permet de prendre le reste de votre journée quand vous avez été attaqué avec vos enfants par un dément, elle décide de les ramener à la maison pour se remettre de leur traumatisme. Et, puisque Weiss est encore dans la nature, nous décidons qu'il vaut mieux que j'en fasse autant. Je rentre donc pour les protéger. Je les laisse partir et j'entreprends de retourner péniblement à pied à ma voiture.

Comme ma cheville me lance et que la sueur qui coule dans mon dos ravive les piqûres de fourmis, pour oublier mes douleurs, je feuillette le cahier de Weiss en chemin. Le choc causé par mon portrait est passé, je dois découvrir ce qu'il a à dire et où cela pourrait le conduire. Je suis sûr que ce n'est pas un vague dessin qu'il aurait distraitement gribouillé tout en parlant au téléphone. Après tout, il ne lui reste plus grand monde avec qui communiquer. Son amant Doncevic est mort et il a tué de ses propres mains son cher ami Wimble. Par ailleurs, tout ce qu'il a fait jusqu'ici indique qu'il a un objectif clair – dont je me passerais aisément.

Je regarde de nouveau mon portrait. Il est idéalisé, je trouve, car je ne me souviens pas d'avoir remarqué que j'avais une telle tablette de chocolat. Et cette impression de grande et vive menace que je dégage, si elle est peut-être justifiée, je m'efforce de la dissimuler. Mais je dois avouer qu'il a capté quelque chose ici et que cela mériterait peut-être d'être encadré.

Je continue de feuilleter le cahier. C'est très intéressant et les dessins sont de bonne qualité, surtout ceux qui me représentent. Je suis sûr de ne pas avoir l'air aussi noble, heureux et sauvage, mais peut-être que c'est une question de licence artistique. À mesure que je regarde les autres dessins et me fais une idée d'ensemble, je suis de plus en plus convaincu que cela ne me plaît pas, si flatteur que ce soit. Mais vraiment pas du tout !

Bon nombre des dessins sont des esquisses de mises en scène de cadavres anonymes dans l'esprit des précédentes œuvres de Weiss. L'un d'eux montre une femme avec six seins – sans préciser la provenance des deux paires supplémentaires. Elle porte un diadème de plumes et un string, le genre d'accoutrement que nous avons vu au Moulin-Rouge. Il ne cache presque rien, mais il est très glamour, et le soutien-gorge pailleté qui couvre à peine les six seins est absolument fascinant.

À la page suivante, un papier est coincé dans la reliure. Je le déplie. Ce sont les horaires de Cubana Aviación, imprimés depuis un ordinateur et donnant les vols entre La Havane et Mexico. Il accompagne le dessin d'un homme coiffé d'un canotier, brandissant une rame. Au bout d'une ligne qui la désigne apparaît en grosses lettres bien nettes : RÉFUGIÉ ! Je remets les horaires à leur place et tourne la page. Le dessin représente un homme éventré, rempli de cigares et de bouteilles de rhum, adossé contre une décapotable vintage.

Mais les dessins de loin les plus intéressants – en tout cas pour moi – sont une série montrant le Doux et Divin Dexter. On ne peut pas tirer de conclusions du fait que je trouve ces dessins de moi beaucoup plus captivants que ceux représentant des inconnus charcutés, mais il y a quelque chose de vraiment fascinant à contempler des représentations de soi que l'on a trouvées dans le cahier d'esquisses d'un assassin psychopathe. En tout cas, cette dernière série me coupe le souffle. Et si Weiss en est réellement l'auteur, cela pourrait bien me le couper littéralement et pour de bon.

Car ces dessins, soigneusement détaillés, sont exécutés d'après le film où je m'acharne sur Doncevic. Ils sont très fidèles et montrent presque exactement ce que je me souviens d'avoir vu plusieurs fois dans la vidéo. Presque. Car dans bon nombre d'entre eux, Weiss a légèrement modifié l'angle de vue, de manière à montrer un visage.

Le mien.

Posé sur le personnage au cœur de la boucherie.

Et, histoire de souligner la menace, Weiss a écrit et souligné Photoshop au-dessous de ces images. Je ne suis pas un expert dans ce domaine, mais je connais le b.a.-ba comme tout le monde. Photoshop est un programme de retouche qui peut servir à trafiquer une photo. Je suppose que l'on peut en faire autant avec une image extraite d'un film. Et je sais que Weiss possède assez de vidéos pour s'amuser durant une éternité : de moi, de Cody, de badauds sur les lieux des crimes et de qui sait quoi d'autre.

Il a donc manifestement l'intention de modifier le film où je m'acharne sur Doncevic de manière que l'on voie mon visage. Étant donné que je commence à connaître Weiss, ou du moins son œuvre, je sais que ce n'est pas en pure perte. Il veut s'en servir dans le cadre d'une charmante mise en scène qui m'anéantira. Et tout cela parce que j'ai folâtré une petite heure avec son chéri, Doncevic.

Bien sûr que je suis coupable, j'y ai même pris du plaisir. Mais je trouve que c'est de la triche : ce n'est pas juste de coller mon visage a posteriori, non ? Surtout que, a posteriori ou pas, c'est plus que suffisant pour soulever des tas de questions embarrassantes pour moi.

Le dernier dessin est le plus terrifiant de tous. Il représente un Dexter géant avec un sourire mauvais, extrait de la vidéo, brandissant la scie électrique, projeté sur la façade d'un grand bâtiment, tandis qu'à ses pieds sont prostrés une demi-douzaine de cadavres décorés du genre d'accessoires que Weiss a utilisés jusqu'ici. Le tout est encadré d'une double rangée de palmiers royaux, et c'est une image d'une telle splendeur artistique et tropicale qu'elle me mettrait la larme à l'œil si la modestie ne me retenait pas.

Cela tient debout, dans la logique de Weiss. Utiliser le film déjà en sa possession, subtilement trafiqué pour me montrer dans le rôle principal, et le projeter sur une façade afin que nul n'ignore qu'il s'agit de Dexter le Décapiteur dans ses œuvres. Me jeter aux requins, et en même temps offrir une magnifique fresque à l'admiration de tous. La solution parfaite.

J'arrive à ma voiture et, une fois assis, je jette un dernier coup d'œil au cahier. Bien sûr, il se peut que ce ne soient que des esquisses, un simple fantasme de papier qui ne verra jamais le jour. Mais toute cette affaire a commencé avec Weiss et Doncevic exposant des cadavres mis en scène, et la seule différence ici est d'échelle – cela et le fait que ces derniers jours Dexter est devenu le sujet central de Weiss. Sa *Joconde*, en quelque sorte.

Et voilà qu'à présent il a aussi l'intention de faire de moi la vedette de son grand chef-d'œuvre. Dexter le Magnifique, qui chevauche le monde comme le Colosse, de superbes et nombreux cadavres à ses pieds, en couleurs, rien que pour vous aux infos du soir. *Oh, maman, qui est ce grand et séduisant monsieur avec sa scie ensanglantée ? Mais enfin, c'est Dexter Morgan, mon chéri, l'horrible assassin qu'on a arrêté dernièrement. Mais, maman, pourquoi il sourit ? Il aime son travail, mon chéri. Que ce soit une leçon pour toi : toujours trouver un travail utile qui te rende heureux.*

Je suis resté assez longtemps à l'université pour savoir qu'une civilisation est jugée à travers son art. C'est humiliant de penser que, si Weiss réussit son coup, les générations futures vont étudier notre siècle et estimer sa valeur à travers mon image. Ce genre d'immortalité est une idée très tentante – mais cette invitation à connaître la gloire éternelle présente quelques inconvénients. Pour commencer, je suis beaucoup trop modeste, et ensuite... eh bien, il y a tous ces gens qui découvriraient ce que je suis vraiment. Des gens comme Coulter et Salguero, par exemple. Cela va certainement se produire, si cette vidéo de moi est projetée sur une façade avec un tas de cadavres à mes pieds. C'est vraiment une charmante idée, mais malheureusement elle amènerait ces gens à poser certaines questions, à faire quelques rapprochements, et pendant longtemps le plat du jour serait le Suprême de Dexter, amoureusement grillé sur la chaise électrique et servi en une du *Miami Herald*.

Non, c'est très flatteur, mais je ne suis pas prêt à devenir une icône de l'art du XXIe siècle. Cela me peine, mais à mon grand regret je vais devoir décliner l'offre.

Comment ?

C'est une bonne question. Les dessins me disent ce que Weiss désire, mais rien de l'avancement de ses projets, ni du lieu, ni de la date...

Mais... un instant : ils m'indiquent le lieu. Je reviens à la dernière image, celle qui dépeint tout son projet dément en détail et en couleurs. Le dessin du bâtiment servant d'écran à la projection est très particulier et me semble familier – les deux rangées de palmiers royaux, je les connais, j'en suis sûr. C'est un endroit où je suis déjà allé. Mais où et quand ? Je fixe le dessin et laisse mon énorme cerveau ronronner. J'y suis allé récemment. Il y a un an, peut-être avant mon mariage ?

Et, au mot « mariage », je me souviens. C'était il y a un an et demi. Anna, la collègue de Rita, s'était mariée. La cérémonie avait été aussi luxueuse que coûteuse, étant donné la fortune de ses parents, et Rita et moi avons assisté à la réception dans un vieil hôtel ridiculement snob, le Breakers, à Palm Beach. La façade représentée ici est indubitablement celle du Breakers.

Merveilleux. À présent, je sais où Weiss a prévu d'organiser son noble Dexterama. Que vais-je faire de cette information ? Je ne peux raisonnablement pas planquer devant l'hôtel jour et nuit pendant les trois prochains mois en attendant que Weiss se pointe avec son premier chargement de cadavres. Mais je ne peux pas non plus me permettre d'attendre les bras ballants. Tôt ou tard, Weiss va tout organiser – ou bien se pourrait-il qu'il s'agisse d'un piège quelconque destiné à me faire aller à Palm Beach pendant qu'il s'occupe à autre chose ici, dans le comté de Dade ?

C'est idiot : il n'a pas prévu de s'enfuir en boitant avec un crayon fiché dans la jambe et des bleus à l'entrejambe en abandonnant ses dessins. C'est bien son plan, pour le meilleur et pour le pire – et je dois pencher pour le pire, du moins en ce qui concerne ma réputation. La question qui se pose est donc : quand compte-t-il agir ? La seule réponse qui me vient, c'est « bientôt », et cela ne me paraît pas assez précis.

Il n'y a vraiment pas d'autre moyen. Je vais devoir prendre quelques jours de congés pour aller guetter à l'hôtel. Donc, laisser Rita et les enfants, ce qui ne me plaît pas, mais je ne vois pas d'autre solution. Weiss est rapide, il passe d'une idée à une autre, et je crois qu'il va se concentrer sur ce projet précis et agir rapidement. C'est un sacré pari que je fais, mais il vaut certainement la peine s'il me permet de l'empêcher de projeter une image de moi sur la façade d'un hôtel.

Très bien. C'est ce que je vais faire. Quand Weiss arrivera à Palm Beach, je serai là pour le recevoir. Ce point réglé, je feuillette une dernière fois le cahier pour regarder le magnifique portrait de Dexter en Super héros. Mais, avant que j'aie le temps de m'extasier, une voiture s'arrête à ma hauteur et un type en descend.

Coulter.

28

Coulter descend de sa voiture et se penche à ma fenêtre. J'en profite pour glisser le cahier sous mon siège. Il se redresse et fait le tour de sa voiture, sa bouteille de soda se balançant au bout de son index, comme d'habitude. Il pose ses fesses contre sa voiture et en boit une longue gorgée, puis s'essuie d'un revers d'avant-bras, comme d'habitude.

– Tu étais pas au bureau, dit-il.

– Non, je n'y étais pas.

Après tout, je suis ici.

– Alors quand j'ai eu le coup de fil de ta femme, je suis allé voir pour te prévenir. Et tu étais pas là. Tu étais déjà ici, hein ? (Il n'attend pas la réponse, ce qui tombe bien, car je n'en ai pas. Il reprend une goulée de soda, s'essuie.) La même école que celle où on a trouvé le chef scout, hein ?

– C'est exact.

– Mais tu étais déjà là quand ça s'est passé ? demande-t-il d'un air faussement surpris. Comment ça se fait, tiens ?

Je suis certain qu'expliquer que j'ai eu un pressentiment ne va pas me valoir ses félicitations et une poignée de main. Alors, donnant de nouveau libre cours à ma finesse légendaire, je m'entends dire :

– J'ai eu envie de passer faire une surprise à Rita et aux gosses.

Coulter hoche la tête comme s'il trouvait cela très crédible.

– Les surprendre. Sauf que quelqu'un t'a coiffé au poteau.

– Oui, réponds-je prudemment. On dirait bien.

Il tète longuement sa bouteille de soda, mais cette fois il ne s'essuie pas les lèvres : il se tourne et contemple le remorqueur qui emporte la voiture de Weiss.

– Tu as une idée de qui pourrait faire ça à ta femme et à tes gosses ? demande-t-il sans se retourner.

– Non. Je me suis dit que c'était simplement, tu vois... un accident.

– Mmm..., fait-il en revenant vers moi. Un accident. Mince, j'y avais même pas pensé, à celle-là. Parce que, tu vois, c'est la même école que celle où le chef scout a été tué. Et tu es là encore une fois. Alors, euh... un accident ? Vraiment ? Tu crois ça ?

– Je... Pourquoi ça n'en serait pas un ?

J'ai eu toute la vie pour m'entraîner, et mon expression de surprise est sûrement excellente, mais Coulter n'a pas l'air convaincu.

– Ce mec, Donkeywit.

– Doncevic.

– Peu importe. On dirait qu'il a disparu. Tu sais quelque chose ?

– Pourquoi je saurais quoi que ce soit ? demandé-je en prenant mon plus bel air étonné.

– Il est libéré sous caution et fout le camp en plaquant son petit ami. Pourquoi il ferait ça ?

– Je n'en sais absolument rien.

– Ça t'arrive de lire, Dexter ?

Cette utilisation de mon prénom m'ennuie, on dirait que Coulter s'adresse à un suspect. Bien sûr, c'est le cas, mais j'espère encore qu'il ne me voit pas comme tel.

– Lire ? Euh, non, pas trop. Pourquoi ?

– Moi, j'aime bien. (Puis, passant à la vitesse supérieure, il déclare :) Une fois, c'est le hasard, deux, une coïncidence et trois, une agression délibérée.

– Pardon ? demandé-je.

Je n'ai pas suivi après « j'aime bien ».

– Ça vient de *Goldfinger*, dit-il. Il dit à James Bond : je vous croise trois fois dans des endroits où vous devriez pas être, c'est pas une coïncidence. (Gorgée de soda. Essuyage de lèvres. Il me regarde transpirer.) J'adore ce bouquin. J'ai dû le lire trois, quatre fois.

– Je ne l'ai pas lu, dis-je poliment.

– Alors tu es là, continue-t-il. Et tu es aussi là quand la maison explose. Deux fois dans des endroits où tu devrais pas être. Faut que je prenne ça pour des coïncidences ?

– Que voulez-vous que ce soit d'autre ?

Il me fixe sans ciller. Une autre gorgée de soda.

– Je sais pas, dit-il finalement. Mais je sais ce que dirait Goldfinger la troisième fois.

– Eh bien, espérons qu'il n'y en aura pas – et, là, je suis vraiment sincère.

– Ouais. (Il hoche la tête, coince son index dans le goulot et se redresse.) Espérons, ouais.

Sur ces mots, il remonte dans sa voiture et s'en va.

Si j'étais un peu plus attendri par mes observations de la nature humaine, je suis sûr que j'aurais tiré un grand plaisir à la découverte des nouvelles facettes de l'inspecteur Coulter. Comme c'est merveilleux de savoir désormais que c'est un grand amateur de littérature ! Mais cette joie est atténuée par mon désintérêt total pour les passe-temps de Coulter, du moment que c'est loin de moi. J'ai à peine réussi à faire renoncer Doakes à sa surveillance inlassable que Coulter vient prendre la relève. C'est comme si j'étais la victime d'une étrange et sinistre secte tibétaine vouée à persécuter Dexter : chaque fois que le moine chargé de me détester meurt, il se réincarne ailleurs.

Mais je ne peux pas y faire grand-chose pour le moment. Je suis en passe de devenir une œuvre d'art monumentale, et c'est un problème bien plus urgent.

Quand j'arrive à la maison, je suis obligé de frapper un long moment, car Rita a décidé de mettre la chaîne à la porte. Remercions la chance qu'elle ne se soit pas, en plus, barricadée avec le canapé et le réfrigérateur. Sans doute uniquement parce qu'elle avait besoin du canapé : après m'avoir ouvert – avec une certaine réticence –, elle retourne s'y blottir en serrant contre elle Cody et Astor, qui arborent le même air mi-ennuyé, mi-agacé. Apparemment, trembler de terreur dans un salon, ce n'est pas comme ça qu'ils envisagent les moments privilégiés mère-enfants.

– Tu as mis tellement de temps, dit-elle en remettant la chaîne.

– J'ai dû parler avec un inspecteur.

– Oui, mais... Je veux dire, nous étions inquiets.

– On n'était pas inquiets, nous, rectifie Astor en levant les yeux au ciel.

– Parce que, tout de même, ce type pourrait être n'importe où en ce moment, continue Rita. Il pourrait être juste devant la maison. (Et bien que personne n'y croie vraiment – pas même Rita –, nous tournons la tête vers la porte. Heureusement pour nous, il n'est pas là, pour autant qu'on puisse le savoir en regardant une porte fermée et opaque.) Je t'en prie, Dexter, poursuit-elle d'un ton terrifié, je t'en prie, c'est... qu'est-ce que... pourquoi il nous arrive tout ça ? Je ne peux pas... (Elle se lance dans plusieurs grands gestes inachevés, puis laisse retomber ses mains.) Il faut que ça cesse. Fais ce qu'il faut pour ça.

En toute honnêteté, en dehors d'arrêter tout cela, je n'ai envie que de quelques activités précises – lesquelles peuvent contribuer à tout arrêter, dès que j'aurai attrapé Weiss. Mais, avant que j'aie pu me concentrer et fomenter un plan adéquat, on sonne.

Rita réagit en sautant au plafond et en se blottissant plus encore contre les enfants.

– Mon Dieu, qui ça peut être ? demande-t-elle.

Je suis à peu près certain que ce ne sont pas des Mormons, mais je réponds que je vais aller voir. Pour vérifier, je jette un coup d'œil par le judas – les Mormons sont parfois tellement insistants – et ce que je vois est encore plus terrifiant.

Le sergent Doakes est sur le pas de la porte.

Il porte le petit ordinateur argenté qui parle désormais à sa place, et à son coude est pendue une femme d'âge mûr, très soignée, en tailleur gris, qui a toutes les allures de l'agent fédéral dont on m'a menacé, sûrement venue enquêter sur la tentative d'enlèvement d'enfants.

En les voyant et en pensant aux ennuis qu'ils représentent, j'envisage vraiment de ne pas ouvrir et de faire comme si nous étions sortis. Mais je le pense juste une seconde, car j'ai découvert que plus vite on fuit les ennuis, plus vite ils vous rattrapent, et je suis certain que si je ne laisse pas entrer Doakes et sa nouvelle amie ils vont revenir aussitôt avec un mandat, et probablement avec Coulter et Salguero. C'est donc l'humeur sombre, tout en tentant de prendre le masque adéquat de surprise et d'accablement, que j'ouvre la porte.

– Plus. Vite. Enfoiré ! beugle le baryton synthétique de Doakes, qui appuie trois fois sur son clavier.

L'agent pose une main apaisante sur son bras et se tourne vers moi.

– Monsieur Morgan ? Pouvons-nous entrer ? (Elle brandit sa carte et attend patiemment que je la lise. C'est l'agent spécial du FBI Brenda Recht.) Le sergent Doakes a proposé de m'accompagner ici pour vous parler, dit-elle.

Je trouve que c'est charmant de sa part.

– Bien sûr que vous pouvez. (Et, avec l'une de ces heureuses inspirations qui tombent parfois juste, j'ajoute :) Mais les enfants vont avoir un tel choc : le sergent Doakes leur fait affreusement peur. Peut-il attendre dehors ?

– Enfoiré ! fait le boîtier de Doakes sur le ton d'un voisin qui vous souhaite un joyeux Noël.

– Et puis il a un langage un peu déplacé pour les enfants, ajouté-je.

Recht jette un coup d'œil à Doakes. En tant qu'agent spécial du FBI, rien n'est censé l'effrayer, même Doakes le cyborg, mais elle semble trouver que c'est une bonne idée.

– Bien sûr, dit-elle. Sergent, voulez-vous m'attendre ici ?

Doakes me fusille longuement du regard et, dans les tréfonds de l'obscurité, j'entends presque le hurlement de colère de son propre Passager noir. Mais il se contente de lever sa pince en acier, de viser son clavier et de lancer l'une de ses phrases préenregistrées.

– Je t'ai toujours à l'œil, enfoiré, m'assure la voix enjouée.

– C'est bien, dis-je. Mais faites-le dehors, d'accord ?

Je laisse Recht entrer et referme la porte au nez de Doakes.

– Il n'a pas l'air de vous apprécier, observe Recht.

Je suis impressionné par son œil aiguisé.

– Non, je crois qu'il m'en veut de ce qui lui est arrivé.

C'est au moins en partie vrai, même si il me détestait déjà avant de perdre mains, pieds et langue.

– Mmm, mmm... (Bien que je voie qu'elle continue d'y penser, elle ne développe pas. Elle s'approche du canapé, où Rita serre toujours contre elle Astor et Cody.) Madame Morgan ? dit-elle en présentant de nouveau sa carte. Agent spécial Recht, du FBI. Puis-je vous poser quelques questions sur ce qui vous est arrivé cet après-midi ?

– Le FBI ? répète Rita d'un ton coupable, comme si elle était assise sur un tas de bons du Trésor volés. Mais c'est... pourquoi... oui, bien sûr.

– Vous avez un pistolet ? demande Astor.

Recht pose sur elle un regard prudemment affectueux.

– Oui, j'en ai un.

– Vous pouvez tirer sur les gens avec ?

– Seulement s'il le faut. (Elle avise un fauteuil.) Puis-je m'asseoir et vous poser quelques questions ?

– Oh, fait Rita. Pardonnez-moi. J'étais seulement... oui, bien sûr, asseyez-vous.

Recht se pose sur le bord du fauteuil et me regarde avant de poursuivre :

– Racontez-moi ce qui s'est passé. (Voyant Rita hésiter, elle lui souffle :) Vous aviez les enfants dans la voiture, vous avez démarré...

– Il... Il a surgi de nulle part.

– Boum ! ajoute Cody à mi-voix.

Je le regarde avec surprise. Il sourit imperceptiblement, ce qui est tout aussi alarmant. Rita le regarde avec consternation, puis elle continue :

– Il nous a heurtés. Et pendant que j'étais encore... avant que je puisse... Il est... Il a ouvert la portière pour s'emparer des enfants.

– Je lui ai donné un coup de poing dans l'entrejambe, dit Astor. Et Cody l'a poignardé avec un crayon.

– Moi avant, reproche Cody.

– Pas grave, estime Astor.

Recht les considère, un peu étonnée.

– C'est très bien, dit-elle.

– Le policier est arrivé et il s'est enfui, reprend Astor.

Rita opine du chef.

– Et comment se fait-il que vous étiez là, monsieur Morgan ? demande-t-elle en se tournant vers moi sans crier gare.

Je savais qu'elle poserait la question, bien sûr, mais je n'ai toujours pas trouvé de réponse adaptée. J'ai prétendu devant Coulter que je voulais faire une surprise à Rita, mais c'est tombé vraiment à plat, et l'agent spécial Recht a l'air considérablement plus futée. Sans compter que les secondes passent et qu'elle me fixe, attendant une réponse saine et logique que je n'ai pas. Je dois dire quelque chose, et vite ; mais quoi ?

– Hum..., marmonné-je. Je ne sais pas si vous êtes au courant, mais j'ai subi une commotion...

Je n'autoriserai jamais l'entretien avec l'agent spécial Brenda Recht du FBI à figurer sur aucun *Best of Dexter*. Elle n'a pas l'air de croire que je suis rentré de bonne heure parce que je me sentais mal, que je me suis arrêté à l'école parce que c'était la bonne heure – et je ne peux pas lui en vouloir. Je n'ai pas l'air convaincant, mais, comme c'est tout ce que j'ai trouvé, je suis obligé de m'y tenir.

Elle semble aussi avoir du mal à accepter que l'homme qui a agressé Rita et les enfants soit un cinglé quelconque, le résultat de la fureur de la route, des embouteillages de Miami et d'un excès de café cubain. Elle reconnaît, en revanche, qu'elle n'obtiendra pas d'autre réponse de moi. Elle finit par se lever avec une expression que je qualifierais de pensive.

– Très bien, monsieur Morgan. Ça ne colle pas tout à fait, mais je pense que vous ne m'en direz pas plus.

– Il n'y a rien de plus à ajouter, affirmé-je, peut-être trop modestement. Cela arrive constamment, à Miami.

– Mmm, mmm... Le problème, c'est que cela semble arriver très souvent en votre présence.

Je me retiens, je ne sais comment, de lui dire : « Si vous saviez... » et la raccompagne à la porte.

– Nous allons poster un policier ici quelques jours par sécurité, nous informe-t-elle.

Ce n'est pas vraiment une bonne nouvelle et cela tombe mal, car elle m'annonce ça au moment où j'ouvre la porte pour trouver Doakes, qui n'a pratiquement pas bougé et fixe toujours la porte d'un œil noir. Je leur fais des adieux touchants et, en refermant, le regard fixe de Doakes est la dernière chose que je vois, comme s'il était le jumeau maléfique du Chat du Cheshire d'Alice.

En revanche, la sollicitude du FBI n'a guère réconforté Rita. Elle continue de se cramponner aux enfants et de parler par demi-phrases décousues. Je la rassure donc du mieux que je peux et nous restons tous ensemble sur le canapé, jusqu'à ce que les contorsions d'Astor et de Cody rendent la position inconfortable. Rita renonce, leur met un DVD et se rend dans la cuisine, où elle entreprend sa thérapie alternative qui consiste à entrechoquer des casseroles. Moi, je vais dans la petite pièce du fond qu'elle a baptisée « bureau de Dexter » pour jeter un coup d'œil au cahier de Weiss et ruminer de sombres pensées.

La liste des personnes que je ne peux pas considérer comme amicales s'allonge vraiment : Doakes, Coulter, Salguero, et maintenant le FBI.

Et, bien sûr, Weiss. Il est toujours dans la nature et poursuit ses projets de vengeance. Va-t-il à nouveau s'en prendre aux enfants, surgir de l'ombre en boitant pour s'emparer d'eux, peut-être avec un pantalon blindé et une coquille, cette fois ? Auquel cas il faut que je reste avec les enfants jusqu'à ce que ce soit terminé, et ce n'est pas la meilleure manière de l'attraper, surtout s'il tente une autre manœuvre. En même temps, s'il veut me tuer, rester avec Cody et Astor les met en danger. Si j'en juge par son petit numéro explosif, il ne se soucie pas du tout des dommages collatéraux.

Moi, si. J'y suis obligé. Je me fais du souci pour les enfants, et les protéger est ma priorité. C'est une très étrange épiphanie de m'apercevoir que je me soucie de leur sécurité autant que de protéger mon identité secrète. Cela ne va pas avec l'image que j'ai de moi et que je me suis construite. Certes, j'ai toujours pris grand plaisir à traquer les prédateurs qui s'attaquent aux enfants, mais je ne me suis jamais demandé pourquoi. Je ne doute pas que je vais remplir mon devoir envers Cody et Astor, à la fois en tant que beau-père et, plus important, en tant que guide sur la Voie de Harry. Mais tourner en rond comme une mère poule à l'idée que quelqu'un essaie de leur faire du mal, c'est une perspective nouvelle et quelque peu troublante.

Arrêter Weiss prend donc une importance toute nouvelle . Je suis Daddy Dexter, à présent, je dois le faire pour les enfants autant que pour moi-même, et j'éprouve un soudain accès d'un sentiment dangereusement proche de l'émotion à la pensée que l'on puisse vouloir leur nuire.

Très bien. Dans ce cas, je dois deviner la prochaine manœuvre de Weiss et essayer de l'arrêter avant qu'il la mette à exécution. Je reprends son cahier et passe en revue les dessins, espérant peut-être inconsciemment avoir manqué un détail important la première fois – une adresse, qui sait, ou même une lettre annonçant son suicide. Mais les pages restent les mêmes, et, en fait, la nouveauté ayant perdu de son attrait, je ne prends aucun plaisir à revoir ces images de moi. Cela ne m'a jamais beaucoup intéressé de me voir, et contempler une série de dessins me dépeignant aux yeux du monde entier tel que je suis vraiment m'enlève le peu d'envie qui me reste.

Quel est son but ? Me dénoncer ? Créer une grandiose œuvre d'art ? J'examine plusieurs croquis de détails qui représentent les autres éléments de la mise en scène. C'est un peu égotiste de le dire puisque, en fait, ils sont en concurrence avec mes portraits, mais ils ne sont pas vraiment intéressants. On peut dire qu'ils sont de bonne facture, mais c'est tout. Ils manquent de véritable originalité et de vie – même pour des cadavres.

Et en toute – et brutale – franchise, même les portraits de moi sont à la portée de n'importe quel lycéen un peu doué. Ils sont peut-être projetés en très grand sur la façade du Breakers, mais ils n'ont pas la classe de ce que j'ai vu récemment à Paris – pas même les trucs dans les petites galeries. Bien sûr, il y a la dernière pièce, *La Jambe de Jennifer*. Elle aussi se compose de vidéos amateur – mais ce qui comptait, c'était la réaction du public, pas le...

L'espace d'un instant, un silence absolu se fait dans le cerveau de Dexter, un silence si épais qu'il recouvre tout. Puis il se dissipe pour dévoiler une sacrée petite pensée.

La réaction du public.

Si c'est la réaction qui compte, la qualité de l'œuvre n'est pas si importante, du moment qu'elle provoque un choc. Et on peut s'arranger pour capter cette réaction – par exemple, en vidéo. Et peut-être qu'on peut bénéficier des service d'un professionnel, quelqu'un, disons, juste pour l'exemple, comme Kenneth Wimble, dont Weiss a fait exploser la maison. Cela tient debout de considérer Wimble comme l'un d'eux plutôt que comme une victime prise au hasard.

Et quand Weiss a franchi le pas pour commettre effectivement un meurtre, au lieu de se contenter de voler des cadavres, Wimble a probablement dû prendre peur, et Weiss a fait exploser sa maison tout en essayant de me supprimer, moi l'Irremplaçable Dexter.

Mais Weiss continue de tourner ses vidéos, même sans son expert. Parce que c'est ce qui compte pour lui. Il veut des images des gens qui regardent son œuvre. Et il en veut de plus en plus : avec le chef scout, et avec Wimble, et avec la tentative qu'il a faite sur moi. Mais la vidéo, c'est ce qui lui importe. Et il est prêt à tuer pour la tourner.

Pas étonnant que le Passager noir soit resté perplexe. Nous pratiquons un art très manuel, et les résultats ne dépassent pas le cercle privé. Weiss est d'une autre trempe. Il veut peut-être se venger de moi, mais il est prêt à le faire indirectement, ce que le Passager noir et moi n'envisagerions jamais. Pour Weiss, c'est toujours l'art qui prime. Il a besoin de ses images.

Je considère le croquis en couleurs qui me montre, moi, projeté sur la façade du Breakers Hotel. L'image est bien nette et on voit très bien les grandes lignes de l'architecture des lieux. La façade est en forme de U, l'entrée au centre avec une aile en saillie de part et d'autre. La longue allée qui mène à la porte, avec ses rangées de palmiers, est un parterre idéal pour une foule saisie d'horreur. Weiss sera parmi ces gens, avec sa caméra pour filmer leurs visages. Mais je me rends compte qu'avant il va vouloir prendre une chambre dans l'une des ailes donnant sur la façade, où se fera la projection, qu'il voudra y installer une caméra, un peu comme le modèle télécommandé dont il s'est déjà servi, mais cette fois avec un très bon objectif, afin de capter les visages des gens qui regardent.

Toute l'astuce consiste à l'arrêter avant qu'il s'organise – avant qu'il arrive à l'hôtel. Et, pour cela, il suffit que je découvre quand il se présentera pour prendre sa chambre. Ce serait très simple si je pouvais accéder aux fichiers de l'hôtel – ce qui n'est pas le cas – ou si je savais comment les pirater – ce que j'ignore. Mais, à mesure que j'y pense, je prends conscience de quelque chose.

Je connais quelqu'un qui peut le faire.

29

Kyle Chutsky et moi sommes assis à la même petite table du fond dans la cafétéria de l'hôpital. Je pense qu'il n'a pas dû quitter les lieux depuis des jours, mais il est rasé de frais et porte une chemise apparemment propre. Il me jette un regard amusé qui tord le coin de sa bouche et le contour de ses yeux, mais pas les yeux eux-mêmes, qui restent froids et circonspects.

– C'est drôle. Tu veux que je t'aide à pirater le fichier de résas du Breakers Hotel ? (Un petit rire, pas très convaincant.) Pourquoi tu crois que je peux t'aider ?

Malheureusement, c'est une question légitime. En fait, je n'ai pas la certitude qu'il puisse m'aider : il n'a rien dit ni fait quoi que ce soit qui le prouve. Mais le peu que je sais de lui indique qu'il est un membre éminent du gouvernement de l'ombre, de cet ensemble de gens qui ne se connaissent pas entre eux et que personne ne connaît, qui travaillent pour diverses agences aux acronymes obscurs, plus ou moins affiliées au gouvernement fédéral et parfois même entre elles. C'est pourquoi je suis sûr qu'il connaît des tas de manières de découvrir quand Weiss fera sa réservation.

Mais il y a un petit problème de protocole : je ne suis pas censé le savoir ni lui l'avouer. Et, pour le contourner, il me faut l'impressionner avec quelque chose d'assez urgent afin de vaincre sa méfiance instinctive. Je ne vois rien de plus important que le trépas imminent du Divin Dexter, mais je ne compte pas que Chutsky partage ma haute opinion de moi-même. Il estime probablement davantage des vétilles comme la sécurité nationale, la paix mondiale et sa piètre existence.

Mais je sais qu'il accorde également un grand prix à ma sœur et cela me fournit au moins une première ouverture. Je m'arme donc de ma plus belle et virile franchise en toc pour dire :

– Kyle, c'est le mec qui a poignardé Deborah.

Dans n'importe quelle série macho, ce serait plus que suffisant. Mais, apparemment, Chutsky ne regarde pas beaucoup la télé.

– Et alors ? fait-il.

– Alors, dis-je, un peu pris de court, en essayant de me rappeler d'autres détails précis de ce genre de séries, il est en liberté et... euh... il reste impuni. Et, euh... il risque de recommencer.

– Tu crois qu'il chercherait à la poignarder encore ?

Ça ne se passe vraiment pas bien, pas du tout comme je le prévoyais. Je pensais que nous étions dans une ambiance Hommes-d'Action, qu'il suffisait que j'aborde le sujet en exprimant mon désir d'en découdre pour que Chutsky bondisse avec empressement et se joigne à l'offensive. Mais il me regarde comme si je lui avais proposé de lui faire un lavement.

– Comment peux-tu ne pas vouloir attraper ce type ? demandé-je en glissant un soupçon de désespoir dans ma voix.

– C'est pas mon boulot. Et c'est pas le tien non plus, Dexter. Si tu penses que ce type va descendre dans cet hôtel, avertis les flics. Il y a des tas de gars à qui ça ne fera pas de mal de planquer et de le pincer. Toi, tu es tout seul, mon pote – et le prends pas mal, mais ça pourrait être un peu plus dur que ce dont tu as l'habitude.

– Les flics voudront savoir comment je suis au courant, dis-je.

Ce que je regrette aussitôt. Et que Chutsky ne manque pas de relever.

– Bon, alors, comment tu le sais ?

Il y a des moments où même Dexter le dieu de la Diagonale est obligé de jouer au moins une ou deux cartes sur table, et c'en est clairement une. Jetant toutes mes inhibitions innées par-dessus les moulins, je déclare :

– Il me traque.

– Ça veut dire quoi ? fait Chutsky.

– Ça veut dire qu'il veut ma mort. Il a déjà fait deux tentatives.

– Et tu penses qu'il va recommencer ? À cet hôtel, au Breakers ?

– Oui.

– Alors pourquoi tu restes pas tout bêtement chez toi ?

Ce n'est pas vraiment faire preuve de vanité que de le dire : je n'ai pas l'habitude que toute l'intelligence d'une conversation soit monopolisée par mon interlocuteur. Mais c'est Chutsky qui mène clairement la danse, et Dexter, qui a plusieurs temps de retard, suit cahin-caha avec deux pieds gauches et des ampoules. J'ai abordé la question en m'imaginant Chutsky comme le gars qui y va des deux poings – même si l'un est un crochet en acier –, un genre de GI Joe, en avant la Légion, ralliez-vous à mon panache blanc, prêt à se lancer dans la bataille à la moindre allusion, surtout quand il s'agit de régler son compte au type qui a poignardé son grand amour, ma sœur Deborah. De toute évidence, j'ai mal calculé.

Mais cela laisse un gros point d'interrogation : qui est Chutsky, en fait, et comment obtenir son aide ? Ai-je besoin de quelque astucieux stratagème pour le plier à ma volonté, ou bien dois-je recourir à une forme de vérité aussi indicible et inconfortable qu'inhabituelle ? La simple idée de commettre une honnêteté me fait trembler de tous mes membres : cela va à l'encontre de toutes mes convictions. Mais il n'y a apparemment pas d'autre issue : il va falloir que je frôle un peu la vérité.

– Si je reste chez moi, il va faire un truc terrible. À moi, et peut-être même aux gosses.

Chutsky me dévisage et secoue la tête.

– Ça tenait pas debout quand tu me disais que tu voulais te venger. Comment il peut te nuire si tu es chez toi et lui dans un hôtel ?

À un certain stade, il faut vraiment accepter que certains jours on ne soit pas au mieux de sa forme, et c'est le cas aujourd'hui. Je me dis que je souffre encore des séquelles de ma commotion, mais je me rends compte que c'est une piètre excuse, éculée, en plus. Et c'est avec plus d'agacement que je n'en ai jamais éprouvé que je sors le cahier de Weiss et que je l'ouvre à la page où figure Dexter le Dominator sur la façade du Breakers.

– Ce genre de chose. S'il ne peut pas me tuer, il va me faire arrêter pour meurtre.

Chutsky examine l'image un long moment, puis :

– Eh bien, dis donc, siffle-t-il. Et ces trucs en bas, là ?

– Des cadavres. Mis en scène comme ceux sur lesquels Deborah enquêtait quand ce type l'a poignardée.

– Pourquoi il veut faire ça ?

– C'est une espèce d'art. Enfin, c'est ce qu'il pense.

– Ouais, mais pourquoi il voudrait te faire ça, à toi, mon pote ?

– Le type qui a été arrêté quand Deborah a été attaquée, je lui ai donné un grand coup de pied dans le crâne. C'était son petit copain.

– C'était ? Parce qu'il est où, maintenant ?

Je n'ai jamais vu l'intérêt de s'automutiler – après tout, la vie s'en charge très bien elle-même. Mais si je pouvais retirer le mot « était » en me tranchant la langue d'un coup de dents je le ferais avec joie. Seulement, puisqu'il a été prononcé et que je reste coincé avec, je farfouille à la recherche d'un reste de vivacité d'esprit et je sors :

– Il a pris la fuite et a disparu.

– Et ce mec t'en veut parce que son copain a mis les voiles ?

– Je suppose, oui.

– Écoute, mon pote, tu connais ce mec et je sais que tu dois te fier à ton instinct. Ça a toujours marché pour moi, neuf fois sur dix. Mais là... je sais pas trop. C'est un peu maigre, tu trouves pas ? En tout cas, tu as raison pour un truc, conclut-il en indiquant le dessin. S'il a l'intention de faire ça, tu as vraiment besoin de mon aide. Et bien plus que tu crois.

– Comment ça ? demandé-je poliment.

Chutsky frappe la page d'un revers de main.

– Cet hôtel, c'est pas le Breakers. C'est le Nacional, à La Havane. (Puis, me laissant bouche bée, une attitude tout à fait inélégante :) Tu sais, La Havane. À Cuba.

– Mais ce n'est pas possible, dis-je. Enfin, je connais, j'y suis allé. C'est le Breakers.

Il me fait le genre de sourire supérieur et irritant que j'adorerai essayer un de ces quatre quand je ne porterai pas mon déguisement.

– T'as pas bien lu ton manuel d'histoire, hein ?

– Je ne crois pas que ce chapitre était au programme. De quoi tu parles ?

– Le Nacional et le Breakers ont été bâtis sur le même plan, pour économiser de l'argent. Ils sont pratiquement identiques.

– Alors qu'est-ce qui te permet de dire que ce n'est pas le Breakers ?

– Regarde : les vieilles bagnoles. Du cent pour cent Cuba. Et tu vois l'espèce de petit chariot avec le dessus en forme de bulle ? C'est un Coco Loco et on les trouve que là-bas, pas à Palm Beach. Et puis la végétation. Les trucs à gauche. On n'en voit pas au Breakers. Uniquement à La Havane, indiscutable. Donc, en fait, je dirai que ton problème est résolu, mon pote, conclut-il en reposant le cahier.

– Pourquoi penses-tu cela ? demandé-je, agacé par son attitude et par le manque de logique de ce qu'il raconte.

– C'est trop dur pour un Américain d'aller là-bas. À mon avis, il réussira pas.

Une lumière s'allume dans ma tête.

– Il est canadien, réponds-je.

– D'accord, s'obstine-t-il. Donc, il pourrait y aller. Mais t'as pas oublié que l'ambiance est un peu stricte, là-bas ? Je veux dire, jamais il pourra faire un truc pareil sans se faire pincer. Pas à Cuba. Les flics lui sauteront dessus comme... (Il fronce les sourcils, porte pensivement son crochet chromé à ses lèvres et se retient à temps avant de s'éborgner.) Sauf...

– Sauf quoi ?

– Ce mec est un petit malin, non ?

– Eh bien, il en est convaincu, ça, je le sais.

– Donc il doit savoir, ce qui signifie peut-être... (Il refuse poliment d'achever sa phrase et sort son mobile, un modèle avec un grand écran. Il le maintient à plat sur la table avec son crochet et pianote sur le clavier d'un seul doigt en marmonnant.) Et voilà !

– Voilà quoi ?

Il sourit, manifestement ravi d'être aussi malin.

– Ils organisent des tas de festivals, là-bas. Pour prouver qu'ils sont libres et cultivés. Comme celui-ci, dit-il en poussant le téléphone vers moi.

Je retourne l'appareil. Sur l'écran sont inscrits les mots : *Festival Internacional de Artes Multimedia.*

– Ça commence dans trois jours, explique Chutsky. Et, quoi qu'ait prévu ce mec – projection, vidéo, ce que tu veux –, les flics auront ordre de le laisser faire. Pour le festival.

– Et la presse sera là. Venue du monde entier.

Chutsky fait un geste qui pourrait signifier « Et voilà ! » s'il avait une main au lieu d'un crochet, mais le sens reste clair.

– Et les choses étant ce qu'elles sont, on en parlera à Miami comme si ça avait lieu ici.

C'est exact. Miami couvre officiellement et officieusement tout ce qui se passe à La Havane – avec plus de détails que ce qui a lieu à Fort Lauderdale, pourtant situé juste à côté. Donc, si je suis dévoilé au grand jour à La Havane, je serai inculpé à Miami, sans la possibilité de réagir.

– Parfait, dis-je.

Et ça l'est. Weiss a toute latitude pour mettre sur pied son horrible projet et recueillir toute l'attention qu'il réclame tant, avec en prime un séjour balnéaire clés en mains. Cela n'augure rien de bon pour moi, car Weiss sait évidemment que je ne peux me rendre à Cuba pour lui mettre des bâtons dans les roues.

– Bon, ça tient debout, dit Chutsky. Mais qu'est-ce qui te rend si sûr qu'il va y aller ?

Là encore, c'est une question légitime. Je réfléchis. Pour commencer, en suis-je réellement certain ? Nonchalamment, pour ne pas éveiller l'attention de Chutsky, je transmets muettement la question au Passager noir. *En sommes-nous vraiment sûrs ? Oh oui*, répond-il avec un rictus tout en dents. *Tout à fait sûrs.*

Très bien. Voilà qui est réglé. Weiss a l'intention d'aller à Cuba pour dévoiler Dexter au grand jour. Mais j'ai besoin de quelque chose d'un peu plus convaincant qu'une certitude muette. De quelle preuve disposé-je, en dehors de dessins qui ne seraient d'ailleurs sûrement pas recevables au tribunal ? Il est vrai que certains sont très intéressants – la femme aux six seins, par exemple, c'est le genre de chose qu'on n'oublie pas de sitôt.

En repensant à ce dessin, je me rappelle qu'il y avait une feuille de papier coincée dans la reliure entre les deux pages. Les horaires des vols entre La Havane et Mexico. Exactement le genre de chose intéressante à savoir si, par exemple, vous avez besoin de quitter précipitamment La Havane. Si – c'est une hypothèse – vous venez d'éparpiller quelques cadavres aux alentours de la façade du vaisseau amiral de l'hôtellerie cubaine cinq étoiles.

Je récupère le cahier et en sors la feuille.

– Il va y aller, dis-je.

Chutsky prend la feuille et la déplie.

– Cubana Aviación.

– La Havane-Mexico. Pour pouvoir faire son truc et filer rapidement.

– Peut-être. Mmm, mmm... Possible. Qu'est-ce que tu en dis, instinctivement, dans tes tripes ?

Honnêtement, la seule chose que me disent mes tripes, c'est qu'il est l'heure de manger. Mais c'est manifestement très important pour Chutsky, et si par « tripes » je peux entendre Passager noir, elles me disent qu'il n'y a aucun doute sur la question.

– Il va y aller, répété-je.

Chutsky baisse de nouveau les yeux vers le dessin, fronce les sourcils et hoche la tête, lentement, puis de plus en plus énergiquement.

– Mmm, mmm... fait-il en me rendant la feuille d'horaires. Allons parler à Deborah.

Deborah est allongée dans son lit, ce qui n'a rien d'étonnant. Elle regarde la fenêtre, bien qu'elle ne puisse pas voir l'extérieur depuis son lit et que la télévision soit allumée et diffuse des scènes de réjouissances et de bonheur positivement irréelles. Mais Debs n'a pas l'air captivée par la musique entraînante et les piaillements de joie qui s'en élèvent. En fait, si l'on s'en tient à son expression, c'est à croire qu'elle n'a jamais éprouvé de bonheur de toute sa vie et n'en a aucune intention. Elle nous jette un regard indifférent, juste le temps de voir qui nous sommes, puis se tourne de nouveau vers la fenêtre.

– Elle est un peu déprimée, me murmure Chutsky. Ça arrive, des fois, quand on s'est fait planter.

À en juger par le nombre de cicatrices qu'il collectionne un peu partout sur sa personne, je suis forcé d'admettre qu'il sait de quoi il parle. Je hoche la tête et m'approche du lit.

– Salut, sœurette, dis-je du ton enjoué que l'on est censé avoir dans ces circonstances.

Elle se tourne vers moi ; sur son visage froid et dans le vide bleu de ses yeux, je vois le reflet de son père, Harry ; j'ai déjà vu ce regard, dans les yeux de Harry, et de ces profondeurs bleutées revient un souvenir qui m'enveloppe.

Harry est en train de mourir. C'est une situation embarrassante pour nous, comme voir Superman sous l'emprise de la kryptonite. Il est censé être au-dessus de ce genre de faiblesse. Mais cela fait un an et demi qu'il se meurt, lentement, par à-coups, et à présent il n'est pas loin de la fin. En le voyant agoniser à l'hospice, l'infirmière a décidé de l'aider. Délibérément, elle a augmenté jusqu'à la dose mortelle les analgésiques ; elle se repaît de la mort de Harry, se réjouit de le voir s'étioler, et Harry, qui le sait, m'en a fait part. Et, ô joie, ô bonheur, Harry m'a donné la permission de faire de cette infirmière ma première véritable camarade de jeux humaine et vivante, la première que j'aie emmenée avec moi sur le Terrain de Jeux noir.

Et c'est ce que j'ai fait. L'infirmière est devenue la première gouttelette de sang de la première lame de verre de ma toute nouvelle collection. Ç'a été plusieurs heures d'émerveillement, d'expérimentation et d'extase, avant que l'infirmière connaisse le destin de tout mortel. Le lendemain, matin, en le racontant à Harry, je suis encore rempli d'une éclatante noirceur.

En entrant dans la chambre, je marche sur un nuage, et, quand Harry ouvre les yeux et les plonge dans les miens, il le voit. Il voit que j'ai changé et que je suis devenu la créature qu'il a faite de moi, et la mort apparaît dans son regard.

Je m'assois auprès de lui avec inquiétude, pensant qu'il est saisi d'une nouvelle crise.

– Ça va ? Tu veux que j'appelle le docteur ? (Il referme les yeux et lentement, fragile, secoue la tête.) Qu'est-ce qui ne va pas ? insisté-je, pensant que tout le monde devrait se réjouir puisque j'éprouve un bonheur que je n'ai encore jamais connu.

– Rien, répond-il doucement de sa voix mourante. (Puis il rouvre les yeux et me fixe de ce même regard bleu vitreux et vide.) Alors tu l'as fait ? (Je hoche la tête, sentant qu'en parler est un peu gênant.) Et ensuite ?

– J'ai tout nettoyé. J'ai fait très attention.

– Pas de difficultés ?

– Non. C'était merveilleux, bafouillé-je. (Et, voyant la douleur sur son visage et pensant que je vais le réconforter, j'ajoute :) Merci, papa.

Harry referme les yeux et se détourne. Un long moment, il reste ainsi puis, d'une voix si faible que je l'entends à peine :

– Qu'ai-je fait ? Oh, bon Dieu, mais qu'ai-je fait... ?

– Papa ? (Je ne me souviens pas de l'avoir jamais entendu parler ainsi, jurer et sembler si peiné ; c'est si troublant que mon euphorie retombe. Et il continue de secouer la tête, les yeux clos, refusant d'en dire plus.) Papa ?

Mais il ne dit rien, secoue péniblement la tête puis s'immobilise, sans un mot, pendant une éternité. Il rouvre enfin les yeux et les tourne vers moi ; et je vois ce regard d'un bleu mortel vidé de tout espoir et de toute lumière qu'envahit l'obscurité.

– Tu es ce que j'ai fait de toi.

– Oui, dis-je – et je m'apprête à le remercier encore, mais il me coupe.

– Ce n'est pas ta faute, c'est la mienne.

Sur le moment, je ne comprends pas ce qu'il veut dire, et ce n'est que des années plus tard qu'il me semble commencer à comprendre. Encore aujourd'hui, je regrette de n'avoir rien dit ni fait qui aurait pu permettre à Harry de glisser plus facilement, plus heureusement, dans les dernières ténèbres. Une phrase habilement tournée qui aurait dissipé ses doutes sur lui-même et aurait ramené un rayon de soleil dans ses yeux bleus et vides.

Mais je sais aussi, après toutes ces années, que cette phrase n'existe pas dans les langues que je connais. Dexter est ce que Dexter doit être, pour toujours et à jamais, point final. Et si Harry a vu cela lors de ses derniers instants, et éprouvé un dernier sursaut d'horreur et de culpabilité, eh bien, je suis vraiment navré, mais qu'y puis-je ? La vulnérabilité et la faiblesse qui accompagnent l'approche de la mort vous font douloureusement entrevoir certaines choses – qui ne sont pas toujours des vérités. C'est juste la fin imminente qui amène les gens à se convaincre qu'ils reçoivent une sorte de révélation. Croyez-moi, en ce qui concerne les réactions des mourants, je suis tout à fait expert. Si je devais dresser le catalogue de toutes les bizarres déclarations qu'ont faites mes Amis particuliers alors que je les aidais à basculer de l'autre côté, cela constituerait un ouvrage très intéressant.

J'ai eu de la peine pour Harry. Mais, jeune monstre encore gauche, je n'ai pas su quoi dire pour lui faciliter ses derniers pas.

Toutes ces années plus tard, en voyant le même regard chez Deborah, j'éprouve la même pénible impuissance. Je ne peux que rester les bras ballants tandis qu'elle fixe la fenêtre.

– Bon Dieu ! fait-elle sans se retourner, arrête de me regarder.

Chutsky se laisse tomber dans un fauteuil à côté d'elle.

– Elle est un peu à cran ces derniers temps, observe-t-il.

– Va te faire foutre, dit-elle sans grande conviction, en inclinant un peu la tête pour continuer de fixer la fenêtre malgré la présence de Chutsky.

– Écoute, Deborah, dit-il. Dexter sait où se trouve le mec qui t'a blessée. (Elle ne bouge pas et se contente de cligner des paupières.) Euh... Il se disait qu'on pourrait le pincer, lui et moi, en fait. Et on voulait t'en parler. Que tu nous dises ce que tu en penses.

– Ce que j'en pense, répète-t-elle froidement. (Elle se tourne vers nous et il y a dans son regard une telle douleur que même moi je parviens à la ressentir.) Vous voulez savoir ce que j'en pense vraiment, ce que j'éprouve ?

– Hé, du calme, fait Chutsky.

– Les médecins m'ont dit que j'étais morte quand je suis arrivée au bloc. J'ai encore l'impression de l'être. De ne pas savoir qui je suis, pourquoi et tout ça et je... (Une larme roule sur sa joue, et là encore c'est très troublant.) J'ai l'impression qu'il a arraché de moi tout ce qui compte et je ne sais pas si ça reviendra. (Elle se détourne vers la fenêtre.) J'ai envie de pleurer tout le temps, et ça ne me ressemble pas. Je ne pleure pas, tu le sais, Dex. Je ne pleure jamais, répète-t-elle alors qu'une autre larme rejoint la première.

– Ça va aller, dit Chutsky, alors qu'il est clair que ça ne va pas du tout.

– J'ai l'impression que tout ce en quoi je croyais est faux, continue-t-elle, et je me demande si je peux redevenir flic si je me mets à penser comme ça.

– Tu vas te remettre, affirme Chutsky. Ça prend du temps.

– Allez vous occuper de lui, dit-elle en me jetant un regard où je retrouve un peu de sa bonne vieille hargne. Occupe-toi de lui, Dexter. Et fais-en ce que tu veux. (Elle me regarde droit dans les yeux, puis elle se retourne vers la fenêtre.) Papa avait raison.

30

Et c'est ainsi que le lendemain matin, à la première heure, je me retrouve devant un petit bâtiment aux abords de l'aéroport international de Miami, avec un passeport au nom de David Marcey, vêtu d'une tenue décontractée, verte, avec une ceinture jaune et des chaussures assorties. Je suis accompagné de mon directeur associé à la Mission internationale de la fraternité baptiste, le révérend Campbell Freeney, tout aussi hideusement accoutré, dont le grand sourire transfigure le visage et parvient même à dissimuler bon nombre de ses balafres.

Je ne suis pas véritablement un amateur de vêtements, mais je possède tout de même quelques critères de base concernant l'habillement – et ce que nous portons les remet en cause et les roule dans la fange. J'ai protesté, évidemment, mais le révérend Kyle m'a dit que je n'avais pas le choix.

– Faut être dans le personnage, mon pote, dit-il en rectifiant le pli de son blouson rouge. C'est comme ça que s'habillent les missionnaires baptistes.

– On n'aurait pas pu être presbytériens ? demandé-je, plein d'espoir, mais il secoue la tête.

– C'est la seule couverture que j'ai et c'est comme ça qu'on va s'y prendre. Sauf si tu parles hongrois.

– Eva Gabor ? fais-je.

– Et essaie pas de parler de Jésus tout le temps, ils font pas ça. Contente-toi de sourire à tout bout de champ, d'être gentil avec tout le monde, et tout ira bien. Tiens, dit-il en me tendant un papier, ça, c'est la lettre du Trésor qui te permet de te rendre à Cuba comme missionnaire. La perds pas.

Il s'est révélé une source intarissable de renseignements durant les quelques heures entre sa décision de m'emmener à La Havane et notre arrivée à l'aube à l'aéroport ; il s'est même souvenu de m'avertir de ne pas boire l'eau du robinet, ce que j'ai trouvé très attentionné.

J'ai à peine eu le temps de trouver un prétexte à peu près plausible pour Rita – j'ai prétendu une urgence, qu'il ne fallait pas qu'elle s'inquiète et que le policier posté devant la porte resterait jusqu'à mon retour. Et, bien qu'elle soit assez intelligente pour être intriguée par le concept d'expertise judiciaire urgente, elle s'en est accommodée, rassurée à la vue de la voiture de patrouille garée devant chez nous. Chutsky a bien joué son rôle en lui tapotant l'épaule et en disant : « Vous inquiétez pas, on va s'en occuper pour vous. » Évidemment, cela l'a rendue encore plus perplexe, étant donné qu'elle n'a jamais réclamé d'analyse de traces de sang et que, quand bien même, Chutsky n'aurait rien eu à voir là-dedans. Mais, au final, ça a semblé lui donner l'impression que des mesures capitales allaient être prises pour sa sûreté et que tout reprendrait son cours normal, et j'ai eu droit à des adieux avec le minimum de larmes possible, puis Chutsky m'a emmené à la voiture.

C'est ainsi que nous nous retrouvons dans le petit bâtiment de l'aéroport en attendant le vol pour La Havane. Peu après, nous sortons sur le tarmac, avec nos faux papiers et nos vrais billets, et nous filons vers l'appareil avec le reste des passagers, dans une grande débauche de coups de coude.

L'engin est un vieil avion dont les sièges sont usés et pas aussi propres qu'ils le devraient. Chutsky – pardon, le révérend Freeney – s'assoit du côté de l'allée, mais il est tellement costaud qu'il réussit quand même à m'écraser contre le hublot. Je vais être serré pendant ce vol, tellement, d'ailleurs, que je devrai attendre qu'il aille aux toilettes pour pouvoir respirer. Malgré tout, c'est peu cher payé pour apporter la Parole du Seigneur à ces communistes mécréants. Et c'est seulement après quelques minutes que l'avion s'ébranle en cahotant puis s'élève dans les airs.

Le vol ne dure pas assez longtemps pour que je souffre trop de ma privation d'oxygène, surtout que Chutsky passe beaucoup de temps penché dans l'allée à parler à l'hôtesse ; une demi-heure plus tard, nous virons de bord au-dessus des vertes prairies cubaines puis atterrissons lourdement sur une piste qui doit avoir été goudronnée par la même entreprise que l'aéroport international de Miami. Malgré tout, les roues tiennent bon et nous mènent vers un joli terminal moderne – que nous dépassons pour nous arrêter finalement devant un vieux bâtiment sinistre qui ressemble à une gare routière à destination d'un camp de détention.

Nous débarquons sur un escalier roulant et traversons le tarmac pour gagner le bâtiment, dont l'intérieur est tout aussi accueillant. Des moustachus en uniforme à l'air sévères montent la garde, la main posée sur une mitraillette, et scrutent tout le monde. Curieux contraste, plusieurs écrans de télévision suspendus au plafond diffusent une sorte de sitcom cubaine dont les rires préenregistrés font de l'équivalent américain une veillée funèbre. Toutes les deux minutes, un acteur beugle une phrase incompréhensible accueillie par une fanfare et un déluge de rires.

Nous attendons dans une file qui avance lentement vers une guérite. Je ne vois pas l'autre côté, et rien ne nous dit qu'on n'est pas en train de nous trier avant de nous embarquer dans des fourgons à bestiaux pour un goulag ; mais, puisque Chutsky n'a pas l'air de trop s'inquiéter, il serait malvenu que je me plaigne.

La file avance tel un escargot et un peu plus tard, sans me dire quoi que ce soit, Chutsky arrive devant le guichet et passe son passeport par une ouverture. Je ne vois ni n'entends ce qui se dit, mais il n'y a pas de hurlements ni de coups de feu, et peu après il récupère ses papiers, disparaît de l'autre côté : c'est mon tour.

Derrière l'épaisse vitre est assis un type qui pourrait être le jumeau du soldat voisin. Il prend mon passeport sans un mot, l'ouvre, l'examine, lève les yeux vers moi, puis me le rend sans un mot. Je m'attendais à quelques questions – peut-être à ce qu'il se lève et m'accuse d'être un chien féroce du capitalisme ou même un tigre de papier –, je suis si surpris que je reste interdit. Le type me fait signe de continuer d'un coup de menton, j'obéis et retrouve Chutsky à la livraison des bagages.

– Alors, mon pote, fait Chutsky depuis son poste devant le tapis roulant immobile qui, j'espère, va nous rendre nos valises, t'as pas eu peur, hein ?

– C'est vrai que je pensais que ce serait un peu plus difficile, admets-je. Enfin, ils ne sont pas censés nous haïr ou quelque chose de ce genre ?

– Je crois que tu vas te rendre compte que tu es très apprécié, dit-il en riant. C'est juste ton gouvernement, qu'ils supportent pas.

– Ils arrivent à faire la distinction ?

– Bien sûr. C'est de la simple logique cubaine.

Et si absurde que cela paraisse, ayant grandi à Miami, je sais pertinemment de quoi il s'agit : la logique cubaine est une blague récurrente de la communauté cubaine qui devance, dans le spectre affectif, le fait d'être *cubanaso*. La meilleure explication m'en a été fournie par un professeur d'université. J'avais choisi un cours de poésie dans le vain espoir d'en apprendre un peu plus sur l'âme humaine, étant donné que je n'en ai pas. Et le professeur nous avait lu un poème de Walt Whitman dont je me rappelle le début, tellement il était humain : « Est-ce que je me contredis ? Très bien alors, je me contredis, (Je suis vaste, je contiens des multitudes). » Et le professeur avait levé les yeux de son livre pour déclarer : « Parfaite logique cubaine », et avait attendu que les rires s'éteignent avant de reprendre sa lecture.

Donc, si les Cubains détestent l'Amérique mais aiment bien les Américains, cela ne mérite pas une de mes acrobaties mentales quotidiennes. Quoi qu'il en soit, un fracas métallique retentit, une sirène se déclenche, et les bagages commencent à arriver sur le tapis roulant. Nous n'avons pas grand-chose, juste un petit sac chacun – des chaussettes de rechange et une dizaine de bibles – que nous récupérons avant de passer devant une employée des douanes, visiblement plus intéressée à baratiner son collègue qu'à nous prendre en flagrant délit de contrebande d'armes ou de portefeuilles d'actions. Elle jette à peine un regard à nos sacs et nous fait signe de passer, sans interrompre une seconde son monologue étourdissant. Et nous voici libres, sur un trottoir inondé de soleil. Chutsky siffle un taxi, une Mercedes grise, et un homme en livrée grise et casquette assortie en descend pour prendre nos bagages et les mettre dans le coffre.

– Hôtel Nacional, annonce Chutsky.

L'autoroute qui mène à La Havane est criblée de nids-de-poule, quasiment déserte. Jusqu'au bout, nous ne voyons que quelques taxis, deux, trois motos et des camions de l'armée qui roulent à faible allure, rien d'autre. Mais, en ville, les rues explosent littéralement de vie, débordant de vieilles voitures, de vélos, de flots de passants sur les trottoirs, ainsi que d'étranges bus tirés par des camions Diesel. Ils sont deux fois plus longs que les nôtres, en forme de M, avec les deux extrémités qui remontent, tandis que le milieu redescend en pente vers une portion plate et plus basse. Ils sont tellement bondés qu'il paraît impossible d'embarquer d'autres passagers, mais j'en vois un qui s'arrête et un groupe de gens y monter.

– Des chameaux, dit Chutsky.

– Pardon ? demandé-je, interloqué.

– On les appelle des chameaux, dit-il en désignant le bus. On te dira que c'est à cause de la forme, mais pour moi c'est plutôt à cause de l'odeur à l'heure de pointe. Tu as quatre cents personnes là-dedans qui rentrent du boulot, sans clim', avec des fenêtres qui s'ouvrent pas. Incroyable.

C'est une information fascinante, du moins aux yeux de Chutsky, car il n'a pas grand-chose de plus à m'apprendre alors que nous traversons une ville qui m'est inconnue. Mais ses velléités de guide l'ont abandonné, et nous arrivons sur un large boulevard qui longe la mer. Sur les hauteurs, de l'autre côté du port, j'aperçois un vieux phare et quelques fortifications et, au-delà, un panache de fumée noire qui monte dans le ciel. La chaussée et la mer sont séparées par un large trottoir et un muret. Les vagues qui s'y fracassent font jaillir des gerbes d'embruns, mais personne n'a l'air de s'inquiéter de se faire un peu mouiller. Il y a plein de gens assis, debout, allongés, qui se promènent, qui pêchent ou qui s'embrassent sur ce muret. Nous passons devant une sculpture à la forme un peu tourmentée, enjambons un trottoir et remontons à gauche une petite éminence. Nous arrivons devant le Nacional, avec sa façade qui doit bientôt s'orner du visage narquois de Dexter – sauf si nous trouvons Weiss avant.

Le taxi s'arrête devant un grandiose escalier de marbre. Un portier vêtu comme un amiral italien s'avance, frappe dans ses mains, et un groom en livrée se précipite pour prendre nos sacs.

– On y est, dit un peu inutilement Chutsky.

L'amiral ouvre la portière, et Chutsky descend. J'ai le droit d'ouvrir la mienne, car je suis de l'autre côté, et je descends dans une marée de sourires obligeants. Chutsky paie la course, et nous suivons le groom.

Le hall a l'air sculpté dans le même bloc de marbre que l'escalier. Il est un peu étroit mais s'étend tout en longueur dans un lointain brumeux. Le groom nous conduit à la réception, derrière un ensemble de confortables fauteuils délimités par un cordon rouge, et le réceptionniste a l'air ravi de nous voir.

– Señor Freeney, dit-il en s'inclinant avec empressement. C'est un plaisir de vous revoir. Vous n'êtes tout de même pas venu pour le festival d'art ?

Il a moins d'accent que la plupart des gens à Miami et Chutsky, qui a l'air tout aussi ravi de le voir, lui serre la main par-dessus le comptoir.

– Comment ça va, Rogelio ? Content de vous voir. Je suis venu pour former un nouveau. (Il pose une main sur mon épaule et me pousse, comme un gamin boudeur qu'on oblige à faire un bisou à la grand-mère.) Je vous présente David Marcey, l'un de nos futurs meilleurs éléments. Il fait de sacrés sermons.

– Je suis très heureux de faire votre connaissance, señor Marcey, dit Rogelio en me serrant la main.

– Merci. C'est très joli, ici.

– J'espère que vous apprécierez votre séjour, dit-il en commençant à taper sur le clavier de son ordinateur. Si le señor Freeney n'y voit pas d'inconvénient, je vais vous placer à l'étage Privilège. Vous serez plus près de la salle à manger.

– Ça me paraît très bien, dis-je.

– Une chambre, ou deux ? demande-t-il.

– Une seule, cette fois, Rogelio, répond Chutsky. Il faut qu'on fasse attention aux frais.

– Bien sûr, approuve Rogelio, qui continue de taper et, très cérémonieusement, pose deux clés sur le comptoir. Et voici.

Chutsky pose la main sur les clés et se penche.

– Une dernière chose, Rogelio, dit-il en baissant la voix. On a un ami qui vient du Canada. Il s'appelle Brandon Weiss. (Il prend les clés et laisse à la place un billet de vingt dollars.) On voudrait lui faire une surprise. C'est son anniversaire.

Vif comme l'éclair, Rogelio rafle le billet comme un lézard qui gobe une mouche.

– Bien sûr. Je vous informerai immédiatement.

– Merci, Rogelio.

Chutsky tourne les talons et me fait signe de le suivre. Je lui emboîte le pas, suivi du groom chargé de nos sacs, jusqu'au bout du hall où se trouvent les ascenseurs qui doivent nous emmener prestement au sixième étage. Des gens vêtus de très élégantes tenues estivales attendent, et c'est peut-être mon imagination fébrile, mais je crois qu'ils toisent avec horreur nos vêtements de missionnaires. Malheureusement, nous devons nous en tenir au scénario, et je leur souris aimablement en parvenant à éviter de bafouiller une citation religieuse de l'Apocalypse.

La porte s'ouvre, et tout le monde se précipite dans l'ascenseur.

– Montez, monsieur, sourit le groom, tandis que le révérend Freeney et moi nous y engouffrons. Je vous rejoins dans deux minutes.

Les portes se referment. Je surprends des regards angoissés posés sur mes chaussures, mais personne ne dit rien et moi non plus. Je me demande pourquoi nous devons partager la chambre. Je n'ai pas eu de co-turne depuis l'université, et ça ne s'était pas très bien passé. Sans compter que je sais pertinemment que Chutsky ronfle.

Les portes s'ouvrent. Nous sortons. Je suis Chutsky jusqu'à une autre réception, où un serveur attend à côté d'un chariot. Il s'incline et nous tend à chacun un grand verre.

– Qu'est-ce que c'est ? demandé-je.

– Du Gatorade cubain, dit Chutsky. À la tienne.

Il vide son verre et le repose sur le chariot. Je m'oblige à en faire autant. La boisson est légère, sucrée, avec un petit goût de menthe, et je trouve que c'est en effet assez rafraîchissant, comme du Gatorade par une chaude journée. Je repose mon verre. Chutsky en reprenant un autre, j'en fais autant.

– *Salud !* dit-il.

Nous trinquons et buvons. Cela a vraiment très bon goût, et, étant donné que je n'ai rien bu ni mangé depuis notre départ précipité, j'apprécie.

Derrière nous, l'ascenseur s'ouvre, et notre groom accourt avec nos sacs.

– Ah, te voilà, dit Chutsky. Voyons la chambre.

À mi-chemin dans le couloir, je commence à me sentir un peu flageolant.

– Qu'est-ce qu'il y a dans cette boisson ? demandé-je à Chutsky.

– Surtout du rhum. Quoi ? T'as jamais bu de mojito ?

– Je ne crois pas.

Il émet un petit grognement en guise de rire.

– Va falloir t'habituer. T'es à La Havane, là.

Je les suis dans le couloir, que je trouve soudain nettement plus long et plus éclairé. Je me sens très rafraîchi, à présent. Mais je réussis à atteindre la chambre et à y entrer.

Le groom laisse nos affaires sur le porte-bagages et tire les rideaux. Le jour révèle une très jolie chambre, meublée avec goût dans un style classique. Il y a deux lits séparés par une table de chevet et une salle de bains à gauche de l'entrée.

– Très bien, dit Chutsky au groom, qui s'incline en souriant. Merci beaucoup, ajoute-t-il en lui glissant un billet de dix.

Le groom empoche l'argent avec un sourire, promet qu'il suffit de l'appeler pour qu'il remue ciel et terre afin d'exaucer notre moindre caprice, et s'éclipse alors que je m'effondre le nez dans l'oreiller du lit côté fenêtre. Je l'ai choisi exprès parce que c'est le plus proche, mais, comme le soleil m'éblouit, je ferme les yeux. La chambre ne commence pas à tourner et je ne sombre pas dans l'inconscience, mais je trouve que c'est une excellente idée de m'allonger un peu les yeux fermés.

– Dix dollars, explique Chutsky, c'est ce que gagnent la plupart des gens ici en un mois. Et paf, c'est ce qu'il vient de toucher pour cinq minutes de boulot. Il a probablement un doctorat en astrophysique. (Il marque une petite pause bienvenue, puis il demande, d'une voix qui me paraît soudain lointaine :) Hé, ça va, mon pote ?

– Jamais je n'ai été mieux, dis-je d'une voix assez lointaine aussi. Mais je crois que je vais faire un petit somme.

31

Quand je me réveille, la chambre est sombre et silencieuse, j'ai la bouche sèche. À tâtons, je finis par trouver et allumer la lampe de chevet. Je m'aperçois que Chutsky a tiré les rideaux et est parti. Voyant une bouteille d'eau minérale à côté de la lampe, je m'en empare et j'en bois la moitié d'une longue goulée reconnaissante.

Je me lève. Je suis un peu ankylosé d'avoir dormi la tête dans l'oreiller. Hormis cela, je me sens étonnamment bien, ce qui est inhabituel, et j'ai faim, ce qui l'est moins. Il fait encore grand jour, mais le soleil a tourné et un peu baissé ; je contemple la baie, le muret et la promenade surpeuplée. Personne n'a l'air de se presser, des groupes se rassemblent pour discuter, chanter et, d'après ce que je vois, offrir des conseils aux éperdus d'amour. Plus loin, dans l'eau, je vois osciller une grosse chambre à air avec un homme assis dedans qui tient un yoyo cubain – un fil de pêche sans canne ni moulinet. Et, vers l'horizon, trois gros bateaux dont le panache de fumée n'indique pas s'il s'agit de cargos ou de paquebots. Des oiseaux volent au-dessus des vagues qui étincellent dans le soleil. Le panorama est très beau, et, comme je me rends compte qu'il n'y a absolument rien à manger à la fenêtre, je prends ma clé et descends dans le hall.

Je repère à l'opposé des ascenseurs une vaste et élégante salle à manger, au coin de laquelle se trouve un bar tapissé de lambris sombre. Je commande un sandwich – cubain, naturellement – et une bière, puis je m'installe à une table en songeant avec un rien d'aigreur aux lumières, à la caméra et à l'action. Weiss doit être dans les parages ou sur le point d'arriver, et il a promis d'ériger Dexter au rang de grande star. Je n'ai pas envie d'en être une. Je préfère nettement œuvrer à la faveur de l'obscurité et atteindre un record d'excellence dans mon domaine de prédilection. Cela risque de devenir tout à fait impossible, à moins de me débrouiller pour arrêter Weiss ; et, comme je ne sais pas trop comment je compte m'y prendre, c'est une perspective très déprimante. Mais le sandwich est bon.

Ce petit en-cas terminé, je m'apprête à remonter quand, sur un coup de tête, je décide de descendre le grand escalier de marbre et de sortir devant l'hôtel où une file de taxis monte la garde. Je me promène le long de cette collection de vieilles Chevrolet et Buick – je trouve même une Hudson, que je n'identifie qu'en lisant la marque sur le capot. Des gens visiblement très heureux sont adossés aux voitures, tous très disposés à m'emmener faire un tour, mais je me contente de leur sourire et continue mon chemin vers la grille en fer forgé. Au-delà se trouve un amas d'espèces de voiturettes de golf aux carrosseries en plastique de couleur vive. Les chauffeurs sont plus jeunes et moins chic que les précédents, mais ils ont tout autant envie de m'empêcher d'utiliser mes jambes. Je parviens tout de même à les esquiver.

À la grille, je m'arrête pour jeter un regard aux alentours. Devant s'étend une rue en pente avec un bar ou une boîte de nuit. À droite, une autre rue rejoint le boulevard, et à gauche, en contrebas, j'aperçois un cinéma et quelques boutiques. Pendant que j'inspecte les lieux en me demandant où je vais aller, un taxi s'arrête, baisse sa vitre, et Chutsky m'appelle.

– Monte, mon pote. Grouille !

J'ignore pourquoi c'est si important, mais j'obéis et le taxi nous ramène à l'hôtel en entrant à droite dans un parking jouxtant l'une des ailes du bâtiment.

– Tu ne peux pas te balader comme ça, dit Chutsky. Si le mec te voit, c'est cuit.

– Oh..., fais-je, en me sentant vaguement idiot.

Il a raison, bien sûr, mais Dexter a si peu l'habitude d'être traqué en plein jour que cela ne m'est pas venu à l'esprit.

– Viens, dit-il en descendant du taxi avec une valise en cuir toute neuve.

Il paie le chauffeur, et je le suis par une autre entrée garnie de boutiques qui mène tout droit aux ascenseurs. Nous remontons à la chambre sans un mot. Là, Chutsky balance la valise sur le lit et se laisse tomber dans un fauteuil.

– O.K., on a du temps à tuer, et le mieux c'est de le faire ici. (Il me regarde comme si j'étais un gosse attardé et ajoute :) Pour que ton bonhomme sache pas qu'on est là.

Il me considère un moment pour vérifier que j'ai bien compris puis, jugeant que c'est le cas, sort un petit bouquin dépenaillé, un crayon et se met en devoir de faire des sudoku.

– Qu'est-ce que tu as dans ta valise ? demandé-je, surtout parce que je suis un peu irrité.

Chutsky sourit, agrippe la valise avec son crochet et l'ouvre. Elle est remplie de petits instruments de percussion comme on en trouve dans les boutiques de souvenirs ; la plupart sont estampillés CUBA.

– Pour quoi ? lui demandé-je.

– On ne sait jamais ce qui peut arriver, dit-il en souriant.

Puis il se remet à son sudoku. Livré à moi-même, je me cale devant la télévision, l'allume et regarde des sitcoms cubaines.

Ainsi, nous passons paisiblement le reste de la journée jusqu'au crépuscule. Chutsky regarde l'heure et déclare :

– O.K., mon pote, on y va.

– Où ça ?

– Retrouver un copain, dit-il avec un clin d'œil.

Il prend sa valise et se lève pour sortir. Bien qu'un peu troublé par le clin d'œil, je n'ai guère le choix et je le suis humblement jusqu'à l'entrée de service où nous montons dans un taxi.

Les rues de La Havane sont encore plus grouillantes à cette heure. Je baisse ma vitre pour voir, entendre et humer la ville, et je suis récompensé par un déluge de musique toujours changeante mais incessante qui semble sortir de la moindre porte ou fenêtre devant laquelle nous passons, par d'innombrables groupes de musiciens éparpillés dans les rues. Les chansons laissent la place à d'autres à mesure que nous traversons la ville, mais j'ai l'impression qu'on en revient toujours au refrain de *Guantanamera*.

Le taxi suit un itinéraire tortueux sur les rues pavées, traversant constamment des foules qui chantent, vendent des trucs et – curieusement – jouent au base-ball. Rapidement, je ne sais plus où nous sommes et, le temps que le taxi s'arrête devant une barrière ornée de grosses sphères d'acier au milieu de la rue, je ne sais plus d'où nous sommes venus. Je suis donc Chutsky dans une petite rue, à travers une place et jusqu'à un carrefour où s'élève un hôtel que le couchant peint d'un vif rose orangé. Chutsky ouvre la marche et entre, nous passons devant un piano-bar et plein de tables décorées de portraits de Hemingway qu'on dirait peints par des enfants du cours élémentaire.

Au-delà, tout au fond, se trouve un vieil ascenseur. Chutsky sonne. Pendant que nous attendons, je regarde autour de moi. J'aperçois des étagères chargées de marchandises et je m'approche pour jeter un coup d'œil. Ce sont des cendriers, des tasses et d'autres bibelots, tout est décoré de portraits de Hemingway, cette fois exécutés par quelqu'un d'un peu plus doué.

L'ascenseur arrive, et je retourne rejoindre Chutsky. Une énorme grille en fer s'ouvre sur la cabine, où un vieux bonhomme est à la manœuvre. Nous entrons. D'autres personnes nous rejoignent avant que le bonhomme referme la grille et tourne le levier de commande. La cabine s'ébranle et nous commençons à monter lentement jusqu'au cinquième étage.

– La chambre de Hemingway, annonce l'homme.

Il ouvre la grille, et les autres sortent. Je jette un coup d'œil à Chutsky, qui secoue la tête et indique le plafond. J'attends donc que la grille se referme et que nous montions deux étages de plus. Enfin, l'homme nous ouvre, et nous arrivons dans une petite pièce avec un escalier. J'entends de la musique, et Chutsky, d'un geste, m'entraîne en direction de la musique.

Nous marchons vers une pergola où un trio d'hommes en pantalons blancs et *guayabera* chante une chanson où il est question d'*ojos verdes.* Un bar est dressé contre le mur derrière eux, et de part et d'autre s'étend La Havane, baignée dans l'orange du couchant.

Chutsky me conduit à une table basse entourée de fauteuils et glisse sa valise dessous tandis que nous nous asseyons.

– Pas mal, la vue, hein ? fait-il.

– Très joli. C'est pour ça que nous sommes venus ?

– Non, je t'ai dit qu'on allait rencontrer un copain.

Et, blague ou pas, il n'a pas l'intention d'en dire plus. Quoi qu'il en soit, un serveur arrive.

– Deux mojitos, demande Chutsky.

– En fait, je pense que je vais me contenter d'une bière, dis-je, me rappelant ma mésaventure.

– Comme tu veux. Essaie une Crystal, c'est très bon.

J'acquiesce à l'attention du serveur : si je peux faire confiance à Chutsky pour quelque chose, c'est bien pour le choix des bières. Le serveur s'incline et s'éloigne vers le bar pendant que le trio entame *Guantanamera*.

Nous avons à peine eu le temps de boire une gorgée qu'un homme s'approche. Tout petit, vêtu d'un pantalon marron et d'une *guayabera* d'un vert vif, il porte une valise identique à celle de Chutsky.

Celui-ci se lève et lui tend la main en beuglant un *iibang*, et il me faut un moment pour me rendre compte qu'il s'agit de la prononciation cubaine du prénom du nouvel arrivant, Iván. Iibang saisit la main tendue et ils s'étreignent.

– *Kâm-bey !* s'exclame Iibang.

Là encore, il me faut un moment, car j'ai oublié que Chutsky est le révérend Campbell Freeney. Le temps que tout s'ordonne dans ma tête, Iván tourne vers moi un regard interrogateur.

– Ah oui. Je te présente David Marcey. David, Iván Echeverria.

– *Mucho gusto*, dit Iván en me serrant la main.

– Ravi de vous connaître, dis-je en anglais, ne sachant pas trop si David est censé connaître l'espagnol.

– Eh bien, assieds-toi, propose Chutsky en appelant le serveur.

Celui-ci se précipite, prend la commande d'Iván – un mojito – et, la boisson servie, Iván et Chutsky sirotent leurs verres en discutant joyeusement à toute vitesse en espagnol. Je pourrais probablement suivre si j'en prenais la peine, mais il me semble que ce serait me donner bien du mal pour ce qui semble être une conversation privée nourrie de souvenirs personnels. En fait, même s'ils parlaient de sujets plus intéressants que ah-c'était-le-bon-temps, je décrocherais, car la nuit est tombée et que monte au-dessus des toits une énorme lune rousse, enflée, qui minaude, assoiffée de sang. Ce simple spectacle a le don de me donner la chair de poule, de dresser les poils sur mes bras et sur ma nuque, tandis que dans les tréfonds du Château-Dexter un sombre petit laquais court pour apporter à tous les Chevaliers de la Nuit l'ordre de commencer la Quête.

Mais, évidemment, ce n'est pas possible. Ce n'est pas une Nuit de Débauche. C'est malheureusement une Nuit de Consignation. Où je suis censé siroter une bière qui tiédit rapidement, en faisant semblant de comprendre et d'apprécier le trio ; une nuit où je dois sourire poliment à Iibang en espérant que ce sera vite expédié, que je puisse redevenir moi-même et retrouver ma tranquillité d'esprit de joyeux assassin. C'est une nuit où je dois prendre mon mal en patience en espérant que dans peu de temps j'aurai un couteau dans une main et Weiss dans l'autre.

En attendant, je ne peux que soupirer, boire une gorgée de bière et faire mine de savourer le splendide panorama et la délicieuse musique. Entraîne-toi à faire ton sourire vainqueur, Dexter. Combien de dents peut-on montrer ? Très bien. Maintenant, sans les dents, juste les lèvres. Jusqu'où peux-tu remonter les coins de ta bouche sans montrer que tu endures une atroce souffrance intérieure ?

– Hé, ça va, mon pote ? demande Chutsky vingt minutes plus tard.

Apparemment, j'ai laissé déraper mon sourire béat en rictus.

– Ça va, dis-je. Oui, oui, ça va.

– Mmm, mmm..., fait-il, pas très convaincu. Bon, mieux vaut te ramener à l'hôtel.

Il vide son verre et se lève, imité par Iván. Ils se serrent la main, Iván se rassoit, Chutsky prend sa valise et nous repartons vers l'ascenseur. Je me retourne alors qu'Iván commande un autre verre et interroge Chutsky du regard.

– Oh, c'est pour qu'on ne parte pas ensemble. Tu vois, pas en même temps.

Je suppose que c'est aussi logique que le reste, puisque nous sommes apparemment en plein film d'espionnage. Je lorgne donc tout le monde durant la descente en ascenseur pour m'assurer qu'il ne s'agit pas d'agents d'un cartel ennemi. Ce ne doit pas être le cas, car nous arrivons en bas sains et saufs. Mais, en traversant la rue pour prendre un taxi, nous passons devant un fiacre que j'aurais dû remarquer et éviter, car les animaux ne m'aiment pas, et le cheval se cabre en hennissant – alors qu'il est vieux et épuisé, et mangeait tranquillement dans son sac d'avoine. Ce n'est pas très impressionnant, pas du tout un de ces grands moments à la John Wayne, mais il réussit à soulever ses deux jambes avant et à pousser un geignement d'extrême mécontentement qui fait autant sursauter son cocher que moi. Nous pressons le pas et parvenons à monter dans un taxi avant qu'une nuée de chauves-souris s'abattent sur moi.

Nous rentrons à l'hôtel en silence. Chutsky, sa valise sur les genoux, regarde le paysage, et moi j'essaie de ne pas prêter l'oreille à cette lune énorme qui m'ébranle. Sans grand succès : elle est là, à chaque instant, au milieu de cette carte postale que nous traversons, toujours éclatante, toujours là à me narguer et à me chuchoter de merveilleuses idées – et si nous allions nous amuser un peu ? Mais je ne peux pas. Je dois me contenter de répondre par un sourire en promettant que ce sera pour bientôt.

Dès que j'aurai trouvé Weiss.

32

Nous regagnons notre chambre sans incident et sans avoir échangé plus d'une douzaine de mots. Le côté peu bavard de Chutsky se révèle un trait de personnalité vraiment charmant, car moins il parle, moins je dois faire semblant d'être intéressé, ce qui m'évite de me fatiguer en expressions faciales. En fait, les quelques mots qu'il prononce sont si agréables et si séduisants qu'il s'en faut de peu pour que je l'apprécie.

– Laisse-moi déposer ça dans la chambre, dit-il, en prenant sa valise. Après, on verra pour le dîner.

Ces sages paroles sont bienvenues : je ne vais pas pouvoir rôder cette nuit au clair de lune, le dîner fera un substitut acceptable.

Arrivé dans la chambre, Chutsky dépose précautionneusement la valise sur le lit et s'assoit à côté ; je me rends compte qu'il l'a emportée à notre rendez-vous sans raison apparente et qu'il lui témoigne beaucoup d'attention. Comme la curiosité est l'un de mes rares défauts, je me décide à lui poser la question :

– Qu'est-ce qu'elles ont de si important, ces maracas ?

– Rien, fait-il en souriant. Rien du tout.

– Alors pourquoi tu les trimballes partout avec toi ?

– Parce que, dit-il en soulevant la valise avec son crochet, ce ne sont plus des maracas. (Il glisse la main à l'intérieur et en sort un pistolet automatique qui n'a pas du tout l'air d'un instrument de musique.) Et voilà !

Je repense à Chutsky, qui a emporté la valise à notre rendez-vous avec Iibang, lequel est arrivé avec une valise identique, les deux ayant été glissées sous la table pendant que nous écoutions *Guantanamera*.

– Tu as échangé la valise avec celle de ton copain.

– Bravo.

Cela ne fait pas partie de mes sorties les plus saillantes, mais je suis surpris et je trouve juste à répondre :

– Mais pour quoi faire ?

Chutsky me gratifie d'un gentil sourire si condescendant que je braquerais volontiers le pistolet sur lui et appuierais sur la détente.

– C'est un pistolet, mon pote. À ton avis, ça sert à quoi ?

– Euh... à se défendre ?

– Tu te rappelles pourquoi on est là, quand même ?

– Pour trouver Brandon Weiss.

– Le trouver ? C'est ça que tu te dis ? Qu'on est venus le trouver ? Mais on est là pour le tuer, mon pote. Va falloir que tu t'enfonces ça dans le crâne. On va pas se contenter de le retrouver, on doit l'abattre. On doit le tuer. Qu'est-ce que tu croyais qu'on allait faire ? Le ramener avec nous et le refiler au zoo ?

– Je croyais que ce genre de chose était mal vu ici. C'est vrai, on n'est pas à Miami.

– Ni à Disneyland non plus, dit-il – inutilement, je trouve. On est pas là pour une partie de plaisir, mon pote. On est là pour tuer ce mec et plus vite tu te seras habitué à cette idée, mieux ça vaudra.

– Oui, je sais, mais...

– Il y a pas de mais. On va le liquider. Je vois que ça te pose problème.

– Pas du tout.

Apparemment, il n'a pas entendu – ou alors il est déjà lancé dans un sermon tout préparé et ne peut plus s'arrêter.

– Tu peux pas faire le dégoûté pour un petit peu de sang. C'est complètement naturel. Depuis qu'on est tout petits, on nous répète que tuer, c'est mal.

Tout dépend de qui, pensé-je.

– Mais les règles sont faites par des gens qui peuvent pas gagner sans elles. Et puis tuer, c'est pas toujours mal, mon pote, dit-il en me faisant bizarrement un clin d'œil. Parfois, on est obligé. Et puis des fois, le mec le mérite. Soit parce que des tas d'autres gens vont y passer si tu agis pas, soit parce que c'est toi ou lui. Et, là, c'est les deux en même temps, pas vrai ?

Et bien que ce soit très étrange d'entendre dans la bouche du petit copain de ma sœur cette version brute de décoffrage du credo que j'ai observé toute ma vie, assis sur un lit dans une chambre d'hôtel de La Havane, cela me fait de nouveau apprécier Harry pour avoir été en avance sur son temps et pour l'avoir formulé d'une manière qui ne me donne pas l'impression de juste tricher en faisant une réussite. Mais je ne suis pas très enthousiaste à l'idée d'utiliser une arme à feu. Cela me paraît mal adapté, comme laver ses chaussettes dans les fonts baptismaux d'une église.

Mais Chutsky est apparemment très content de lui.

– Walther, 9 mm. Excellentes armes, dit-il, avant d'en sortir une deuxième de la valise. Un pour chacun, ajoute-t-il en me jetant le pistolet, que j'attrape par réflexe. Tu penses pouvoir appuyer sur la détente ?

Je sais très bien de quel côté on tient un pistolet, quoi qu'en pense Chutsky. Après tout, j'ai grandi dans la maison d'un policier et je travaille avec eux tous les jours. C'est juste que je n'aime pas ces engins : ils sont trop impersonnels et manquent d'élégance. Mais il me l'a jeté par défi, et, avec ce que j'ai déjà subi de sa part, je ne vais pas en rajouter. J'éjecte donc le magasin, essaie le mécanisme une fois, puis je le braque en position de tir, exactement comme me l'a appris Harry.

– Très joli. Tu veux que je tire dans la télévision ?

– Garde ça pour le méchant. Si tu penses pouvoir le faire.

– C'est vraiment ton plan ? demandé-je en jetant l'arme sur le lit. On attend que Weiss se présente à l'hôtel et on joue à OK Corral avec lui ? Dans le hall ou au petit déjeuner ?

Chutsky secoue tristement la tête, comme s'il avait vainement essayé de m'apprendre à nouer mes lacets.

– Mon pote, on sait pas quand ce mec va se pointer ni ce qu'il compte faire. Il peut même nous repérer avant.

Il hausse les sourcils d'un air de dire : *Ha ! tu y avais pas pensé, à ça, hein ?*

– Alors on l'abat dès qu'on le trouve ?

– L'idée, c'est d'être prêt, quoi qu'il arrive. Idéalement, on l'emmène dans un coin tranquille et on le liquide. Mais au moins on reste sur le qui-vive. Et puis Iván nous a apporté deux-trois autres trucs au cas où.

– Quoi, par exemple ? Des mines antipersonnel ? Un lance-flammes ?

– Du matos électronique. Superpointu. On pourra le repérer, le localiser, l'écouter – avec ces trucs, on pourrait l'entendre péter à deux kilomètres.

J'ai vraiment envie de me laisser gagner par l'ambiance, mais c'est très difficile de montrer un quelconque intérêt pour les problèmes digestifs de Weiss et j'espère que ce n'est pas absolument essentiel pour les plans de Chutsky. En tout cas, cette approche à la James Bond me met mal à l'aise. J'ai peut-être tort, mais je commence à apprécier la chance que j'ai eue jusqu'à maintenant dans la vie. Je me suis très bien débrouillé avec seulement quelques lames étincelantes et ma fringale – rien de très pointu, si j'ose dire, pas de vagues plans échafaudés, pas de planques incertaines à l'étranger dans des hôtels qu'on compte ravager de rafales. Rien de plus qu'un carnage joyeux, insouciant et relaxant. Certes, cela paraît primitif et même un peu brouillon devant tous ces préparatifs high-tech, mais au moins c'est un travail honnête et sain.

Cependant, je lui ai demandé son aide, et maintenant je suis coincé. Je ne peux donc pas faire grand-chose, hormis bonne figure.

– C'est très bien, tout cela, dis-je avec un sourire encourageant qui ne trompe personne, même pas moi. Quand est-ce qu'on commence ?

– Quand il arrivera, ricane Chutsky en rangeant les armes et en me tendant la valise. Tu peux la mettre dans le placard ?

Je la prends, mais lorsque je tends la main pour ouvrir le placard j'entends un léger bruissement d'ailes dans le lointain. Je me fige. *Qu'est-ce que c'est ?* Un imperceptible tressaillement, l'éveil d'une sensation, pas plus.

Je sors donc de la valise mon ridicule pistolet et le braque tout en tendant la main vers la poignée. J'ouvre la porte et, l'espace d'un instant, je reste immobile à en fixer l'intérieur plongé dans le noir, en attendant que l'obscurité déploie ses ailes protectrices au-dessus de moi. C'est une image impossible, irréelle – mais, après ce qui me paraît une éternité, je suis bien obligé d'y croire.

C'est Rogelio, l'ami réceptionniste de Chutsky, censé nous prévenir de l'arrivée de Weiss. Mais il n'a pas l'air très disposé à nous dire grand-chose, sauf si nous communiquons avec lui en faisant tourner des tables. Parce que, si l'on doit se fier aux apparences, avec la ceinture serrée autour de son cou, sa langue qui pend et ses yeux exorbités, Rogelio est plus que mort.

– Qu'est-ce qu'il y a, mon pote ? demande Chutsky.

– Je crois que Weiss est déjà arrivé.

Chutsky se lève péniblement et vient me rejoindre. Il regarde un moment le cadavre, laisse échapper un juron, puis tâte le pouls, ce que j'estime inutile, mais peut-être que c'est l'usage. Évidemment, il n'en trouve pas.

– Putain de merde ! Putain de merde ! s'exclame-t-il.

Je ne vois pas en quoi prononcer ces mots deux fois peut nous aider, mais après tout, puisque c'est lui l'expert, je le laisse fouiller dans les poches de Rogelio.

– Son passe, dit-il en l'empochant. (Il trouve les babioles habituelles – clés, mouchoir, peigne, un peu d'argent, qu'il examine soigneusement.) Dix dollars canadiens. On dirait que quelqu'un lui a filé un pourboire, hein ?

– Tu veux parler de Weiss ?

– Combien tu connais de Canadiens sanguinaires ?

C'est juste. Étant donné que la saison de hockey est terminée, je n'en vois qu'un : Weiss.

Chutsky sort une enveloppe de la poche intérieure de Rogelio.

– Bien vu, dit-il en me la tendant. B. Weiss, chambre 865. Je pense que ce sont des bons pour des consommations gratuites. Ouvre-la.

J'obéis et trouve effectivement deux bons pour des consommations au Cabaret parisien, le célèbre établissement de l'hôtel.

– Comment tu as deviné ? demandé-je.

Chutsky termine sa fouille et se redresse.

– J'ai déconné, dit-il. Quand j'ai indiqué à Rogelio que c'était l'anniversaire de Weiss, il a dû vouloir faire mousser l'hôtel et en profiter pour récupérer un pourboire. Vingt dollars, dit-il en me montrant le billet, c'est un mois de salaire. On ne peut pas lui en vouloir. Bref, j'ai déconné et il est mort. On est dans une merde noire jusqu'aux yeux.

Bien qu'il ne saisisse pas vraiment la portée de cette métaphore, je comprends ce qu'il veut dire. Weiss sait que nous sommes ici, nous ignorons totalement ce qu'il mijote et nous avons un cadavre très gênant dans notre placard.

– Très bien, dis-je. (Et, pour une fois, je suis heureux de bénéficier de son expérience – ce qui implique évidemment qu'il ait déjà merdé et trouvé des cadavres étranglés dans son placard, mais il est certainement plus aguerri dans ce domaine que moi.) Qu'est-ce qu'on fait ?

– D'abord, on inspecte sa chambre. Il s'est sûrement barré, mais on serait vraiment cons de pas aller voir. On connaît le numéro et il sait pas forcément qu'on est au courant. Et s'il est là – faudra, comment tu as dit ? jouer à OK Corral.

– Et dans le cas contraire ? demandé-je, car j'ai l'impression que Rogelio est un cadeau d'adieu et que Weiss est déjà loin.

– S'il est pas dans sa chambre, et même s'il y est et qu'on le liquide, dans un cas comme dans l'autre, mon pote, désolé de te l'annoncer, mais les vacances sont finies. Tôt ou tard, ça va se savoir, ajoute-t-il en désignant Rogelio, et là ça va se gâter salement. Faut qu'on se tire.

– Et Weiss, alors ? S'il est déjà parti ?

– Va falloir qu'il dégage vite fait. Il sait qu'on est sur ses traces, et quand le corps de Rogelio sera découvert il y aura bien quelqu'un pour se rappeler les avoir vus ensemble. Je pense qu'il est déjà parti se planquer. En tout cas, faut qu'on aille voir sa chambre. Après, on dégage de Cuba, *muy rapido*.

J'avais affreusement redouté qu'il ait un plan high-tech pour se débarrasser du corps de Rogelio, genre le dissoudre avec un laser dans la baignoire, mais je suis soulagé que, pour une fois, il se montre sensé. Je n'ai presque rien vu de La Havane excepté une chambre d'hôtel et le fond d'un verre de mojito, mais il est temps de rentrer à la maison et de penser au plan de secours.

– D'accord, dis-je, allons-y.

– Bravo. Prends ton arme.

Je glisse cette chose froide et cliquetante dans la ceinture de mon pantalon et rabats l'ignoble blouson vert par-dessus, puis je sors dans le couloir pendant que Chutsky referme le placard.

– Mets la pancarte NE PAS DÉRANGER, dit-il.

Excellente idée : cela prouve que je ne me suis pas trompé quant à son expérience. À ce stade, ce serait très embêtant qu'une femme de chambre entre pour nettoyer les cintres. J'obéis, et avec Chutsky nous prenons l'escalier.

C'est très, très étrange de me retrouver en train de traquer quelqu'un dans un couloir très éclairé, sans la moindre lune au-dessus de moi, ni lame étincelante d'impatience, ni sifflement plein d'entrain sur la banquette arrière alors que le Passager noir s'apprête à prendre le volant. Je n'entends que les pas de Chutsky sur le tapis, un avec le pied, l'autre avec la prothèse, et le bruit de notre respiration. Nous montons au huitième. La chambre 865, comme je l'ai pressenti, donne sur la façade de l'hôtel, emplacement idéal pour que Weiss y place sa caméra. Nous attendons sans un bruit devant la porte pendant que Chutsky, tenant son pistolet au bout de son crochet, sort le passe de Rogelio. Puis il me le tend, désigne la porte du menton et murmure :

– Un, deux... trois !

Je glisse le passe dans la serrure, tourne la poignée et m'efface tandis que Chutsky se rue dans la chambre, arme au poing. Je le suis, adoptant la même posture pour ne pas être en reste.

Je couvre Chutsky pendant qu'il ouvre la porte de la salle de bains d'un coup de pied, puis le placard, avant de se détendre et de ranger son arme.

– Et voilà, dit-il en contemplant la table près de la fenêtre.

Une vaste corbeille de fruits y trône, ce qui est un peu ironique quand on pense à ce que Weiss en fait généralement. Je m'approche pour regarder. Heureusement, il n'y a ni entrailles ni doigts dedans. Juste des mangues, des papayes, etc., et une carte qui proclame : *Feliz Navidad, Hotel Nacional.* Un message standard. Rien qui sorte de l'ordinaire. Juste assez pour que Rogelio se soit fait tuer.

Nous fouillons les tiroirs et regardons sous le lit, mais il n'y a rien. En dehors de la corbeille de fruits, la chambre est aussi vide que l'intérieur de Dexter, à la case marquée ÂME.

Weiss s'est enfui.

33

Pour autant que je le sache, je n'ai jamais flâné. Soyons honnête, je doute même m'être jamais promené, mais flâner est un passe-temps tout bonnement au-delà de mes forces. Quand je vais quelque part, c'est toujours avec un but précis en tête et, bien que j'hésite à me vanter, le plus souvent j'ai tendance à marcher d'un pas décidé.

Mais sortis de la chambre vide de Weiss et après être montés dans l'ascenseur, Chutsky range les armes dans la valise et m'explique longuement qu'il importe d'avoir l'air détaché et insouciant, si bien que, lorsque nous arrivons dans le hall, j'ai effectivement l'impression de flâner. En tout cas, je suis sûr que c'est ce que fait Chutsky, et j'espère avoir l'air plus naturel que lui – évidemment, comme il doit faire avec son pied artificiel, je pense m'en sortir mieux.

Quoi qu'il en soit, nous flânons dans le hall, en souriant à qui veut bien nous jeter un regard. Nous flânons jusqu'à la sortie, en descendant l'escalier, jusqu'à l'homme en uniforme d'amiral, puis nous flânons jusqu'au trottoir pendant qu'il appelle le premier taxi de la rangée. Et nous continuons de la même allure nonchalante après être montés dans la voiture, car Chutsky demande au chauffeur de nous emmener au Castillo El Morro. Je l'interroge du regard, mais il se contente de secouer la tête, et je dois essayer de deviner tout seul. D'après ce que je sais, il n'y a pas à El Morro de tunnel secret permettant de quitter Cuba. C'est l'une des destinations touristiques les plus fréquentées de La Havane, avec la densité la plus élevée de caméras et de lotion solaire au mètre carré. Mais j'essaie un instant de penser comme Chutsky – c'est-à-dire que je fais comme si j'étais un conspirateur – et je finis par comprendre.

C'est précisément parce que c'est un lieu touristique que Chutsky veut s'y rendre. Si le pire survient – et je dois admettre que nous sommes bien partis –, notre piste s'arrêtera là-bas, dans la foule, et nous retrouver sera un tout petit peu plus ardu.

Je m'enfonce donc sur la banquette, savoure la promenade au clair de lune et le fait que j'ignore où est Weiss et ce qu'il a prévu de faire. Je trouve un certain réconfort à me dire qu'il l'ignore probablement lui-même, mais pas suffisamment pour me sentir vraiment rasséréné.

Quelque part, la même lumière riante de ce clair de lune éclaire également Weiss. Et peut-être lui chuchote-t-elle les mêmes mots affreux et merveilleux à l'oreille – d'amusantes et astucieuses suggestions pour occuper la soirée, maintenant, tout de suite. Jamais encore la lune n'a exercé une telle attraction sur les marées de Dexter-Plage. Pourtant, je les entends, ces petits gloussements, et ils me remplissent d'une électricité qui me donne envie de bondir dans la nuit et de taillader le premier bipède à sang chaud que je croise. C'est probablement parce que je suis frustré d'avoir encore manqué Weiss, mais c'est irrésistible, et je me mords les lèvres durant tout le trajet.

Le taxi nous dépose à l'entrée de la forteresse, où une foule nombreuse attend le spectacle du soir en compagnie de marchands qui ont dressé leurs étals. Un couple âgé en bermudas et chemises hawaïennes monte dans notre taxi pendant que Chutsky va acheter deux bières à l'un des marchands.

– Tiens, mon pote, dit-il en me tendant une cannette. Allons nous promener par là.

D'abord on flâne, ensuite, on se promène – tout ça dans une seule et même journée. C'est assez pour me faire tourner la tête. Mais je me promène, je sirote ma bière et je suis Chutsky sur une centaine de mètres en fendant la foule. Nous nous arrêtons à un stand de souvenirs et Chutsky achète deux tee-shirts ornés de la photo du phare et deux casquettes estampillées CUBA. Puis nous nous promenons jusqu'au bout du trottoir. Il jette un regard nonchalant alentour, jette sa cannette dans une poubelle et me dit :

– Parfait. Ça a l'air bon. Là-bas.

Il s'engouffre l'air de rien dans une ruelle entre deux bâtiments, je le suis.

– O.K. Et ensuite ?

– On se change. Après, on va à l'aéroport, on prend le premier vol, peu importe pour où, et on rentre. Ah, et puis tiens. (Il sort deux passeports de la valise, en ouvre un et me le donne.) Derek Miller. Ça va ?

– Oui, bien sûr, pourquoi pas. C'est très joli.

– Ouais, c'est mieux que Dexter.

– Ou Kyle.

– Kyle qui ? fait-il en brandissant son passeport. C'est Calvin. Calvin Brinker. Mais tu peux m'appeler Cal. (Il commence à mettre dans ses poches de pantalon tout ce qu'il a dans son blouson.) Faut aussi larguer les blousons. Si seulement on avait le temps d'acheter une tenue complète ! Mais ça va suffire. Mets ça.

Il me tend une casquette et un tee-shirt. J'enlève mon atroce blouson vert, avec soulagement, vraiment, puis la chemise, et j'enfile rapidement ma nouvelle tenue. Chutsky en fait autant et nous jetons dans une poubelle nos tenues de missionnaires baptistes en ressortant de la ruelle.

– O.K., dit-il, en arrivant au bout, où attendent quelques taxis. *Aeropuerto José Martí*, dit-il au chauffeur en montant dans le premier.

Le trajet jusqu'à l'aéroport est assez semblable à celui de l'aller. Peu de voitures, en dehors des taxis et de quelques véhicules de l'armée. Le chauffeur conduit comme si c'était une course d'obstacles entre les nids-de-poule. C'est un peu compliqué de nuit puisque la route n'est pas éclairée, et il ne réussit pas toujours son coup, alors nous sommes violemment secoués plusieurs fois, mais nous arrivons à l'aéroport indemnes. Cette fois, on nous dépose devant le magnifique terminal tout neuf, au lieu du bâtiment sinistre de l'arrivée. Chutsky va droit à l'écran qui annonce les départs.

– Cancún, départ dans trente-cinq minutes, dit-il. Parfait.

– Et notre valise de James Bond ? demandé-je, pensant que nous allons avoir des problèmes avec la sécurité, étant donné qu'elle est truffée d'armes, de lance-grenades et tutti quanti.

– Pas de souci, fait-il. Là-bas. (Il se dirige vers une rangée de casiers, glisse quelques pièces dans l'un d'eux et y range la valise.) Et voilà.

Il claque la porte, récupère la clé, et nous allons jusqu'au comptoir d'AeroMexico après avoir jeté la clé dans une poubelle en chemin.

La file d'attente est courte, et en un rien de temps nous achetons nos billets pour Cancún. Malheureusement, il n'y a de place qu'en première, mais, comme nous fuyons la répression d'un pays communiste, je juge la dépense supplémentaire justifiée, ironiquement appropriée, même. La gentille jeune femme nous annonce que l'embarquement a commencé et que nous devons nous presser. Nous obéissons, le temps de montrer nos passeports et de payer la taxe de sortie, et ce n'est pas si terrible, car je m'attendais vraiment à avoir des problèmes avec nos pièces d'identité ; puisque nous n'en avons pas, je veux bien payer cette taxe, si ridicule soit-elle.

Nous sommes les derniers passagers à embarquer et je suis sûr que l'hôtesse ne nous sourirait pas si aimablement si nous étions en classe économique. Nous avons même droit à une coupe de champagne pour nous remercier de notre retard, et, pendant que les portes se ferment, je me dis que nous allons vraiment nous en sortir, que j'apprécie réellement le champagne, même l'estomac vide.

Je suis encore plus ravi quand nous nous envolons vers le Mexique, et j'en aurais bien bu encore quand nous atterrissons à Cancún après ce bref voyage, mais l'hôtesse ne m'en offre pas. Probablement que mon statut de voyageur privilégié s'est dissipé en route : il m'en reste tout juste assez pour mériter un sourire poli quand nous débarquons.

Dans le terminal, Chutsky va s'occuper d'organiser notre retour pendant que j'attends dans un restaurant rutilant en mangeant des *enchiladas*. Comme tout ce qu'on vous sert dans n'importe quel aéroport, c'est insipide et n'a qu'un rapport lointain avec ce que c'est censé être. C'est mauvais, mais pas assez épouvantable pour exiger le remboursement. C'est pénible, mais je parviens à les terminer le temps que Chutsky revienne avec nos billets.

– Cancún-Houston et Houston-Miami, dit-il en me tendant le mien. On arrivera vers 7 heures du matin.

Après avoir passé une bonne partie de la nuit dans des fauteuils en plastique moulé, je crois que je n'ai jamais retrouvé ma ville natale avec autant de plaisir, quand notre avion atterrit enfin au terminal de Miami International dans le soleil levant. La foule hystérique et toujours violente que nous devons traverser pour gagner le parking se révèle être un vrai bonheur.

À sa demande, je dépose Chutsky à l'hôpital pour qu'il retrouve Deborah. Il descend, hésite, puis se penche à la portière :

– Désolé que ça ait pas marché, mon pote.

– Je le suis tout autant.

– Tiens-moi au courant si tu as besoin d'un coup de main pour finir le boulot. Tu sais, si tu trouves le mec et que tu hésites, je peux t'aider.

Évidemment, c'est la seule chose où je n'hésiterais pas une seconde, mais c'est tellement gentil de sa part de se proposer que je le remercie.

– C'est sincère, dit-il, avant de claquer la portière et de claudiquer jusqu'à l'hôpital.

Je rentre dans la circulation, sans trop de retard, mais assez pour manquer Rita et les gosses. Je me console avec une douche, des vêtements propres, puis une tasse de café et un toast avant de retraverser la ville pour me rendre au bureau.

Ce n'est plus l'heure de pointe, mais comme toujours la circulation est dense, et dans les embouteillages j'ai le temps de réfléchir. Mes conclusions sont déplaisantes. Weiss est toujours dans la nature et désormais impossible à localiser. Je suis certain que rien ne l'a fait changer d'avis en ce qui me concerne et qu'il ne compte pas s'en prendre à quelqu'un d'autre. Pour autant que je sache, je dois me résigner à attendre – soit qu'il agisse, soit qu'une merveilleuse idée me tombe du ciel dans le bec.

Le flot des véhicules s'immobilise. Une voiture passe et klaxonne en rugissant sur la bande d'arrêt d'urgence, d'autres répliquent sur le même ton, mais aucune idée ne me vient. Je suis coincé, j'essaie d'aller au travail et j'attends une catastrophe imminente. C'est sans doute une description parfaite de la condition humaine, mais j'avais toujours cru y échapper.

Les voitures s'ébranlent. Je dépasse lentement un camion arrêté au bord de la route, capot ouvert. Une dizaine de types mal attifés sont assis sur le plateau du camion. Ils attendent aussi, mais ils ont l'air plus heureux que moi. Peut-être qu'ils ne sont pas traqués par un artiste dément et sanguinaire.

Je finis par arriver au bureau. Si j'espérais un accueil chaleureux de mes collègues, j'en suis pour mes frais. Vince Masuoka me jette un coup d'œil quand j'entre dans le labo.

– D'où tu sors ? demande-t-il d'un ton accusateur.

– Très bien, réponds-je. Ravi de te revoir aussi.

– C'est la folie, ici, reprend-il sans relever. Des histoires d'immigrés et pour ne rien arranger, hier, un connard a tué sa femme et son amant.

– Je suis navré de l'apprendre.

– Avec un marteau, si tu trouves ça drôle...

– Pas vraiment, dis-je, en ajoutant mentalement : *sauf pour lui*.

– On aurait bien eu besoin de toi.

– C'est agréable de se sentir désiré, dis-je.

Il me jette un long regard dégoûté et se détourne.

La journée ne s'améliore pas pour autant. Je finis sur le lieu où l'homme au marteau a donné sa petite fête. Vince avait raison – c'est un vrai charnier, avec des éclaboussures de sang sur deux murs et demi, un canapé et un grand bout d'une moquette anciennement beige. J'entends les policiers à la porte dire que le type est écroué : il a avoué en disant qu'il ne savait pas ce qui lui a pris. Ça ne me réconforte pas, mais c'est bien de voir que justice est faite de temps en temps, et cela me fait temporairement oublier Weiss. C'est bien d'être occupé.

Cela ne dissipe pas l'idée que Weiss doit probablement penser à la même chose que moi.

34

Je continue à m'occuper, et Weiss aussi. Grâce à Chutsky, j'apprends qu'il a pris de Cuba un vol pour Toronto partant au moment où nous arrivions à l'aéroport. Mais aucun piratage de fichiers ne nous permet de savoir ce qu'il a fait ensuite. Une petite voix intérieure et pleine d'espoir bégaie qu'il a peut-être renoncé et décidé de rester chez lui, mais elle est accueillie par un immense éclat de rire des autres voix qui m'habitent.

J'entreprends les quelques petites choses qui me viennent à l'esprit : je mène sur Internet quelques recherches que je ne suis pas censé pouvoir faire et je parviens à repérer des utilisations de carte de crédit, mais uniquement à Toronto. Cela me mène à la banque de Weiss et suscite en moi une certaine indignation : ces gens ne devraient-ils pas surveiller notre sacro-saint argent avec un peu plus de précaution ? Weiss a fait un retrait en liquide de plusieurs milliers de dollars, et c'est tout. Aucune activité sur les jours suivants.

Je sais que ce retrait implique une mauvaise nouvelle pour moi, mais je ne vois aucun moyen de deviner sous quelle forme. En désespoir de cause, je retourne sur la page YouTube de Weiss. Je suis choqué de constater que toutes les décorations NOUVEAU MIAMI ont disparu, ainsi que les vidéos. À leur place, sur le fond gris terne, est postée une image assez affreuse d'un corps masculin nu et repoussant, les parties génitales partiellement tranchées. Au-dessous, une légende annonce :

« Schwarzkogler n'était qu'un début. Nous sommes en route pour la prochaine étape ».

Toute conversation qui commence par « Schwarzkogler n'était qu'un début » ne mène nulle part où tout être doué de raison souhaiterait aller. Mais ce nom me paraît vaguement familier et, évidemment, ne pouvant laisser un indice potentiel en suspens, je fais diligemment une recherche sur Google.

Le Schwarzkogler en question se révèle être Rudolf, un Autrichien qui se prenait pour un artiste et qui, afin de le prouver, se serait coupé petit à petit le pénis en prenant des photos au fur et à mesure. Ce fut un tel triomphe artistique qu'il continua sa carrière jusqu'à ce que son chef-d'œuvre ait raison de lui. Et je m'en souviens en lisant que l'homme était une icône du petit groupe qui nous a régalés à Paris avec *La Jambe de Jennifer*.

Je ne m'y connais guère en art, mais je tiens à mes abattis. Pour le moment, Weiss s'est révélé peu disposé à céder les siens, malgré tous mes efforts. Et j'observe que ce mouvement artistique peut avoir un attrait esthétique évident pour lui, notamment s'il monte la barre d'un cran, comme il l'annonce ici. Cela tient debout : pourquoi créer de l'art avec son corps quand on peut le faire avec celui d'un autre et éviter de se faire mal ? Sans compter que votre carrière dure plus longtemps. J'applaudis le bon sens de Weiss et j'ai dans l'idée que je vais assister à la prochaine étape de sa carrière artistique sous peu, d'un peu trop près, au goût de Dexter le Philistin.

Je consulte régulièrement la page YouTube durant la semaine, mais rien ne change, et, au rythme d'une semaine très occupée, cela commence à ne plus être qu'un très déplaisant souvenir.

À la maison, la situation n'est pas meilleure : un policier est toujours posté à la porte quand les enfants rentrent, et, bien qu'il soit généralement aimable, sa présence accroît la tension. Rita est un peu distante et distraite, comme si elle attendait constamment un appel de l'étranger, et sa cuisine habituellement savoureuse s'en ressent. Nous mangeons des restes deux fois en une semaine – un fait sans précédent dans notre petit foyer – et, pour la première fois depuis que je la connais, elle est relativement peu bavarde, reste assise avec Cody à regarder en boucle tous ses DVD préférés, sans prononcer plus de deux ou trois mots.

Curieusement, Cody est le seul à faire montre d'un peu d'animation. Il a hâte d'aller à sa prochaine réunion chez les scouts, bien que cela l'oblige à porter son hideux uniforme. Mais, quand je lui demande ce qui l'a fait changer d'avis, il avoue que c'est parce qu'il espère que le nouveau chef va lui aussi être retrouvé mort et qu'il pourra le voir.

Une semaine morose se passe, le week-end ne se révèle pas mieux, et le lundi matin arrive, comme c'est assez souvent le cas. Bien que j'apporte une grande boîte de beignets au bureau, ce lundi ne m'offre rien en retour, hormis un surcroît de travail. Une fusillade en voiture à Liberty City me force à me rendre dans les quartiers chauds pendant plusieurs inutiles heures. Un ado de seize ans est mort, et un simple coup d'œil aux éclaboussures de sang suffit pour se rendre à l'évidence : il a été abattu depuis une voiture passant en trombe. Mais, comme l'« évidence » ne suffit jamais pour une enquête de police, je vais sur place sous un soleil de plomb suer à des tâches qui relèvent rapidement de la corvée, tout cela pour remplir les formulaires adéquats.

Le temps que je regagne mon petit bureau, j'ai tellement transpiré que j'ai presque épuisé mon déguisement humain. J'ai surtout envie d'une douche, de vêtements propres et secs et, si possible, de découper en tranches quelqu'un qui le mérite complètement. Bien sûr, cela me ramène directement à Weiss, et, n'ayant rien d'autre à faire que savourer l'odeur de ma transpiration, je jette un dernier coup d'œil à sa page.

Cette fois, une nouvelle vignette m'attend en bas. Intitulée DEXTERAMA.

Je n'ai pas tellement le choix : je clique dessus.

L'image est d'abord floue, j'entends le son d'un orchestre entonnant une musique pompeuse qui me rappelle la remise des diplômes au lycée. Suivent des images, les cadavres de la série LE NOUVEAU MIAMI, intercalées avec des visages de spectateurs, et la voix de Weiss s'élève, comme une version malsaine d'un commentateur télé.

« Pendant des milliers d'années, entonne-t-il, des choses affreuses nous sont arrivées. (Gros plans sur les cadavres et leurs visages aux masques en plastique.) Un homme a posé la même question : Pourquoi suis-je ici ? Et, pendant tout ce temps, la réponse n'a pas varié... (Gros plan sur un visage dans la foule des Fairchild Gardens, perplexe, interloqué, puis Weiss prend une voix de benêt :) Je sais pas... »

D'un point de vue technique, le film est très maladroit, ce n'est qu'un nouveau montage d'images éculées, et j'essaie de ne pas me montrer trop critique – après tout, le talent de Weiss s'exerce dans un autre domaine, il a perdu son premier partenaire puis tué le second, qui était monteur.

« L'homme s'est donc tourné vers l'art, continue Weiss du même ton solennel, tandis qu'apparaît une statue sans bras ni jambes, et l'art nous a apporté une bien meilleure réponse... (Plan rapproché du joggeur qui a trouvé le cadavre sur South Beach, suivi du fameux cri de Weiss.) Mais l'art conventionnel ne peut nous mener bien loin. Car l'utilisation de méthodes traditionnelles comme la peinture ou la sculpture élève une barrière entre l'événement artistique et l'expérience de l'art. Et nous, en tant qu'artistes, nous devons nous préoccuper d'abattre les barrières... (Image du mur de Berlin qui s'écroule sous les hourras de la foule.) C'est pourquoi des gens comme Chris Burden et David Nebreda ont commencé à expérimenter de nouvelles voies pour faire de leur personne une œuvre d'art – une barrière est tombée ! Mais cela ne suffit pas, car, pour le spectateur lambda (un autre visage d'ahuri dans la foule), il n'y a aucune différence entre un tas de boue et un artiste dément. La barrière se dresse encore ! Zut ! »

Le visage de Weiss apparaît alors ; la caméra tremblote un peu, comme s'il la tenait tout en parlant.

« Nous devons trouver l'immédiateté. Nous devons faire participer le spectateur à l'œuvre, afin d'éliminer la barrière. Et nous avons besoin de meilleures réponses... à de plus grandes questions encore. Comme : “Qu'est-ce que la vérité ?”, “Où se trouve le seuil de la souffrance humaine ?”. Et plus important encore... (Là, l’écran montre Dexter déposant Doncevic dans la baignoire blanche.) “Que ferait Dexter s’il faisait partie de l’œuvre, au lieu d’être l’artiste ?” »

À ce moment, j’entends un nouveau cri – étouffé, mais qui me paraît familier ; ce n’est pas celui de Weiss, mais je l’ai déjà entendu, bien que je n’arrive pas à préciser mon souvenir. Weiss revient à l’écran avec un petit sourire et jette un coup d’œil par-dessus son épaule.

« Au moins, nous pourrons répondre à la dernière question, n’est-ce pas ? »

Il s’empare de la caméra et la détourne de son visage pour fixer une forme qui gigote derrière lui. L’image devient nette et je comprends alors pourquoi le cri me paraissait familier.

C’est Rita.

Allongée sur le flanc, les mains liées dans le dos, les chevilles entravées, elle se débat tant qu’elle peut et pousse un autre cri étouffé, cette fois indigné.

« Le public est l’œuvre d’art, s’esclaffe Weiss. Et tu vas être mon chef-d’œuvre, Dexter. (Il fait un sourire, pas artificiel, mais pas particulièrement joli non plus.) Cela va être une fabuleuse... “art-stravagance” ! »

Et l’écran devient noir.

Il tient Rita. Je sais très bien que je devrais bondir, prendre mon fusil à plombs et foncer vers ce grand arbre en poussant un cri de guerre pour terrifier les écureuils – mais je sens un étrange calme m’envahir. Je reste à ma place un long moment, en me demandant ce qu’il compte lui faire, avant de m’apercevoir que, d’une manière ou d’une autre, je dois vraiment réagir. Je respire un bon coup pour m’extirper de ce fauteuil et quitter les lieux.

Mais j’ai à peine commencé à inspirer, pas assez pour poser ne serait-ce qu’un pied par terre, qu’une voix s’élève juste derrière moi.

– C’est ta femme, hein ? demande l’inspecteur Coulter.

Il me faut un peu de temps pour me décoller du plafond, puis je me retourne. Il est sur le seuil, à quelques mètres, mais assez près pour avoir tout vu et entendu. Impossible d'esquiver la question.

– Oui. C'est Rita.

– On aurait dit que c'était toi, avec le mec dans la salle de bains.

– Que... moi ? bafouillé-je. Je ne crois pas.

– Si, insiste Coulter. C'était toi. (Et, comme je n'ai rien à dire et qu'il est hors de question que je me remette à bafouiller, je me contente de secouer la tête.) Et tu comptes rester là alors que ce mec tient ta femme ?

– J'allais me lever.

– Tu aurais pas comme l'impression que ce type t'en veut, des fois ?

– Ça commence à en avoir l'air, avoué-je.

– Et pourquoi ça, à ton avis ?

– Je vous l'ai dit. J'ai frappé son petit copain.

Même moi, je trouve l'explication faiblarde.

– Ouais, c'est vrai. Le mec qui a disparu. Et tu sais toujours pas où il est passé, hein ?

– Non, pas du tout.

– Tu sais pas, fait-il en inclinant la tête. Parce que c'est pas lui dans la baignoire. Et c'est pas toi qui te penches sur lui avec la scie.

– Non, bien sûr que non.

– Mais ce mec, il croit peut-être ça, parce qu'on dirait drôlement que c'est toi. Alors il a pris ta femme. Une espèce d'échange, quoi.

– Inspecteur, je ne sais vraiment pas où est son petit copain.

Et c'est vrai, si l'on songe aux courants, aux marées et aux habitudes des charognards de l'Océan.

– Mmm..., fait-il en prenant une expression que je dois sûrement considérer comme pensive. Alors il a décidé de... quoi, au fait ? Transformer ta femme en une espèce d'œuvre d'art, c'est ça ? Parce que... ?

– Parce qu'il est fou ? proposé-je, plein d'espoir.

C'est aussi le cas, mais il n'est pas sûr que Coulter se laisse impressionner.

Et ça ne l'est effectivement pas.

– Mmm, mmm..., fait-il, dubitatif. Il est dingue. Ça tombe sous le sens, ouais. (Il hoche la tête comme pour tenter de s'en convaincre.) O.K., alors on a un dingue qui tient ta femme. Et ensuite ?

Il hausse les sourcils ; il espère sûrement que je vais lui sortir quelque chose de vraiment utile.

– Je ne sais pas. Je devrais peut-être avertir la police.

– Avertir la police, ouais. Parce que la dernière fois que tu l'as pas fait je t'ai grondé.

L'intelligence est généralement louée, mais, vraiment, je dois admettre que je préférais nettement Coulter quand je le prenais pour un idiot inoffensif. Maintenant que je sais que ce n'est pas le cas, je suis tiraillé entre l'envie d'être très prudent dans mes déclarations et un désir tout aussi irrépressible de lui fracasser mon fauteuil sur le crâne. Mais un bon fauteuil, ça coûte cher, et la prudence prend le dessus.

– Inspecteur, ce type tient mon épouse. Peut-être que vous n'avez jamais été marié...

– Deux fois, me coupe-t-il. Ça a pas marché.

– Eh bien, moi, si. J'aimerais bien la récupérer en un seul morceau.

Il me considère un long moment, puis :

– C'est qui, ce mec ?

– Brandon Weiss, réponds-je, sans trop savoir où il veut en venir.

– C'est son nom, mais c'est qui, merde ?

Je secoue la tête, perplexe, encore moins sûr de vouloir le lui dire.

– Mais c'est le type qui, vous voyez, celui qui a exposé tous ces cadavres mis en scène qui ont mis le gouverneur dans tous ses états.

– Oui, je vois.

Il hoche la tête et regarde sa main. Je me rends compte qu'il n'a pas sa bouteille de soda. Le pauvre homme doit être en manque.

– Ça serait bien de le coincer, ce mec, dit-il.

– Oui.

– Ça mettrait plein de gens de bonne humeur. Ça serait bon pour la carrière.

– Je suppose, avoué-je en me disant que j'aurais finalement dû lui fracasser mon fauteuil dessus.

– Très bien, conclut-il en frappant dans ses mains. Allons le pincer.

C'est une merveilleuse idée, annoncée avec un bel entrain, mais je décèle un petit problème.

– Aller où ? Je ne sais pas où il a emmené Rita.

– Quoi ? Il te l'a dit.

– Je ne crois pas.

– Allons, tu regardes pas la télé ? demande-t-il, comme si c'était un crime.

– Pas trop. Les enfants ne s'intéressent plus aux dessins animés.

– Ça fait trois semaines qu'on en parle. L'Art-Stravaganza.

– La quoi ?

– L'Art-Stravaganza, au Convention Center, clame-t-il, comme s'il faisait de la réclame. Plus de deux cents artistes d'avant-garde venus d'Amérique du Nord et des Caraïbes réunis sous le même toit.

Je sens bien que je tente d'articuler quelque chose, mais rien ne sort. J'essaie encore, mais avant que j'arrive à parler Coulter me désigne la porte du menton.

– Allez, on y va. Ensuite, on discutera un peu pour comprendre pourquoi on dirait que c'est toi avec le mec dans la baignoire.

Cette fois, je pose les deux pieds par terre, prêts à me relever, mais avant que j'en aie eu le temps mon mobile sonne.

– Monsieur Morgan ? demande une voix de femme fatiguée.

– Oui.

– C'est Megan. Du programme extrascolaire. Vous voyez, qui s'occupe de Cody... Et d'Astor...

– Ah oui ! m'exclamé-je, tandis qu'une nouvelle alarme se déclenche sous mon crâne.

– Il est 6 heures passées, vous voyez ? Et il faut que je rentre chez moi, maintenant ? J'ai un cours de compta, ce soir ? À 7 heures ?

– Oui, Megan. Que puis-je faire pour vous ?

– Je vous l'ai dit ? Il faut que je rentre ?

– Très bien.

– Mais vos gosses ? Votre femme est pas venue ? Alors ils sont là ? Et moi je suis pas censée partir ? Tant qu'il reste des gosses ?

Je trouve que c'est une règle excellente, surtout que cela signifie que Cody et Astor sont sains et saufs et non dans les griffes de Weiss.

– Je viens les prendre. Je serai là dans vingt minutes.

Je referme mon mobile et découvre le regard interrogateur de Coulter.

– Mes gosses. Leur mère n'est pas allée les chercher et il faut que j'y aille.

– Tout de suite.

– Oui.

– Donc, tu vas les chercher ?

– En effet.

– Mmm, mmm... Et tu veux toujours sauver ta femme ?

– Je crois que ce serait mieux, oui.

– Alors tu vas aller chercher tes mômes et t'occuper de ta femme. Et pas, mettons, essayer de filer ni rien ?

– Inspecteur, je veux récupérer ma femme.

Il me considère longuement, puis il hoche la tête.

– Je serai au Convention Center, dit-il en tournant les talons.

35

Le parc où vont chaque jour Cody et Astor après l'école n'est qu'à quelques minutes de chez nous ; mais, comme il se trouve de l'autre côté de la ville par rapport au bureau, il me faut un peu plus de vingt minutes pour y arriver. C'est l'heure de pointe, et je peux dire sans m'avancer que j'ai de la chance d'y parvenir aussi vite. Cela me donne néanmoins tout le temps de réfléchir à ce qui peut arriver à Rita, et je m'aperçois avec surprise que j'espère vraiment qu'elle va bien. Je commence à m'habituer à elle. J'aime bien qu'elle fasse la cuisine tous les soirs et je ne pourrais sûrement pas m'occuper de deux gosses au quotidien tout en ayant la liberté de m'épanouir dans ma carrière – enfin, pas encore, dans quelques années, le temps que les enfants aient terminé leur formation.

J'espère donc que Coulter a des renforts, qu'ils vont coffrer Weiss et que je vais retrouver Rita saine et sauve, peut-être enveloppée dans une couverture en train de siroter du café, comme à la télé.

Mais cela soulève un point aussi nouveau qu'intéressant qui remplit d'une certaine inquiétude tout le reste d'un trajet qui aurait, sans ça, été plutôt agréable. Supposons qu'ils aient réussi à attraper Weiss, à le menotter et à lui lire ses droits ? Que va-t-il se passer quand ils l'interrogeront ? Genre, pourquoi avez-vous fait cela ? Et, surtout, pourquoi vous en êtes-vous pris à Dexter ? Et s'il avait le mauvais goût de dire la vérité ? Pour le moment, il a fait preuve d'une consternante propension à parler de moi à tout le monde, et, bien que je ne sois pas particulièrement timide, je préfère garder pour moi mes véritables exploits.

Et, si Coulter rapproche ce que Weiss lui sort de ce qu'il soupçonne déjà grâce à la vidéo, la situation pourrait bien se gâter à Dexterville.

Ce serait nettement mieux si je pouvais affronter Weiss seul à seul – régler les comptes à l'amiable, *mano a mano*, ou plus exactement couteau à couteau –, afin de calmer la tendance de Weiss à communiquer tout en nourrissant mon Passager. Mais je n'ai pas vraiment le choix : Coulter a tout vu et tout entendu, je dois faire avec. Après tout, je suis un citoyen respectueux de la loi – c'est vrai, en théorie : voyons, aux yeux du tribunal, tout homme est innocent tant qu'il n'a pas été prouvé qu'il est coupable, non ?

Et on dirait bien que nous nous acheminons de plus en plus près du tribunal, avec Dexter dans le rôle du type en combinaison orange et entraves aux chevilles – ce que je me refuse à envisager : la couleur orange ne me va pas du tout au teint. Sans compter qu'être accusé de meurtre serait un obstacle majeur sur la route du bonheur. Je ne me fais pas beaucoup d'illusions sur notre système judiciaire ; je le vois à l'œuvre tous les jours et je suis à peu près certain de pouvoir le battre, sauf si on me prend sur le fait, en vidéo, devant un car rempli de sénateurs et de religieuses. Même une simple accusation me vaudrait une enquête minutieuse qui mettrait fin à mes loisirs favoris, même si j'étais reconnu innocent. Regardez ce pauvre O. J. Simpson : durant ses dernières années de liberté, il ne pouvait même plus jouer au golf sans qu'on l'accuse de quelque chose.

Mais que puis-je y faire ? Je n'ai guère le choix. Je peux soit laisser Weiss parler, auquel cas je suis dans le pétrin, soit l'en empêcher – avec les mêmes conséquences. Impossible de moyenner. Dexter y est jusqu'au cou et la marée monte.

C'est donc un Dexter très pensif qui stoppe finalement devant le bâtiment municipal du parc. Cette bonne vieille Megan est encore là, impatiente de se débarrasser de Cody et d'Astor pour se jeter dans l'univers fascinant de la comptabilité. Tout le monde a l'air heureux de me voir, chacun à sa manière, et c'est si touchant que j'en oublie Weiss pendant trois bonnes secondes.

– Monsieur Morgan, dit Megan, il faut vraiment que je file.

Je suis tellement abasourdi de l'entendre prononcer une phrase entière qui ne soit pas une question que je me contente de hocher la tête et de prendre les enfants, tandis qu'elle fonce vers une vieille Chevrolet.

– Où est maman ? demande Astor.

Il doit sûrement exister une manière sensible et très humaine de dire à des enfants que leur mère est dans les griffes d'un maniaque sanguinaire, mais comme je ne la connais pas je réponds :

– Le méchant l'a attrapée. Celui qui a embouti la voiture.

– Celui que j'ai poignardé avec mon crayon ? demande Cody.

– C'est cela.

– Et que j'ai tapé dans l'entrejambe, ajoute Astor.

– Tu aurais dû le frapper plus fort. Il a enlevé ta maman.

Elle fait une grimace qui montre combien elle est déçue par ce très mauvais trait d'esprit.

– On va aller l'attraper ? demande-t-elle.

– On va aider les policiers qui y sont allés.

Ils me regardent comme si j'étais tombé sur la tête.

– La police ! s'exclame Astor. Tu as appelé la police !

– Il fallait que je vienne vous chercher, dis-je, surpris de me mettre sur la défensive.

– Alors tu vas laisser filer ce type et il va juste aller en prison ? demande-t-elle.

– J'ai été obligé de le faire, avoué-je, ayant soudain l'impression d'être au tribunal dans une position désespérée. Un des policiers a tout compris et j'ai dû venir vous chercher.

Ils échangent en silence un regard qui en dit long, et Cody se détourne.

– Tu nous emmènes ? demande Astor.

– Euh...

Vraiment. Moi, Dexter le Disert, me faire clouer le bec, me laisser réduire aux monosyllabes, d'abord par Coulter, ensuite par Astor, et ce dans la même journée ! Ce n'est pas juste, mais c'est comme ça. Les choses étant ce qu'elles sont – excessivement désagréables et incertaines –, je n'avais pas envisagé cela. Mais, bien sûr, je ne peux pas les emmener affronter Weiss. Je sais que tout ce cirque m'est destiné et qu'il ne va pas commencer sans moi, s'il le peut. Rien n'indique que Coulter a réussi à pincer Weiss, et ce serait trop dangereux.

– On l'a déjà vaincu une fois, dit Astor, comme si elle avait lu dans mes pensées.

– Il ne s'y attendait pas, mais cette fois il se méfiera.

– Cette fois, on aura autre chose qu'un crayon, répond-elle avec une férocité qui me fait chaud au cœur.

Mais c'est absolument hors de question.

– Non, c'est trop dangereux.

Astor lève théâtralement les yeux au ciel et pousse un soupir tout aussi surjoué.

– Tu n'arrêtes pas de nous dire qu'on ne peut rien faire, se plaint-elle. Tant que tu ne nous auras pas appris. Et on te répète, vas-y, apprends-nous, et on ne fait jamais rien. Et maintenant qu'on a la possibilité d'apprendre un vrai truc, tu dis que c'est trop dangereux.

– Parce que c'est vrai.

– Alors qu'est-ce qu'on est censés faire pendant que tu y vas ? Et si tu sauves pas maman et que vous revenez jamais, elle et toi ?

Je les regarde tour à tour. Elle me fusille du regard, la lèvre tremblante, tandis que Cody reste figé dans un mépris glacial, et de nouveau je reste le bec cloué.

C'est ainsi que je me retrouve à rouler vers le Convention Center, un peu au-dessus de la limite de vitesse, avec deux gosses surexcités sur la banquette arrière. Là, il y a foule et pas de place pour se garer. Apparemment, des tas d'autres gens ont regardé la télévision et sont au courant de cette Art-Stravaganza. Dans ces circonstances, comme c'est un peu bête de perdre son temps à chercher une place, apercevant la voiture de Coulter, je décide de la jouer flic et de me garer à côté, sur le trottoir, en laissant ma plaque sur le tableau de bord.

– Restez avec moi, dis-je aux enfants. Et ne faites rien sans me le demander avant.

– Sauf en cas d'urgence, précise Astor.

Je songe à leur réaction habituelle en pareil cas ; pas mal, finalement. Et puis il y a des chances pour que tout soit terminé, entre-temps.

– D'accord. Sauf en cas d'urgence. On y va. (Ils ne bronchent pas.) Quoi ?

– Couteau, murmure Cody.

– Il veut un couteau, dit Astor.

– Je ne vais pas te donner de couteau.

– Mais s'il y a urgence ? plaide Astor. Tu as dit qu'on pouvait faire quelque chose en cas d'urgence, mais tu ne nous donnes rien pour agir !

– On ne peut pas se promener comme ça avec un couteau dans un lieu public.

– On ne peut pas y aller sans rien pour se défendre, insiste-t-elle.

Je pousse un long soupir. Je suis sûr que nous allons trouver Rita saine et sauve en arrivant, mais, si tout continue comme ça, Weiss sera mort de vieillesse le temps que j'arrive à lui. Je prends donc dans la boîte à gants un tournevis cruciforme que je tends à Cody.

– Tiens, dis-je, c'est tout ce que je peux faire. (Cody regarde l'outil puis lève les yeux vers moi.) C'est mieux qu'un crayon. (Il regarde sa sœur, puis hoche la tête.) Bon, conclus-je en ouvrant la portière. Allons-y !

Cette fois ils me suivent, et nous gagnons l'entrée principale. Astor s'immobilise.

– Qu'est-ce qu'il y a ? demandé-je.

– Il faut que je fasse pipi.

– Astor, nous devons nous dépêcher.

– Oui, mais j'ai vraiment envie.

– Ça ne peut pas attendre cinq minutes ?

– Non. Il faut que je fasse pipi. Tout de suite.

Je soupire en me demandant si Batman avait ce genre de problème avec Robin.

– Bon, d'accord. Dépêche-toi, alors.

Nous trouvons les toilettes dans le hall, et Astor s'y précipite pendant que Cody et moi attendons. Il expérimente plusieurs manières de tenir le tournevis et opte finalement pour la plus naturelle. Il cherche mon approbation du regard, et j'acquiesce, tandis qu'Astor nous rejoint.

– Allez, dit-elle. On y va.

Elle nous précède dans le hall. Un gros type à lunettes nous demande quinze dollars pour l'entrée, et je lui sors mon badge.

– Et les enfants ? demande-t-il.

Cody commence à lever son tournevis, mais je le calme d'un geste.

– Ce sont des témoins, l'informé-je.

L'homme a l'air de vouloir discuter, mais, voyant comment Cody tient son tournevis, il se ravise.

– D'accord, dit-il avec un grand soupir.

– Savez-vous où sont passés les autres policiers ? demandé-je.

– J'en ai vu qu'un, et je suis certain que j'aurais remarqué s'il y en avait d'autres, étant donné qu'ils s'imaginent tous qu'ils peuvent me passer sous le nez sans payer. (Il conclut par un sourire pour indiquer que ce n'est pas une insulte, puis il s'efface pour nous laisser passer.) Bonne visite.

Nous entrons. Il y a effectivement des tas de stands qui présentent des choses apparemment artistiques – sculptures, peintures, etc. Mais il y en a encore plus qui ont l'air de se donner beaucoup de mal pour repousser les limites de l'expérience humaine et explorer de nouvelles perspectives. L'un des premiers que nous voyons n'est rien de plus qu'un tas de feuilles et de brindilles avec une cannette de bière jaunie à côté. Deux autres présentent une série d'écrans plats. Sur l'un, un homme est assis sur des toilettes ; sur un autre, un avion se fracasse sur un immeuble. Mais ni Weiss, ni Rita, ni Coulter ne sont en vue.

Nous allons jusqu'au bout de la salle puis tournons en jetant un coup d'œil dans chaque allée. Il y a plein d'installations intéressantes et innovantes, mais aucune avec Rita. Je commence à me demander si je n'ai pas eu tort de penser que Coulter était secrètement intelligent. J'ai accepté aveuglément quand il a déclaré que Weiss serait là, mais s'il s'était trompé ? Si Weiss était ailleurs, en train de charcuter joyeusement Rita, pendant que je visite une exposition qui n'apporte pas grand-chose à une âme que je n'ai pas, de toute façon...

C'est alors que Cody s'immobilise. Je me tourne pour suivre son regard.

– Maman, dit-il.

Et c'est bien elle.

36

Une dizaine de personnes sont attroupées dans un coin du stand, sous un écran plasma accroché au mur. Et dessus figure en gros plan le visage de Rita. Elle a un bâillon entre les dents, les yeux écarquillés comme jamais, et secoue la tête de terreur. Avant que j'aie le temps de réagir, Cody et Astor se précipitent déjà pour sauver leur mère.

– Attendez ! crié-je.

Comme ils n'obéissent pas, je m'élance derrière eux en scrutant fébrilement les alentours. Le Passager noir est totalement muet, réduit au silence par la panique provoquée par les enfants. Et, dans mon imagination galopante, Weiss est à l'affût derrière chaque cloison, tapi sous la moindre table, prêt à leur sauter à la gorge. Cela ne me plaît guère de me précipiter à sa rencontre tête baissée et ruisselant de sueur, mais, les enfants s'étant lancés à la rescousse de Rita, je n'ai pas trop le choix. Je presse l'allure, tandis qu'ils fendent déjà la foule pour voler au secours de leur mère.

En plus d'être bâillonnée, Rita est ligotée et attachée à une table à scie circulaire. La lame tourne entre ses chevilles, et il est clair que quelqu'un de très malintentionné s'apprête à la pousser vers les dents luisantes. Une pancarte scotchée sur le rebord de la table annonce : QUI PEUT SAUVER NOTRE PETITE HEIDI ? et au-dessous : VEUILLEZ NE PAS DÉRANGER LES ACTEURS. Tout autour de l'espace roule un petit train dont les wagons portent chacun une pancarte avec ces mots : L'AVENIR DU MÉLODRAME.

Je finis par repérer Coulter – mais ce n'est pas un spectacle rassurant ni réjouissant. Il est affalé dans un coin, la tête penchée. Weiss l'a coiffé d'une vieille casquette de conducteur de train, et de gros câbles électriques sont branchés sur ses bras avec des pinces. Un panneau posé sur ses genoux indique : SEMI-CONDUCTEUR. Il ne bouge pas, mais je ne sais pas s'il est mort ou seulement assommé ; étant donné les circonstances, le découvrir n'est pas la priorité.

Je traverse la foule et, tandis que le petit train refait un tour, j'entends le cri enregistré et bien reconnaissable de Weiss s'élever en boucle toutes les quinze secondes.

Je ne le vois toujours pas. Mais, alors que j'approche, l'image à l'écran change : c'est mon visage qui apparaît. Je fais volte-face, cherchant des yeux la caméra, et finis par la trouver en haut d'un mât, de l'autre côté du stand. Mais, avant que j'aie pu me retourner, j'entends un sifflement, et un fil de pêche de gros calibre s'enroule solidement autour de mon cou. Tandis que tout tourne et que s'ouvre un trou noir, j'ai tout juste le temps d'apprécier l'ironie amère de la situation : Weiss est en train de recourir à ma technique de prédilection ; l'expression « pris à mon propre piège » me traverse l'esprit, puis mes genoux se dérobent et je trébuche en avant vers l'exposition de Weiss.

Quand on se retrouve garrotté, c'est remarquable, la vitesse à laquelle on perd tout intérêt concernant ce qui vous entoure pour glisser dans un abîme feutré et obscur. Et, bien que je sente que le nœud se relâche imperceptiblement, je ne parviens pas à me concentrer pour tenter de me libérer. Je m'écroule, essayant de me rappeler comment on respire, et au loin j'entends une voix de femme s'écrier : « Ça ne va pas du tout ! Arrêtez-les ! » Et je suis heureux que quelqu'un ait la présence d'esprit d'agir, quand la même voix continue : « Hé, les enfants ! C'est une œuvre d'art ! Fichez le camp d'ici ! » Je comprends alors vaguement qu'on essaie d'empêcher Cody et Astor de tout gâcher pour sauver leur mère.

Une bouffée d'air pénètre douloureusement dans ma gorge, Weiss a lâché le garrot pour s'emparer de sa caméra. Haletant, je le vois faire un panoramique sur les spectateurs. J'inspire une autre bouffée qui me brûle la gorge, mais je me sens nettement mieux, je retrouve suffisamment d'énergie pour me relever sur un genou et regarder autour de moi.

Weiss est en train de filmer une femme sur le côté – celle qui a grondé Cody et Astor. La cinquantaine très élégante, elle continue de leur crier de s'écarter – « Lâchez ça, qu'on appelle la sécurité ! » – mais, heureusement pour tout le monde, les gosses n'écoutent pas. Ils ont détaché Rita de la table, bien qu'elle soit encore ligotée et bâillonnée. Je me relève, et avant que j'aie pu faire un pas Weiss récupère ma laisse, tire un coup sec, et je me retrouve à nouveau dans les vapes.

Faiblement, de très loin, j'entends des pas, et le garrot se relâche un peu, tandis que Weiss crache :

– Pas cette fois, petit merdeux !

J'entends le claquement d'une gifle, un bruit sourd, et j'entrouvre les yeux pour voir Astor gisant sur le sol et Weiss essayant d'arracher le tournevis à Cody. Je lève difficilement une main pour desserrer le nœud coulant et inspirer une bouffée d'air. C'est une idée, mais je suis pris d'une épouvantable quinte de toux. J'étouffe tellement que je perds un instant conscience.

Quand je reviens à moi, je vois Cody par terre à côté de sa sœur, de l'autre côté du stand, derrière la table, et Weiss, le tournevis dans une main et la caméra dans l'autre. Astor tressaille un peu, c'est tout. Weiss s'approche encore et lève le tournevis. Je me redresse et titube pour l'arrêter, conscient que je ne vais jamais y arriver.

Au tout dernier instant, alors que Weiss se penche triomphalement sur les deux enfants et que je continue d'avancer tant bien que mal, Rita entre en scène – toujours pieds et poings liés, bâillonnée, mais assez vive pour sautiller vers Weiss et, d'un coup de hanche mortel, l'envoyer valser loin des enfants droit sur la table. Il se redresse en chancelant, elle lui en assène un autre et cette fois il s'affale, agitant le bras qui tient la caméra pour éviter de tomber droit sur la scie en marche. Il y réussit – presque.

Sa main heurte la table de l'autre côté de la lame, mais de tout son poids, et dans un gémissement suraigu un nuage d'embruns rouges gicle dans les airs tandis que l'avant-bras de Weiss, la main toujours crispée sur la caméra, va atterrir sur le petit train aux pieds des spectateurs. Les gens étouffent un cri tandis que Weiss se relève lentement, fixant le moignon d'où gicle le sang. Il me regarde, essaie de dire quelque chose, secoue la tête et fait un pas vers moi, jette encore un regard à son moignon, fait un autre pas. Et là, comme s'il descendait un escalier invisible, il tombe lentement à genoux et reste à vaciller à deux mètres de moi.

Paralysé par mon empoignade avec le garrot et ma peur pour les enfants – et plus que tout par le spectacle de ce sang répugnant et visqueux qui ruisselle sur le sol –, je reste les bras ballants pendant que Weiss me regarde une dernière fois. Ses lèvres bougent, mais rien ne sort, et il secoue la tête lentement, précautionneusement, comme s'il craignait qu'elle ne se détache et ne tombe à son tour. Très théâtralement, il plonge son regard dans le mien et, bien distinctement, il articule : « Prends plein de photos. » Puis, avec un faible sourire, il pique du nez et tombe face contre terre dans une mare de sang.

Je recule et lève les yeux ; à l'écran, le petit train qui tourne encore finit par cogner le bras et dérailler.

– Fa-bu-leux ! déclare la quinquagénaire élégante au premier rang. Tout à fait saisissant.

ÉPILOGUE

Les ambulanciers de Miami sont très bien, en partie parce qu'ils ont beaucoup de pratique. Malheureusement, ils ne parviennent pas à sauver Weiss. Il a quasiment perdu tout son sang le temps qu'ils arrivent et, à la demande pressante d'une Rita au bord de l'hystérie, passent deux minutes cruciales à examiner Cody et Astor pendant que Weiss glisse lentement dans l'abîme pour entrer enfin dans l'histoire de l'art.

Rita rôde avec angoisse autour des ambulanciers, qui font asseoir Cody et Astor et leur demandent de regarder autour d'eux. Comme Cody cligne des paupières et essaie de récupérer son tournevis, et qu'Astor commence aussitôt à se plaindre de l'odeur épouvantable des sels, je peux raisonnablement en déduire qu'ils vont bien. Certes, il doivent avoir quelques bosses, et c'est follement attendrissant : si jeunes et déjà sur mes traces. Ils sont emmenés à l'hôpital pour rester vingt-quatre heures en observation « par sécurité ». Rita les accompagne, évidemment, pour les protéger des médecins.

Après leur départ, je regarde les deux ambulanciers occupés auprès de Coulter. Ils ont apporté leur défibrillateur, mais après examen du corps ils secouent la tête, se lèvent et s'en vont. Je me dis qu'ils sont un peu déçus de ne pas avoir pu prononcer le grand classique « Écartez-vous ! » tout en envoyant la décharge, mais je me fais peut-être des idées. Je suis encore un peu étourdi et surpris que la situation m'ait si rapidement échappé. D'habitude, je suis Dexter Toujours Prêt, au cœur de l'action, et contempler un tel spectacle de mort et de désolation autour de moi sans y avoir pris part me dérange. Deux cadavres, et je ne suis rien de plus qu'un observateur qui s'évanouit à quelques pas de la tragédie comme une jeune vierge victorienne prise de vapeurs.

Et Weiss : il a, en fait, l'air paisible et satisfait. Extrêmement livide et mort, aussi, bien sûr, cependant... qu'a t-il bien pu penser ? Je n'ai jamais vu une telle expression de béatitude sur le visage de mes chers disparus, et c'est un tantinet troublant. Qu'est-ce qui a bien pu le rendre aussi heureux ? Il est absolument et incontestablement mort, à sa place, je ne verrais pas de quoi se réjouir. Peut-être est-ce un caprice des muscles faciaux qui se relâchent avec la mort. Quoi qu'il en soit, mes réflexions sont interrompues par un bruit de pas derrière moi.

L'agent spécial Recht s'immobilise à quelques mètres et contemple le carnage avec un masque impassible très professionnel, mais qui ne parvient pas à dissimuler le choc et sa pâleur grandissante. Comme elle ne s'évanouit ni ne vomit, je me dis qu'elle doit en avoir vu d'autres.

– C'est lui ? demande-t-elle d'une voix tendue. C'est le type qui a essayé de kidnapper vos enfants ?

– Oui, dis-je. (Puis, preuve que mon immense cerveau commence enfin à se ressaisir, je devance la question gênante :) Ma femme et mes enfants l'ont clairement identifié.

Elle hoche la tête, apparemment incapable de détacher son regard de Weiss.

– Très bien.

Je ne sais pas ce qu'elle entend par là, mais cela a l'air encourageant. J'espère qu'elle signifie ainsi que le FBI va perdre tout intérêt pour moi à présent.

– Et lui ? demande-t-elle en désignant Coulter.

– L'inspecteur Coulter est arrivé ici avant moi.

– C'est ce qu'a déclaré l'employé à l'entrée.

Le fait qu'elle précise s'être renseignée n'étant pas très réconfortant, je décide que quelques petits pas de danse vont être nécessaires.

– L'inspecteur Coulter, dis-je lentement, comme si j'avais du mal à garder mon sang-froid – et je dois dire que ma voix encore rauque est tout à fait convaincante –, il est arrivé le premier. Avant que je puisse... Je crois qu'il... il s'est sacrifié pour sauver Rita.

Jugeant qu'étouffer un sanglot serait exagéré, je me retiens, mais je suis impressionné d'avoir réussi à faire passer toute cette virile émotion dans ma voix. Hélas, ce n'est pas le cas de l'agent spécial Recht. Elle regarde à nouveau le cadavre de Coulter, celui de Weiss, puis revient à moi.

– Monsieur Morgan..., dit-elle d'un ton dubitatif.

L'espace d'un instant, je crois qu'elle va m'arrêter quand même, et peut-être qu'elle y songe. Mais elle secoue la tête et se détourne.

Dans un univers sain et bien ordonné, toute divinité jugerait que cela suffit pour une journée. Mais, les choses étant ce qu'elles sont, ce n'est pas le cas : en me retournant pour partir, je tombe sur Israel Salguero.

– L'inspecteur Coulter est mort ? demande-t-il en reculant sans ciller.

– Oui. Euh... Avant que j'arrive.

– Oui, c'est ce qu'ont dit les témoins.

D'un côté, c'est une excellente nouvelle, mais de l'autre c'est très ennuyeux qu'il leur ait déjà demandé, car cela implique que sa première pensée était : *Où se trouvait Dexter quand ce carnage a commencé ?* Donc, jugeant que quelque grandiose épanchement me sauvera la mise, je détourne le regard et déclare :

– J'aurais dû arriver plus tôt.

Salguero reste si longtemps sans répondre que je finis par être obligé de me retourner et le regarder afin de m'assurer qu'il n'a pas dégainé son arme pour me mettre en joue. Heureusement pour moi, non. Il se contente de me regarder de son air totalement détaché et sans émotion.

– À mon avis, c'est probablement une bonne chose que vous n'ayez pas été là, conclut-il. Pour vous, votre sœur et la mémoire de votre père.

– Euh... ? fais-je.

Il faut rendre hommage à la finesse de Salguero, car il comprend très bien ce que je veux dire par là.

– Il n'y a pas de témoin, à présent... (Il marque une pause et me gratifie d'une expression pas très éloignée de celle d'un cobra qui saurait sourire.) Pas de témoin survivant de ce qui est arrivé dans aucune de ces... circonstances. Et donc... (Il laisse sa phrase en suspens pour signifier : *donc, tout est réglé*, ou : *donc, je vais simplement vous arrêter*, ou même : *donc, je vais vous tuer moi-même.*) Et donc...

Cette fois, on dirait plutôt une question. Sur ce, il hoche la tête et s'éloigne, me laissant l'image de son regard glacial et sans paupières imprimée sur la rétine.

Et donc.

C'est, par bonheur, ainsi que cela se termine. Il y a un peu d'agitation soulevée par la dame élégante du premier rang, qui se révèle être le Dr Elaine Donazetti, une très importante figure de l'art contemporain. Elle a franchi les bandes jaunes et entrepris de prendre des Polaroïd, il a fallu la maîtriser et l'éloigner des cadavres. Mais elle utilise les photos et une partie de la vidéo de Weiss pour publier une série d'articles qui font de lui une petite célébrité auprès des amateurs de ce genre de chose. Au moins, il aura eu droit aux photos qu'il réclamait. C'est bien quand tout s'arrange, n'est-ce pas ?

L'inspecteur Coulter est tout aussi comblé. D'après la rumeur dans les services, il avait manqué deux fois une promotion et pensait pouvoir donner un gros coup de pouce à sa carrière en procédant tout seul à une arrestation spectaculaire. Cela a marché ! Le service décide qu'il faut exploiter cette horrible affaire pour se faire mousser, mais il n'a que Coulter sous la main. Il est donc promu à titre posthume pour l'héroïsme qu'il a montré en sauvant presque Rita tout seul.

Bien entendu, je me rends aux obsèques de Coulter. J'adore le cérémonial, cet étalage d'émotion retenue, et cela me donne l'occasion de pratiquer mes expressions faciales préférées – solennité, noble chagrin et compassion –, que j'utilise rarement et qui ont besoin d'un peu d'entraînement.

Tout le service est là, en tenue, même Deborah. Elle est très pâle dans son uniforme bleu, mais après tout Coulter était son équipier, du moins en théorie, et l'honneur exige qu'elle soit présente. L'hôpital a fait des difficultés, mais comme elle était censée sortir bientôt on l'a laissée partir. Elle ne pleure pas, évidemment – elle est presque aussi douée pour l'hypocrisie que moi. Mais elle a l'air solennel de circonstance quand le cercueil descend dans la fosse, je m'efforce d'en faire autant.

Si je trouve que je m'en suis bien sorti, le sergent Doakes n'est pas de cet avis. Je le vois me foudroyer du regard depuis sa place, comme s'il était convaincu que j'avais étranglé Coulter de mes propres mains, ce qui est absurde : je n'ai jamais étranglé personne. Oui, d'accord, je garrotte par-ci, par-là, mais dans un bon esprit – je n'aime pas le contact physique et un couteau est nettement plus propre. Bien sûr, j'ai été ravi de voir Coulter déclaré mort et Dexter définitivement innocenté, cela étant, je n'ai rien à voir avec tout cela. Comme je l'ai dit, c'est bien quand tout s'arrange, n'est-ce pas ?

La vie reprend son cours et ses habitudes. Je vais au bureau, Cody et Astor à l'école, et deux jours après les obsèques Rita se rend chez son médecin. Ce soir-là, après avoir bordé les enfants, elle s'installe à côté de moi sur le canapé, pose la tête sur mon épaule et me prend la télécommande des mains. Elle éteint la télé et pousse quelques soupirs. Je finis par en avoir assez, je demande :

– Quelque chose ne va pas ?

– Non, rien du tout. Enfin, je ne crois pas. Sauf si tu... le penses.

– Pourquoi je le penserais ?

– Je ne sais pas, dit-elle en soupirant de plus belle. C'est juste que... tu sais... comme on n'en a jamais parlé, et que maintenant...

– Maintenant quoi ?

C'en est vraiment trop. Après tout ce que j'ai dû subir, il faut que j'endure cette conversation qui tourne en rond, et je sens l'irritation me gagner au galop.

– Enfin, tu vois... le médecin a dit que j'allais très bien.

– Ah, tant mieux.

– Malgré... Tu vois.

Non, je ne vois pas, et ce n'est pas juste qu'elle s'imagine que je vois, et je le lui dis. Et après maints raclements de gorge et bafouillages, quand elle m'explique enfin, je me rends compte que j'ai perdu tout comme elle l'usage de la parole, et la seule chose que je réussisse à articuler, c'est le fin mot d'une blague éculée ; je sais que ce n'est pas la chose à dire, mais je ne peux pas m'en empêcher, cela sort quand même, et, comme de très loin, j'entends la voix de Dexter qui s'exclame :

– Tu attends un *quoi* ?

Composition PCA
44400 – Rezé

Impression réalisée sur Variquik par
Corlet Imprimeur
14110 Condé-sur-Noireau
pour le compte des Éditions Michel Lafon

Imprimé en France
N° d' impression : 125834
Dépôt légal : février 2010
ISBN : 978-2-7499-1157-1
LAF 1242